탐정
아케치는
사건을
찾아 달린다

AKECHI KYOSUKE NO HONSO

Copyright © Imamura Masahiro 2024
Korean translation rights arranged with TOKYO SOGENSHA CO., LTD.
through Japan UNI Agency, Inc., Tokyo and JM Contents Agency Co., Seoul

이 책의 한국어판 저작권은 JMCA를 통한
저작권사와의 독점 계약으로 ㈜문학동네에 있습니다.
저작권법에 의해 한국 내에서 보호를 받는 저작물이므로
무단 전재와 무단 복제를 금합니다.

차
례

처음도 마지막도 아닌 사건 / 007

어떤 일상의 수수께끼에 대해 / 111

만취 속옷 파손 사건 / 185

종교학 시험문제 유출 사건 / 231

편지 살포 하이츠 사건 / 319

처음도 마지막도 아닌 사건

明 智 恭 介 の 奔 走

1

출구 너머에 펼쳐진 광경을 보자 바로 마음이 꺾였다.

사람들에게 널리 알려진 소설의 첫 구절 가운데 "국경의 긴 터널을 빠져나오자 설국이었다"라는 문장이 있다. 하지만 눈앞의 광경은 그런 고즈넉함과는 정반대였다.

나를 기다리고 있던 건 살기등등한 소동이었다. 역사에 남을 경기를 앞둔 선수가 통로를 빠져나가 관객으로 가득한 축구 경기장으로 뛰어나가는 순간이나 불상사를 일으켜 구속된 유명인이 특종에 굶주린 기자들 앞으로 나설 때처럼.

건물 밖에는 좀비처럼 몰려온 상급생들이 플래카드나 커다란 포스터를 쳐들고 목청을 높이며 앞길을 막고 서 있었다. 제일 앞에 있던 신입생이 머뭇머뭇 밖으로 나가자 그들이 우르르 몰려들었다.

"와, 체격 좋은데! 럭비부 견학하러 오지 않을래?"

"오, 활시위를 당기고 싶어하는 얼굴이로군. 궁도부에서 실컷 당겨봐!"

"스키·스노보드부야! 한 번도 안 타봤어도 괜찮아. 일단 여기에 이름을 적으면 너도 동계스포츠인이야!"

"등산부에 들어오면 다이어트가 돼!"

"향토사 연구회에 오면 더 날씬해지는데!"

"세계를 노린다면 세팍타크로●!"

사월의 명물, 교내 동아리의 신입생 쟁탈전이다.

간사이 지방에서 모르는 사람이 없는 사립대학인 신코 대학교는 공인, 비공인을 막론하고 동아리 활동이 활발한 것으로 유명해서, 사월 말에 접어들었는데도 신입생에게 동아리 가입을 권유하는 열기가 조금도 식지 않았다. 그나저나 세팍타크로 동아리 같은 것도 있었나.

앞쪽 학생들이 예외 없이 북새통 속에서 시달리는 모습을 보고 나는 한숨을 푹 쉬었다.

● 세 명이 한 팀으로, 등나무 줄기를 엮어 만든 타크로 공을 상대편 코트에 차 넣는 경기. 코트는 배드민턴 코트와 규격이 같다.

"어쩔 수 없지, 할까."

가방에서 두 번 접은 A3 크기의 도화지를 꺼내 머리 위에 펼쳤다. 검은 종이에는 진한 노란색 글씨로 이렇게 적어놓았다.

밀실의 신 존 딕슨 카를 찬양하라.
—미스터리 애호회

이 메시지를 보여주며 앞으로 나아갔다. 그러자 신기하게도, 그토록 열심히 동아리 홍보 활동을 펼치던 상급생들이 수상쩍어하는 시선만 보낼 뿐 그대로 통과시켜주었다.

내가 소속된 미스터리 애호회의 선배 말에 따르면 이렇다.

—하무라. 대학교란 신기한 곳이야. 너희가 아무리 멋을 내고 당당히 행동해도 신입생이라는 사실은 한눈에 알 수 있지. 그래도 권유를 피하고 싶다면 어떻게 해야 할까? 간단해, 너도 '권유 활동하는 사람'이라고 주장하면 돼.

그러면서 이 포스터를 떠안겼다.

북적거리는 사람들 사이를 간신히 빠져나온 후 팔을 내리고 포스터의 글귀를 새삼스레 바라보았다. 확실히 사람들을 물리치는 효과는 있었던 듯하지만…… 동아리를 홍보하는 사람으로 봤다기보다는 자칫 엮여서는 안 되는 인간이라고 오해받은 것 같기도 했다. 앞으로 캠퍼스 생활에 지장이 없으면 좋으련만.

미스터리 애호회, 줄여서 '미스애'는 3학년 아케치 코스케라는 선배가 만든 비공인 동아리다. 학교에는 '미스터리 연구회'라는 공인 동아리도 있지만, 견학하러 갔다가 나와 맞지 않는다는 걸 느끼고 가입할 의욕을 잃었다. 그때 내 앞에 나타나 미스애에 가입하라고 권유한 사람이 아케치 씨다. 아케치 씨가 말하길, 진정한 미스터리 마니아가 있을 곳은 이쪽이라나.

미스터리에 대한 아케치 씨의 사랑은 아주 깊다. 고전 작품도 새로 발매된 책을 주로 읽는 나와 달리, 절판이라는 역경 때문에 헌책으로밖에 구할 수 없는 작품까지 열정적으로 읽는 그의 지식에는 감탄만 나올 따름이다.

하지만 슬프게도 아케치 씨가 정말로 동경하는 건 미스터리 작가가 아니라 셜록 홈스 같은 탐정이다. 따라서 미스애에서는 동인지 제작 활동은 일절 하지 않고, 사건 발생에 대비해 두뇌를 단련하는 생산성 낮은 활동에만 힘을 쏟는다. 구체적으로는 매일 점심시간에 학생식당에서 다른 학생이 무슨 음식을 주문할지 추리한다거나, 강의가 끝나고 단골 카페에서 밀실, 알리바이, 논리 전개 등에 대한 출구 없는 토론에 매달린다. 가입하고 이 주를 보낸 감상을 말하자면, 솔직히 기대에 못 미친다.

하지만 오늘은 사정이 좀 다르다.

아케치 씨가 강의가 끝난 후 평소 가던 카페가 아니라 캠퍼스 동쪽 끝에 있는 건물로 오라고 부른 것이다.

신코 대학교의 캠퍼스는 넓다. 신입생인 나로서는 당연히 이름도 모르는 건물이 대부분이다. 스마트폰 지도로 목적지를 확인하며 가로수 사이로 난 인도를 걷고 있는데 길 옆에서 부르는 소리가 들렸다.

"이쪽이야, 하무라."

고개를 돌리자 가로수 너머로 잔디가 깔린 작은 광장이 보였다. 광장 한복판의 나무 밑에는 네 명이 마주앉을 수 있는 나무 벤치와 테이블이 설치돼 있었다.

무테안경을 낀 남자가 손을 흔들었다. 아케치 씨였다. 봄 분위기를 풍기는 아이보리색 재킷 차림으로 우아하게 다리를 꼰 채 신문을 펼쳐 든 그 모습은 아무래도 요즘 젊은이들과는 동떨어져 보였다.

"고생 많았어. 헤매지 않고 잘 찾아온 것 같네."

나는 고개를 끄덕인 후 약속 장소였던 광장 옆 건물에 시선을 주었다. 학과동이라기보다 빌딩이라고 불러야 하지 않을까 싶을 만큼 세련된 6층짜리 건물이다.

"예술학부 디자인학과동인가요?"

"디자인학과는 신코 대학교에서 비교적 역사가 짧아. 오년 전에 학과가 생기는 것과 동시에 이 건물도 새로 지었지. 알고 있는지 모르겠지만 캠퍼스에는 모든 학생이 일반 교양과목 강의를 듣는 교육동과, 이 빌딩처럼 각 학부나 학과의 전공과목을 수강하기 위한 건물이 있어. 의학부만큼은 대학병원이 있는 다른 캠퍼스에서 강의를 듣지만."

아케치 씨는 내게 맞은편에 앉으라고 권한 후, 봄바람에 펄럭이는 신문을 양 팔꿈치로 누르고 깍지를 꼈다.

"자, 하무라. 네가 미스터리 애호회에 가입한 지 이 주가 지났어. '녹스의 십계'도 모르는 짝퉁 미스터리 팬이 활개 치는 이 시대에, 너같이 우수한 인재를 얻어서 나도 기뻐."

"아, 네."

'녹스의 십계'란 로널드 녹스라는 사람이 정한, 미스터리를 쓸 때 지켜야 할 기본 규칙이다. 하지만 그중에는 '중국인이 등장해서는 안 된다'처럼 현대의 관점에서는 이해하기 어려운 항목도 포함되어 있다. 덧붙여 십계를 안다고 실생활에 도움이 되지는 않는다.

"난 미스터리 애호회 회장으로서, 회원에게 결실 있는 활동을 제공할 의무가 있어. 하지만 세상은 보통 평온하고 따분한 법이지. 주목할 만한 사건도 일어나지 않아서 우리는 활약할 기회를 얻지 못했어. 추리력을 기르기 위해서라고는 해도 이 주간 메뉴 맞히기 승부만 해서 지루했겠지. 게다가 무승부의 연속이었으니까 말이야."

"둘 다 오답이었지만요. 그래도 한 번은 제가 이겼잖아요. 첫날의 마지막 대결. 요일별 정식이요."

"무슨 소리야! 세 번 연속으로 요일별 정식에 거는 건 추리고 뭐고 아니지. 무효야. 노 카운트!"

아케치 씨가 양팔로 가위표를 만든 순간 신문이 바람을 타고 날아갔다. 우리는 허둥지둥 날아간 신문을 주워모았다.

"아무튼." 아케치 씨가 다시 분위기를 잡듯 안경을 밀어 올렸다. "슬슬 너도 실전 경험을 쌓게 하고 싶었는데 마침맞게 의뢰가 들어왔어."

"의뢰요?"

아케치 씨는 근처에서 사건이 발생하면 언제든지 정보를 얻을 수 있도록 여러 사람에게 명함을 돌린다. 캠퍼스는 말할 것도 없고, 인근 경찰과 탐정 사무소에도. 솔직히 누가 일개 대학생에게 의뢰하겠냐 싶었지만, 세상에는 괴짜가 있는 모양이다.

"지난주 토요일 밤, 아니 정확하게는 일요일 오전 1시경, 절도 사건으로 캠퍼스에서 소동이 벌어졌어. 몰라?"

아케치 씨가 내민 지방신문은 나흘 전에 발행된 월요일 조간이었는데, 사회면 한쪽 구석에 중앙지에서는 다루지 않을 지역 내 사건이 몇 건 실려 있었다. 중학생이 맨션에서 투신자살한 사건, 의대생 뺑소니 사건과 함께 절도 사건도 작게 기사가 났다.

20일, 기타 경찰서는 절도를 목적으로 건물에 침입한 혐의로 거주지 불명에 무직인 구로모리 다쿠미(53세)를 체포했다. 19일 오전 1시경, 신코 대학교 세지마 캠퍼스를 순찰중이던 경비원이 동아리 건물에서 기절한 구로모리를 발견해 경찰에 신고했다. 발견 당시 구로모리는 학교에서 훔친 것으로 추정되는 물품을 가지고 있었으며, 의식을 회복한 후 경찰이 추궁하자 혐의를 인정했다.

뒤숭숭한 사건이지만 아케치 씨 말로는 학교 내부에서 절도가 발생하는 건 드문 일이 아니라고 한다. 보안이 허술한 곳이 많은데다 수많은 사람이 드나들기 때문이다.

"도둑이 든 건물이 바로 저기야."

아케치 씨의 시선을 따라가니 디자인학과동 안쪽에 2층짜리 벽돌 건물이 있었다. 세련된 디자인학과동과는 달리, 전쟁으로 공습을 당했다고 해도 믿을 만큼 꾀죄죄했다.

맨눈으로도 충분히 잘 보이건만, 아케치 씨는 가방에서 고풍스러운 오페라글라스를 꺼내 들여다보며 설명을 덧붙였다.

"디자인학과동과는 달리 오래됐는데도 개축하지 않고 그대로 남아 있는 건물이지. 학생들은 '옛 박스'라고 불러. '박스'란 간단히 말해 동아리 건물이야. 다른 곳에 새 동아리 건물이 생긴 뒤로 쓸모가 없어져서 한동안 방치된 상태였는데, 오 년 전에 발족한 코스프레 연구회가 통째로 차지했지. 에어컨도 없는 낡은 건물이라 다른 동아리들은 사용하고 싶어하지 않아."

"코스프레 연구회?"

나도 모르게 물어보았다. 이 학교에는 그런 동아리까지 있는 건가.

"학교 공인 동아리야. 디자인학과가 생겼을 때 홍보를 위해 학부장의 아이디어로 창설됐다나. 동아리원은 열여덟 명. 대부분 여학생이고 남학생은 세 명뿐이지."

아케치 씨는 어쩐지 시큰둥해 보였다. 학부라는 뒷배가 있는 공인 동아리에 질투하는 걸까.

"절도범은 붙잡혔는데 뭐가 문제인 건가요?"

아케치 씨는 대답 대신 "왔다" 하고 내 뒤쪽을 바라보았다. 돌아보자 길 저편에서 경비원 제복 차림에 흰 장갑을 착용한 초로의 남자와 학생으로 보이는 청년이 걸어왔다. "안녕하세요" 하고 싹싹하게 인사를 나눈 아케치 씨가 두 사람을 소개해주었다.

"이쪽은 사건 당일 밤에 주변을 순찰하고 신고도 하신 모리야 씨. 이쪽은 코스프레 연구회의 부회장이자 예술학부 3학년 우사키. 두 사람이 이번 사건의 의뢰인이야."

육십대 중반으로 보이는 모리야는 키가 크고 체격이 탄탄했다. 소매를 걷어붙여 볕에 탄 팔을 드러낸 것도 체력을 자랑하려는 의도처럼 보였다. 현장직 근로자라는 표현이 딱 어울리는 남자였다.

"너한테 사건을 의뢰할 날이 정말로 올 줄은 몰랐네. 잘 부탁한다, 아케치."

경비원은 가지런한 치열을 드러내고 웃으며 간사이 사투리로 말했다.

"이쪽은 하무라라고 합니다. 제 조수예요."

아케치 씨가 어째선지 자랑스럽게 소개했다. 나는 그냥 후배라고 반론하려 했지만, 그보다 먼저 우사키가 가냘픈 목소리로 투덜거렸다.

"다른 사람을 데려온다는 소리는 못 들었는데. 코스프레연 입장에서는 민감한 문제야. 반쯤 장난삼아 멋대로 이야기를 퍼뜨리면 곤란해."

몸집이 작은 우사키는 눈꼬리가 축 처지고 입도 조그마해서 그런지 작고 겁 많은 동물 같은 인상이었다.

"물론 장난칠 생각은 없어. 얼른 진실을 밝혀내기 위해서도 하무라의 협력이 필요해. 자, 빨리 현장을 안내해줘."

마지못한 표정으로 앞장선 우사키를 따라 옛 박스로 걸어갔다. 아직 사정을 잘 모르는 나는 허둥지둥 걸음을 옮기며 아케치 씨에게 작은 목소리로 항의했다.

"아까도 물어봤는데, 범인은 이미 체포됐잖아요. 그런데도 사건을 의뢰하다니 어떻게 된 거죠?"

그러자 아케치 씨는 나를 돌아보고 의미심장하게 웃었다.

"훔치러 들어간 도둑이 제일 큰 피해자일지도 몰라. 재미있는 사건이지?"

2

 현장직 근로자 같은 경비원 모리야가 함께 걸으면서 사건 당시 있었던 일을 설명해줬다.
 "토요일 한밤중, 그러니까 일요일 오전 1시경에 난 요 부근을 순찰하고 있었어. 그런데 옛 박스에 난 저 작은 창문 말이야."
 그러면서 흰 장갑을 낀 손으로 2층에 난 작은 창문을 가리켰다. 채광창인 듯했다.
 "저 안쪽에서 한순간 손전등 불빛 같은 게 얼핏 비쳤어. 이런 밤중에 누가 남아 있나 싶어서 들어가봤더니, 계단 아래에 모르는 남자가 기절한 채 쓰러져 있더라고. 허둥지둥 구급차를 불러서 병원에 보냈는데, 경찰이 조사해보니 그 남자가 실은 꽤 전과가 많은 절도범이었던 거야. 그래서 분명 도둑질하러 들어왔다가 계단에서 굴러떨어진 줄 알았지. 그런데 병원에서 의식을 되찾은 절도범이 이렇게 말했다나."
 ─나 다음에 침입한 놈이 하나 더 있어. 그놈과 몸싸움을 벌이다가 떠밀려서 바닥에 쓰러진 거야.
 "경찰의 반응은 어땠나요?"

"진지하게 받아들이지 않았지. 그 절도범은 예전에도 변호사에게 태연하게 거짓말을 했을 뿐 아니라, 경찰측이 허위 자백을 강요했다고 주장해서 재판을 엉망으로 만든 적이 있다면서 경관이 투덜거리더라고."

선두에 있던 우사키가 이쪽을 돌아보았다.

"분명 이번에도 절도범이 가짜로 지어낸 소리겠지. 그런데 난감하게도 우리 동아리 담당 교수님이 아주 걱정이 많은, 아니 신경질적인 분이거든. 지금은 해외로 출장을 가셔서 안 계시지만, 만약 도둑의 주장이 교수님 귀에 들어가면 일이 성가셔질지도 몰라."

우사키 말에 따르면 코스프레 연구회의 담당 교수는 미성년자 동아리원이 술을 마시지는 않는지 확인하기 위해 불시에 동아리 회식을 감시하러 오거나, 동아리원이 하루만 메일에 답장을 하지 않아도 생사를 걱정해 동아리원 전체에게 연락하는 등 호들갑을 떠는 경향이 있다고 한다.

"도둑이 든 것만으로도 큰일인데, 침입자 중 한 명이 아직 붙잡히지 않았다는 소리를 들으면 교수님은 옛 박스의 이용을 금지할지도 몰라. 코스프레연 창설에 관여한 분이기도 해서 목소리가 상당하거든. 그렇게 되기 전에 우리끼리 그 주장의 진위를 확실히 하고 싶은 거야."

되도록 일을 크게 만들지 않고 절도범이 주장한 내용의 진위를 알고 싶어서 안면이 있는 아케치 씨에게 조사를 의뢰한 건가. 그들 입장에서는 밑져야 본전 정도의 생각이었는지도 모르겠지만.

옛 박스 앞에 도착했다. 입구는 중량감이 느껴지는 철문이었고, 문고리 바로 위에 도어록 같은 입력판이 붙어 있었다.

아케치 씨가 대뜸 철문의 문고리를 잡자 우사키가 만류했다.

"잠깐, 비밀번호 네 자리를 입력해야……"

"나도 알아."

아케치 씨는 망설임 없이 '3911'을 입력하고 확인 버튼을 눌렀다. 그러자 직 하는 소리와 함께 잠금이 해제되는 것 아닌가. 아케치 씨는 깜짝 놀란 우사키를 보고 설명했다.

"일반적으로 디지털 보안을 뚫는 방법은 해킹같이 거창한 술수가 아니라 비밀번호 훔쳐보기나 인위적인 정보 유출이야. 어제와 오늘 이틀간, 옛 박스에 드나드는 사람을 감시하는 것만으로도 간단히 비밀번호를 알아낼 수 있었지."

아까 아케치 씨가 오페라글라스를 들여다봤던 게 기억났다. 까딱하면 범죄가 될 수도 있는 짓이었지만 우사키는 오히려 감탄한 듯 고개를 끄덕였다.

"오, 너희를 좀 얕봤는지도 모르겠네. 그렇게 실력을 발휘해서 이번 일을 잘 해결해줘."

예상치 못한 형태로 신뢰를 얻어서 기분이 좋아졌는지 아케치 씨는 가벼운 발걸음으로 옛 박스에 들어갔다.

좁고 긴 1층 복도는 안쪽까지 쭉 뻗어 있었다. 오른쪽 벽에는 문이 세 개. 천장 없이 위쪽이 뚫려 있어서 2층 난간이 보였다.

"가장 가까이 있는 방은 제일 넓은 회의실, 가운데 방은 사진을 편집하는 컴퓨터실, 제일 안쪽 방은 동아리비를 보관하는 금고가 있는 관리실이야."

우사키가 시원시원하게 설명했다.

복도가 끝나는 부근의 오른편에 2층으로 올라가는 계단이 있고, 2층까지 뚫린 복도 양끝 상단에는 모리야가 불빛을 봤다는 작은 채광창이 있었다. 낡은 건물에 가득한 먼지가 채광창으로 비친 햇빛 속을 둥둥 떠다녔다.

아케치 씨는 1층을 대강 훑어본 후 초로의 경비원에게 물었다.

"당일 절도범이 어떻게 행동했는지 자세히 알려주시겠어요?"

"알았어!"

음량 조절 장치가 고장난 게 아닐까 싶을 정도로 큰 소리로 모리야가 대답했다.

"일요일에 현장 검증에도 입회했어. 머릿속에 똑똑히 새겨놨지."

모리야의 설명에 따르면 절도범은 인적이 끊긴 오전 12시 30분경에 침입했다. 출입구는 아까 아케치 씨가 설명한 것과 같은 요령으로 쉽게 돌파했다. 참고로 디자인학과동같이 큰 건물은 밤에는 비밀번호만이 아니라 허가증도 필요하므로 침입을 포기하고 여기를 노렸다고 한다.

일종의 프로인 만큼 절도범은 도둑질할 때 본인만의 루틴에 따라 작업했다. 반드시 건물 위층부터 차례대로 뒤지는 것이다. 그러면 작업하는 동시에 위층의 도주로를 확보할 수 있다. 여기서도 2층을 먼저 뒤졌지만 값나가는 물건은 찾지 못해서, 절도범은 어쩔 수 없이 장식품 몇 개만 바지 주머니에 넣었다.

"그 장식품도 진짜 보석이 아니라 코스프레용 모조품이었지만."

절도범은 이어서 1층을 뒤지려고 계단을 내려갔다. 그때 도어록의 잠금이 해제되는 소리와 함께 출입문이 열리고,

누군가 옛 박스로 들어왔다. 그 사람은 불을 켜지 않고 들고 있던 손전등으로 절도범을 비췄다. 역광이라 상대의 얼굴이 보이지 않아 절도범은 기가 죽었다. 그러자 상대가 손전등을 절도범에게 내던지며 덤벼들었다. 절도범도 작은 펜 라이트를 가지고 있었지만 공격받았을 때 어딘가에 떨어뜨리고 말았다. 어둠 속에서 필사적으로 저항했으나 몸집이 작은 절도범은 벽에 여러 번 떠밀렸고, 결국은 바닥에 내팽개쳐지면서 머리를 세게 부딪치는 바람에 기절했다. 정신을 차려보니 병원 침대에 누워 있었다고 한다.

"절도범에게 던졌다는 손전등은 발견됐습니까?"

"아니. 나도 밖에서 불빛을 봤다고 했지만, 경찰은 절도범이 실수로 손전등 불빛이 새어나가게 했다고 생각하나 봐."

"그럼 침입자의 존재를 뒷받침할 물증은?"

"없지."

씁쓸하게 고개를 젓는 모리야의 말에 따르면, 경찰은 만약을 위해 절도범의 손톱 밑도 모두 조사했다고 한다. 만약 정말로 몸싸움을 벌였다면 절도범의 손톱에는 상대의 피부나 의복의 섬유가 남아 있을 것이다. 하지만 아무것도 검출되지 않았다.

절도범은 '몸싸움을 벌였을 때 장갑을 끼고 있었기 때문'

이라고 주장했다. 하지만 119가 출동했을 때 그는 맨손이었고, 소지품 중에도 장갑은 없었다. 무엇보다 현장 검증 때 도어록과 절도범이 숨어든 2층의 방문에서 지문을 깨끗이 닦아낸 흔적이 있다는 사실이 밝혀졌으므로, 맨손으로 만졌다고밖에 볼 수 없다.

경찰이 그렇게 지적하자 절도범은 우스꽝스러울 만큼 억울해하며 이렇게 소리쳤다고 한다.

─장갑은 분명 그놈이 훔쳐간 겁니다! 아참, 내가 입고 있던 가죽점퍼는 어디 있습니까? 그것도 없었다고요? 망할, 정신을 잃은 상대의 옷을 벗겨서 훔쳐가다니, 이 비겁한 놈!

참으로 기도 안 차는 대사다.

제일 먼저 현장으로 달려간 모리야도 장갑이나 가죽점퍼는 못 봤다니까, 역시 절도범이 거짓말했을 가능성이 크리라.

그러나 모리야는 "다만" 하고 계단 바로 아래쪽 바닥을 가리켰다.

"절도범이 쓰러진 곳 주변에는 호주머니에서 쏟아진 듯한 장식품 몇 개가 떨어져 있었고, 누군가와 싸운 것처럼 복도가 지저분했어. 봐, 저기 공지용 칠판이 있잖아."

복도 안쪽, 왼편에는 몇몇 포스터 사이에 허름하고 작은 칠판이 걸려 있었다. 칠판에는 신입생 환영 이벤트 일정을 적어놓았다.

"분필과 칠판지우개가 바닥에 떨어져 있었는데, 분필은 산산조각난 상태였어."

지금은 정리됐지만 모리야에게는 강한 인상을 남긴 듯했다.

"침입자가 있었다고 보고 수사해야겠죠."

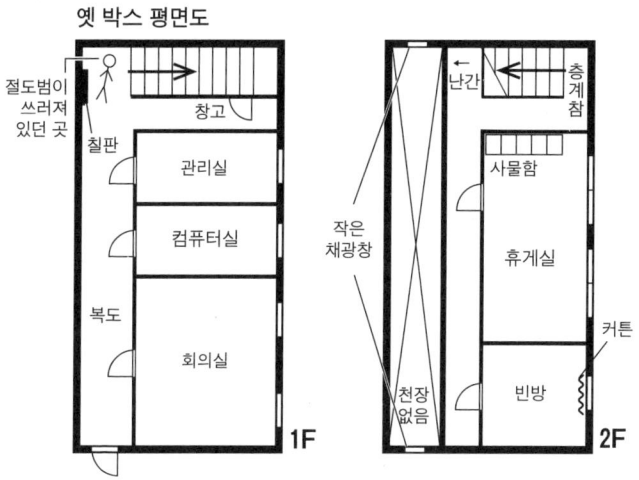

아케치 씨가 몹시 자신에 찬 목소리로 말했다.

"절도범은 도둑질을 부정하기는커녕 구체적으로 어떻게 행동했는지까지 자백했는걸요. 그래 놓고 누군가에게 맞았다는 둥, 자기 옷을 훔쳐갔다는 둥, 거짓말을 해봤자 아무 이득도 없어요."

수긍이 가는 논리였지만 자기편인 변호사에게도 거짓말을 하는 인간이다. 이치에 맞지 않는 주장을 하더라도 이상할 건 없다.

그러나……

"어때, 흥미로운 의뢰지, 하무라?"

"그야 뭐……"

"네게는 기념할 만한 첫 사건이잖아. 추리력을 최대한 발휘해서 진상을 규명해봐. 뭐, 뒤에는 '신코의 홈스'인 내가 버티고 있으니까 마음 편히 먹고!"

껄껄 웃는 아케치 씨에게 찬물을 끼얹기는 꺼려졌다. 이번에는 분위기를 맞춰서 의뢰를 받아들이는 것이 상책이리라.

그리고…… 한 번쯤은 실제로 탐정 노릇을 해보는 것도 나쁘지 않다.

"사건은 현장에서 시작해 현장에서 끝난다. 하무라, 누가 중요한 단서를 찾아내는지 경쟁하자."

아케치 씨는 그렇게 말하자마자 무릎을 꿇고 절도범이 쓰러진 곳을 샅샅이 살폈다. 몸싸움이 벌어졌을 때 생긴 흔적을 찾아낼 작정인 듯했다. 하지만 사건이 발생한 지 닷새나 지났는데 과연 운좋게 남아 있는 단서가 있을까.

나는 다른 시점에서 조사하기로 마음먹고 복도에 줄지은 세 개의 방, 회의실, 컴퓨터실, 관리실에 대해 우사키에게 물어보았다.

"1층에 있는 방은 아무 피해도 없었죠?"

"응. 경찰이 방문을 모두 조사했지만 동아리원의 지문이 묻어 있을 뿐, 이상한 점은 없었어. 1층에 있는 방에는 손을 대지 않았다는 절도범의 증언은 믿을 만해."

우사키도 현장 검증에 입회했다고 한다.

"방문은 잠가놓나요?"

"보통은 잠그지 않아. 2층도 마찬가지고. 원할 때 들어가지 못하면 불편하기도 하고, 동아리원 모두에게 여벌 열쇠를 만들어주기도 귀찮으니까. 다만 관리실만큼은."

우사키가 제일 안쪽 방의 문고리를 잡고 돌리자 철컥철컥 소리가 났다. 잠겨 있었다.

"동아리비를 보관하는 금고가 있으니까 특별히 자물쇠를 달았어. 열쇠는 동아리 회장인 히메…… 히메코마쓰가 딱 하나만 가지고 있지. 참고로 자물쇠를 억지로 열려고 한 흔적은 없었어."

절도범은 금고가 있다는 사실을 몰랐다고 봐도 되리라.

그때 계단 아래 벽에 금속 문이 있다는 걸 알아챘다.

"이건요?"

"창고야. 옛날에 이 건물을 쓰던 동아리가 남겨둔 오래된 간판이나 도료, 공구 같은 게 있어. 우리는 사용하지 않으니까 창고에 들어가지도 않아."

창고를 들여다보자 한 평쯤 되는 습한 공간에 크고 작은 잡동사니가 위태위태하게 쌓여 있었다. 뭐 하나만 빼내도 무너져서 다칠지도 모른다. 아케치 씨에게도 확인해보라고 한 다음 살며시 문을 닫았다.

그때 도어록이 풀리는 소리가 들리고, 한 학생이 들어왔다. 동그라니 커다란 눈이 인상적인 귀여운 여학생이었는데, 대학생이 아니라 올해 고등학교에 입학했다고 해도 믿을 만큼 동안이었다.

하지만 내가 주목한 건 얼굴이 아니라 상식에서 크게 벗어난 복장이었다. 머리 위에서 흔들리는 건 동물의 귀. 케모미미*라는 건가. 목에도 푹신푹신한 회색 모피를 둘렀고, SF에나 나올 법한 파란색 기조의 파일럿 슈트 같은 걸 입었다. 왼팔에는 봉제 곰인형을 끌어안고 있었다.

그는 좁은 복도에 모여 있는 우리를 보고 놀란 눈치였지만, 경비원 모리야와 아는 사이인 듯 눈인사를 살짝 건넨 후 우사키에게 말을 걸었다.

"위에 히메 선배가 있다길래 의상을 확인받으러 왔는데요…… 누구세요?"

앳된 얼굴과 달리 약간 나지막하면서도 씩씩한 목소리였다.

"미스터리 애호회의 아케치와 하무라야. 일요일에 일어난 사건을 조사해달라고 부탁했어."

우사키가 설명하자 케모미미 여학생은 공손히 고개를 숙였다.

"잘 부탁드립니다. 2학년 구스카타라고 해요. 총무를 맡고 있어요."

"잠깐 괜찮을까? 방금 그 차림새로 들어왔는데, 어디서 갈아입은 거지?"

---

* 일본 애니메이션이나 만화에서 인간형 캐릭터에게 달린 동물의 귀를 뜻하는 용어.

처음도 마지막도 아닌 사건

아케치 씨가 유심히 관찰하며 물었다. 기발한 복장에 흥미가 동했는지도 모르지만, 여성에게는 무례한 태도. 기분이 상하지는 않을까 불안했지만 옆에 있는 우사키는 오히려 재미있어하는 표정이었다.

케모미미 여학생은 약간 붉어진 얼굴로 대답했다.

"옷은 디자인학과동에서 갈아입고 오는 게 규칙이에요. 의상 제작에 사용하는 도구도 전부 그쪽에 있고요. 담당 교수님이 의상을 아주 철저하게 관리하시는 분이라……"

"이 건물은 낡았고, 보다시피 깨끗하게 청소하는 것도 아니거든. 작년에 튀어나온 못에 걸려서 의상이 찢어지는 바람에 안 그래도 신경질적인 교수님이 화를 펄펄 냈지. 그 후로 옷을 갈아입는 것도, 의상을 보관하는 것도 디자인학과동에서 하고 있어."

우사키는 "그 의상도 더러워지지 않도록 조심해" 하고 구스카타에게 충고했다.

"아하. 1층에 탈의실이 보이지 않길래 2층에 있나 싶었는데, 그런 거였군."

나는 아케치 씨의 말을 듣고서야 그 사실을 깨달았다. 뭔가를 찾아내는 데 정신이 팔려서 모자라는 걸 놓쳤다. 탐정 노릇도 쉽지는 않다.

"어쨌거나 복도에는 이렇다 할 단서가 없는 것 같군."

아케치 씨가 무릎에 묻은 먼지를 털어냈다.

"뭐, 됐어. 중요한 건 2층이야."

그렇게 말하며 계단에 발을 올렸다.

"잠깐!"

우사키가 갑자기 아케치 씨를 불러세웠다. 왜 그러나 싶어 그가 가리키는 곳으로 시선을 돌렸다. 계단 어귀의 벽에 '2층은 남자 출입 엄금!'이라고 커다랗게 써 붙인 종이가 있었다.

"남자는 올라가면 안 돼."

아케치 씨는 제정신이냐는 듯 눈을 부릅떴다.

"이런 상황에 무슨 소리야? 사건을 조사하러 가는 거잖아."

"여자애들이 화낼 거야!"

"별일도 아니네!"

"별일이 아니기는! 우리 동아리는 남자와 여자 비율이 1대 5란 말이야."

우사키는 진지한 표정이었다. 세 명밖에 안 되는 남자 동아리원들은 계층구조의 제일 아래층에 있는 모양이었다.

"그럼 저기." 아케치 씨가 케모미미에게 고개를 돌렸다. "구스카타라고 했나. 재랑 같이 올라가면 되겠네."

그러자 어째선지 우사키는 난감한 듯 구스카타의 얼굴을 보았고, 구스카타는 "그게" 하고 말꼬리를 흐렸다.

"죄송해요. 저도 멋대로 2층에 올라갈 수는……"

……무슨 소리지?

경비원 모리야가 천연덕스러운 투로 말했다.

"몰랐어? 얘는 남자야. 오늘은 여장해서 그래."

""남자라고!""

동시에 외친 나와 아케치 씨의 목소리가 겹쳐졌다.

3

케모미미 파일럿, 구스카타는 예술학부 남학생이라고 한다. 그는 이번 주말에 열릴 신입생 환영 이벤트를 이끌 코스플레이어로, 정체는 신입생이 동아리에 가입한 후에 밝히기로 했다고 한다. 동안인 2학년은 딱 달라붙는 파일럿 슈트를 우물쭈물 잡아당기면서 "먼저 말하지 않아서 죄송합니다" 하고 공손히 고개를 숙였다.

굉장하다. 남자라는 사실을 알고 있는데도 완벽한 미소

녀로 보인다.

그나저나 구스가타의 정체는 비밀일 텐데 모리야는 어떻게 안 걸까.

"모리야 씨는 예전부터 코스프레 연구회 분들과 안면이 있으셨던 건가요?"

"그렇지. 난감하게도 얘들은 해가 질 때까지 캠퍼스에서 촬영하기도 하거든. 게다가 칼이니 총이니 가지고 있잖아. 어두운 곳에서 처음 마주쳤을 때는 깜짝 놀랐어."

구스카타는 죄송하다는 듯이 머리를 긁적였다.

"교육동 뒤편에 커다란 벚나무가 있는데요. 봄에는 밤 벚꽃을 배경으로 찍은 사진이 특히 인기가 많아요. 시간 가는 줄도 모르고 촬영에 푹 빠졌다가 종종 주의를 받죠."

그때 위에서 문이 열리고 닫히는 소리가 들렸다.

위쪽, 2층 층계참에 얼굴을 내비친 건 무녀. 아니, 정확하게 말하면 민소매 무녀 복장을 차려입고 허리에는 기관총을 멘 금발 미녀였다.

대체 무슨 소린가 싶지만, 실제로 그렇게 입고 있으니까 어쩔 수 없다.

"아, 히메……"

우사키가 긴장 어린 목소리로 말했다. 저 여학생이 코스프레 연구회 회장 히메코마쓰인가.

기관총으로 무장한 금발 무녀는 '람보'처럼 어깨에 비스듬히 멘 탄띠를 절그럭거리며 한 손으로 들어올린 총구를 우리에게 향했다.

"아까부터 시끄럽다 싶더니만. 우사, 그 사람들 뭐야?"

히메●라는 별명에 부끄럽지 않도록 당차게 치켜 올라간 눈은 화장이 아니라 타고난 것이리라.

"사건 조사를 부탁한 미스터리 애호회 분들이야."

우사키가 우리를 소개했지만 구스카타와 달리 히메코마쓰의 반응은 냉담했다.

"다음 주에는 교수님이 돌아오실 거야. 그전에 침입자가 있었는지 없었는지, 일을 확실히 마무리지어야 하는데 아마추어를 불러서 어쩌자는 거야?"

"그, 그렇지만 경찰은 진지하게 수사해줄 것 같지 않고……"

우사키가 말을 어물거리자 모리야가 거들어주었다.

"아케치를 무시하면 안 돼. 왜, 작년에 전단지 살포 사건도 아케치가 해결했다잖아. 그리고 일을 크게 만들고 싶지

● 공주, 귀인의 딸이라는 뜻의 일본어.

는 않지? 그럼 얘들한테 맡기는 게 타당할 텐데."

연장자의 의견을 받아들인 건지, 아니면 반론하기도 귀찮은 건지 히메코마쓰는 한숨과 함께 "어쩔 수 없지" 하고 내뱉었다.

"다만 지금은 신입생을 모집하는 중요한 시기야. 다른 회원들에게 혼란을 주지 않기 위해서라도 어중간한 억측이 퍼지면 안 돼. 최종적인 결론이 나올 때까지 이번 일은 우리 세 명만 알고 있는 거야, 알았지?"

히메코마쓰는 우사키와 구스카타를 가볍게 노려보며 단단히 입단속을 했다. 다행히 다른 동아리원들은 여기에 없다. 우사키 말로는 디자인학과동에서 의상을 준비하느라 바쁘다고 한다. 아케치 씨는 한 손을 들어 알아들었다는 뜻을 표시했다.

"그럼 2층을 안내해주실까. 침입자의 흔적을 찾아보고 싶은데."

"2층은 물건을 도둑맞은 것 말고는 별다른 이상이 없었어. 절도범이 몸싸움을 벌인 곳은 1층이잖아."

"간단한 추리야. 절도범은 장갑을 끼고서 물건을 훔쳤다고 주장했어. 그 말이 진실이라면 지문을 닦아낼 필요는 없었겠지."

그 말을 듣자 나도 이해가 갔다.

"그렇구나. 1층과 달리 2층은 지문을 닦아냈다. 절도범의 소행이 아니라면 침입자가 닦은 것이다. 즉, 침입자는 몸싸움을 벌인 후 2층으로 올라간 셈이로군요."

"그렇지. 2층으로 올라간 목적은 모르겠지만, 단서가 발견될 가능성은 있어."

히메코마쓰는 "흥" 하고 쌀쌀맞게 반응했지만 우리를 2층으로 데려갔다.

1층 복도에 천장이 없는 만큼 2층은 면적이 좁아서 방은 두 개뿐이었다.

"가까이 있는 방은 여학생들이 사용하는 휴게실이야. 안쪽에 있는 작은 방은 도둑맞은 장식품이 있던 곳이고."

작은 방을 먼저 확인해보았다. 불을 켜보니 방은 때가 탄 콘크리트 벽으로 사방이 둘러싸인, 세 평도 안 돼 보이는 좁은 공간이었다. 안쪽의 조그마한 창문에는 검은색 커튼을 쳐놓았다.

"……아무것도 없네."

아케치 씨 말대로 실내에 가구는 전혀 없었다. 왼쪽 벽에 가늘고 길쭉한 판자를 대서 두 단짜리 간이선반을 설치해두었지만 무언가 놓여 있지는 않았다. 살풍경하다는 말이 딱 들어맞는 방이었다.

"빈방이야?"

아케치 씨의 질문에 히메코마쓰는 고개를 끄덕였다.

"원래는 오래돼서 쓸모없는 물건들이 넘쳐났지만 코스프레연이 여기 들어올 때 선배들이 처분했대. 좁고 콘센트도 없어서 지금은 딱히 사용하지 않아."

"말은 그렇지만 도둑맞을 뻔한 장식품은 이 방에 보관해뒀었잖아."

히메코마쓰는 작게 탄식했다.

"원래 우리는 디자인학과동에 의상을 보관하는데 말이야."

"아까 들었어. 의상이 찢어지거나 더러워지지 않도록, 신경질적인 담당 교수님이 그러라고 시켰다면서?"

"다행이네, 이야기가 빨라서. 하지만 디자인학과동은 저녁 7시에 정문을 잠가. 허가증이 있어야 자동문을 열 수 있지."

혹시. 아까 구스카타에게 들은 이야기가 떠올랐다.

"촬영에 몰두한 나머지 의상을 제때 돌려놓지 못하는 동아리원이 있는 건가요?"

"정답. 갈아입을 옷도 미리 가지고 나오니까 애초에 제때 돌려놓을 마음이 없는 거겠지. 규칙은 규칙이라고 평소

따끔하게 주의를 주는데도 말귀를 못 알아듣는 사람이 있어. 그렇지, 구스카타?"

히메코마쓰가 날카롭게 흘겨보며 이름을 부르자 구스카타는 허둥댔다.

"지난달에 야단맞은 후로는 안 그래요. 그리고 나……저는 다른 선배들이 밤 벚꽃을 배경으로 촬영하러 갈 때 억지로 끌려갔을 뿐이라고요."

"과연 정말일까?"

"정말이에요. 그때 '여장할 거면 여자의 마음을 이해해야 한다'는 어처구니없는 이유로 굳이 이 방에서 옷을 갈아입으라고 했어요. 저도 피해자라고요."

구스카타가 작은 주먹을 불끈 쥐고 화를 냈지만 영 박력이 없었다. 히메코마쓰는 어깨를 으쓱하고 본론으로 돌아갔다.

"아무튼 오후 7시 이후까지 남아 있는 동아리원은 이 빈방에 의상을 보관하는 게 일상이 됐지. 사건 당일 밤도 여자 동아리원 세 명이 의상은 옷걸이에 걸고, 자잘한 물건과 장식품은 선반에 놔뒀어."

그걸 절도범이 발견하고 훔친 건가. 어쩌면 펜 라이트 불빛만으로는 진짜인지 가짜인지 구별이 되지 않아 비싼 물건이라고 착각했는지도 모른다.

아케치 씨는 방 안에 있는 가슴 높이의 창문으로 다가갔다. 단단히 쳐놓은 검은 커튼에는 하얀 곰팡이가 피고, 벌레 먹은 듯한 구멍도 여기저기 눈에 띄었다. 예전에는 아주 지저분한 방이었던 듯하다.

"창문 위쪽도 조사해보고 싶은데 발판 같은 건 없어?"

"옆방에 책상이 있어."

히메코마쓰의 말에 반응한 구스카타가 재빨리 책상을 가져왔다. 아케치 씨는 감사를 표하고 책상에 올라갔지만, 커튼 안쪽에 몸을 디밀자마자 가볍게 기침을 했다.

"먼지가 쌓여서 자물쇠가 잘 안 열리는군. 이 창문은 계속 닫아놓나?"

"빈방이니까. 커튼도 일 년 내내 쳐놔."

모리야의 말에 따르면 사건 직후 확인했을 때도 창문 자물쇠는 잠겨 있었다고 한다.

여기서는 침입자에 관련된 단서를 찾지 못했다. 우리는 빈방을 나와 히메코마쓰가 휴게실이라고 부른 방으로 향했다.

휴게실은 빈방과 대조적으로 창문에 커튼이 없어서 오후 햇살이 한껏 쏟아졌다. 초등학교 교실의 절반 정도 크기라 여자 동아리원 열다섯 명이 전부 들어가고도 남을 듯했다. 다만 몹시 어질러놔서 꼴이 말이 아니었다. 방 한복판에 붙여놓은 책상 네 개에 패션잡지와 화장도구가 너저분하게 널려 있었다. 책상 주변에는 접이의자 십여 개가 들쭉날쭉 놓여 있고, 방 안쪽에는 기껏해야 교과서가 들어갈 정도의 조그마한 사물함이 가로세로 네 개씩 열여섯 개가 줄지어 있었다. 널빤지가 깔린 바닥은 한 발짝 내디딜 때마다 지직, 하고 모래가 밟히는 소리가 났다. 좀처럼 청소를 하지 않는 것이리라.

"더러워 죽겠네."

아케치 씨가 불쑥 내뱉자 히메코마쓰가 울컥했다.

"시끄러워! 빨리 조사나 해."

비어 있는 옆방에 비하면 물건이 많아서 조사할 보람이 있을 듯했다.

하지만 너무 만만하게 생각했다는 걸 바로 통감했다.

일단 이곳이 평소에는 금남 구역임을 의식하자 물건을 건드리기가 껄끄러웠다. 화장품 같은 개인 물품은 물론이고, 늘 여학생이 앉아 있을 의자를 조사하는 행동이 히메코마쓰의 눈에 어떻게 비칠지 걱정됐다. 하물며 사물함은 사용자의 허락 없이는 열어볼 수 없다.

이런, 조금도 진전이 없잖아!

혈흔이나 흉기같이 거창해서 눈에 딱 띄는 단서라면 찾기 쉬울 텐데.

나는 새삼스레 탐정 흉내를 내겠답시고 나선 걸 후회했다.

이대로 가다가는 아케치 씨와 함께 창피를 당할 뿐이다.

"벽에 부딪힌 모양이군, 하무라."

깜짝 놀랐다. 어느 틈엔가 아케치 씨가 등뒤에 있었다.

"보다시피 단서 같은 건 없어요. 어차피 경찰이 다 조사하고 간걸요."

그만 약한 소리를 내뱉자 아케치 씨는 손가락으로 무테안경을 밀어올리며 의기양양하게 말했다.

"단서가 없는 게 아니야. 단서는 이미 보여. 우리가 알아차리지 못할 뿐이지. 알겠어?"

"무, 무슨 말씀이세요, 그게?"

"아케치식 수사 요령 중 하나야. 잘 들어. 경찰은 인력과 과학기술을 최대한 활용해 머리카락이나 눈에 보이지 않는 혈흔조차 찾아내. 하지만 미스터리에서는 어떻지? 명탐정은 경찰조차 알아차리지 못한 조그마한 단서를 바탕으로 누구보다도 먼저 진상에 다다라. 인력이나 기술에서 뒤떨어질 미스터리의 명탐정들이 어떻게 현장에서 경찰을 앞질러 그런 단서를 찾아낼 수 있을까?"

"그야."

나는 말문이 막혔다. 이거 말해도 되려나.

"작가가 그런 식으로 집필하니까요."

"과연 대단해, 하무라!"

칭찬받았다.

"즉, 미스터리 속 명탐정에게는 '이야기의 전모를 아는 작가'라는 무적의 신이 붙어 있는 거야. 그렇기에 진실을 해명하기 위한 수많은 증거 중에서 가장 중요한 증거만 아주 빠르게 취사선택할 수 있지."

"현실세계에 작가는 없는걸요. 그러니까 경찰은 온갖 수단을 동원해 단서를 수집하고, 단서를 합리적으로 조합해 진상이라는 이름의 퍼즐을 완성하는 거겠죠."

하지만 아케치 씨는 대담한 웃음을 지었다.

"퍼즐의 명인은 완성된 그림을 추측해서 필요한 조각을 맞춰나가는 법이야."

어떻게 답해야 할지 몰라 또 말문이 막혔다.

"우리가 해야 할 일도 그것과 똑같아. 사건의 전체상을 예측해, 거기서부터 역산해서 단서를 찾아내는 거지. 미스터리 애독자인 만큼 우리는 온갖 진상을 상상할 수 있어.

그럼으로써 미스터리 속 명탐정에게 바싹 다가서는 것이 바로 '미스애'의 진정한 목적이다! 알겠나, 하무라!"

문 쪽에서 아케치 씨의 일인극을 보고 있던 모리야가 물었다.

"그렇다면 넌 어떤 진상을 그려냈는데?"

"아직은 딱히."

"없는 거냐!"

역시 아케치 씨에게 의지해서는 안 된다.

나는 기본적인 추리를 통해 실마리를 찾고자 입을 열었다.

"경찰은 진지하게 받아들인 것 같지 않지만, 침입자가 있었다고 치고 생각해보죠. 침입자가 2층까지 올라왔다면 무엇이 목적이었을까요?"

"그야 절도범과 마찬가지로 뭔가 훔치려고 했겠지. 무언가 켕기는 목적이 없었다면 절도범과 마주쳤을 때 느닷없이 덤벼들지는 않았을 거야."

모리야가 당연하다는 듯이 반응했고, 케모미미를 착용한 구스카타도 동의했다.

"처음에는 동아리원이 잊어버린 물건을 가지러 온 것 아닐까 싶었지만, 동아리원이라면 도둑을 보고 비명을 지르거나 도망치겠죠."

아케치 씨가 대화에 끼어들었다.

"그것보다도 의문인 건 절도범을 기절시킨 침입자가 바로 도망치지 않고 2층에 올라갔다는 점이야. 만약 절도범이 의식을 되찾으면 반격당할지도 모르는데 말이지. 뭐가 목적이었든, 다른 날에 다시 올 수는 없었을까."

확실히 그렇다. 침입자는 왜 위험을 무릅쓰면서까지 그날 밤 2층에 올라가고 싶었던 걸까.

나는 히메코마쓰에게 확인해보았다.

"절도범이 훔친 장식품 외에 사라진 물건은 정말로 없는 거죠?"

"아무도 짚이는 바가 없대. 애당초 이 사물함에 귀중품을 보관하는 사람도 없을 테고."

사용자의 이름표가 붙은 사물함에는 대부분 열쇠가 꽂혀 있었다. 아무래도 귀중품을 놓아둘 만한 환경 같지는 않았다.

"사건 당일이 뭔가 특별한 날이었던 건 아니고?"

아케치 씨의 질문에 우사키가 대답했다.

"딱히 생각은 안 나는데. 그날 신입생 환영 촬영 이벤트가 있긴 했지만, 사월에는 매주 하거든."

추리가 좀처럼 앞으로 나아가지 않았다. 역시 지금 가지고 있는 정보만으로는 부족한 걸까. 침입자가 2층에 올라간 목적을 추리하는 건 좋은 착안점이라고 생각했는데.

그때 아케치 씨가 화제를 바꾸었다.

"2층에 올라간 목적도 그렇지만, 기절한 절도범의 장갑과 가죽점퍼를 굳이 벗겨서 가져간 이유도 큰 수수께끼야."

"가죽점퍼는 그렇다 치고, 장갑은 자기 지문을 남기지 않기 위해 사용한 것 아니겠어?"

"……얕은 생각이로군."

비웃음을 당한 히메코마쓰가 표정을 싹 지우고 모형 기관총의 안전장치를 풀었다. 아케치 씨가 약간 빠른 말투로 설명했다.

"진정해. 2층 방의 문에 지문을 닦아낸 흔적이 남아 있었잖아. 즉, 침입자는 맨손으로 문을 만진 셈이야. 빼앗은 장갑을 낀 건 아니지. 안전장치 채워."

그 말을 듣고 머릿속이 혼란스러워졌다. 그건 좀 이상하지 않나.

"침입자는 절도범의 장갑을 빼앗았잖아요. 장갑이 있는데 맨손으로 행동하고 나서 지문을 지운 건가요? 왜 그렇게 번거로운 짓을?"

"몰라."

"그럼 역시 절도범이 거짓말했다고 보는 편이 이치에 맞지 않을까요?"

"아니. 절도범은 전과자야. 지문을 조사하면 신원이 금방 밝혀질 텐데, 맨손으로 작업하진 않았을 거야. 역시 절도범은 장갑을 꼈다고 봐야겠지."

한쪽의 아귀를 맞추면 다른 쪽에 빈틈이 생긴다. 어떻게 된 걸까.

"어이, 하무라. 그런 것보다 조사할 곳이 아직 남았잖아."

아케치 씨는 말을 마치기가 무섭게 사물함으로 다가가 주저 없이 하나를 열었다. 교과서 몇 권과 땀냄새 제거 스프레이가 빼꼼 보이는 드러그스토어 비닐봉지가 들어 있었다.

"자, 자, 잠깐." 기관총으로 무장한 금발 미녀가 날듯이 끼어들었다. "뭐 하는 거야!"

"안쪽을 대강 훑어보려는 것뿐이야. 다른 뜻은 없어."

"미쳤어? 여자 사물함이라고."

"사물함 자체에 성별이 있는 건 아니지. 진상을 규명하기 위해서는 아무리 사소한 정보도 놓쳐선 안 돼. 그게 탐정으로서……"

그러자 은근히 무례한 귀족 영애 같은 말투가 아케치 씨의 말을 가로막았다.

"입을 다무실 마음이 없으시온 듯한데, 존안에 구멍을 늘려 드리오리까?"

히메코마쓰는 오늘 보았던 것 중에 가장 환한 미소를 띤 채 모형 총 총구로 아케치 씨의 턱을 밀어올리며 사물함 수색을 거부했다.

결국 이날은 히메코마쓰에게 쫓겨나다시피 옛 박스를 나섰다.

우리의 수확은 제로. 조사를 시작했을 때 살짝 들떴던 마음은 이미 사라지고 없었다.

옛 박스에서 돌아가는 길에 옆을 걷는 아케치 씨에게 물었다.

"분명 저희한테 실망했겠죠. 정말로 이 일을 무사히 마칠 수 있다고 생각하세요?"

"초조해할 것 없어. 절도범을 기절시킨 후에 굳이 2층으로 향했으니 침입자는 거기에 관한 지식이 있는 인물, 다시 말해 코스프레 연구회에 조금이라도 관련된 인물일 가능성이 높아. 동아리원이랑, 그렇지, 그들을 늘 쫓아다닌다는 팬에게 이야기를 들어보자."

"어떻게요?"

아케치 씨는 우아한 손놀림으로 셔츠 주머니에서 종이를 한 장 꺼냈다. 코스프레 연구회의 신입생 환영 이벤트 전단지였다.

"내일은 토요일이지만, 코스프레 연구회는 학생식당 앞 광장에서 촬영회를 가진다는군."

"설마······"

"잠입수사야, 하무라."

4

신코 대학교는 토요일에 강의가 없다. 그런데도 캠퍼스는 아침부터 활기가 넘쳤다.

우리는 '센트럴 유니온'이라고 불리는 학생식당의 출입구 앞에 있었다. 지름 십오 미터쯤 되는 원형 광장 여기저기에 기발한 복장을 차려입은 학생들이 보였다. 코스프레 연구회 동아리원들이다.

신입생 환영 이벤트를 겸한 촬영회. 귀엽거나 멋진 포즈를 취하는 동아리원은 여섯 명. 나머지 동아리원은 다른 곳에 있는 걸까, 아니면 시간을 정해놓고 교대하는 걸까. 다들 애니메이션이나 게임 속 캐릭터를 재현한 듯한데, 내가 유일하게 아는 캐릭터는 오래된 격투 게임의 가라테 격투가뿐이었다.

촬영회는 곧 시작됐다. 광장에는 팬으로 추정되는 사람 십여 명이 커다란 카메라를 들고 모여 있었는데, 분명 학생일 리 없는 중년 남성도 몇몇 보였다. 그 독특한 분위기에 적응하기 힘든지, 신입생처럼 보이는 젊은이들이 전단지를 든 채 광장 밖에서 슬슬 눈치를 보듯 이벤트를 구경했다.

"흠. 탐문은 사람이 좀더 모인 후에 하는 편이 좋겠군."

"아케치 씨."

"왜?"

"어제 잠입수사를 하겠다고 하지 않으셨어요?"

"물론 잠입중인데. 너도 좀 꾸미고 오지 그랬어?"

역시 평상복이 아니라 코스프레였나. 안심하면서도 아케치 씨의 센스 없는 선택에 머리를 끌어안고 싶어졌다.

"왜 하필 긴다이치 고스케●인가요······"

쥐색인지 갈색인지 구분이 안 되는 후줄근한 기모노에 짙은 감색 하카마●●, 그리고 모자. 자세히 보니 기모노 밑

● 추리소설가 요코미조 세이시가 창작한 사립탐정. 장편과 단편을 포함해 약 70편의 작품에 등장한다.

에는 옷깃 없이 단추만 달린 셔츠를 입었는데, 버선에 이르자 진짜로 오래 신어서 허름해진 것처럼 보였다. 어떻게 준비한 걸까.

"명탐정 하면 이거지. 오카야마현 구라시키시에서 매년 개최하는 긴다이치 고스케 코스프레 이벤트 몰라? 예전에 참가했었어."

그 열의에 절로 고개가 숙여졌다.

"아주 잘 재현한 건 인정하지만, 다들 무슨 코스프레인지 모르니까 다가오지 않잖아요."

"그래? 나이가 어린 사람들을 위해 원작의 중절모가 아니라 영상으로 익숙한 튤립해트를 썼는데."

챙이 넓게 퍼진 모자를 쓴다고 알 턱이 있나. 대부분은 자기만의 세상에 푹 빠진 사극 오타쿠라고 여길 것이다.

실은 아까부터 히메코마쓰가 광장 한가운데서 살기 어린 시선을 던지고 있었지만, 아케치 씨는 전혀 눈치채지 못했다.

그때 광장 건너편 길에 서서 이벤트를 주시하고 있는 경비원 제복을 입은 남자가 보였다. 모리야였다.

●● 기모노 겉에 입는 하의. 주름을 잡은 바지나 치마 형태다.

"마침 잘됐네. 모리야 씨에게 확인하고 싶은 게 좀 있었거든."

아케치 씨가 모리야 씨에게 다가갔다. 나도 따라갔다.

"오, 아케치랑…… 조수."

내 이름은 잊어버린 듯했다.

"뭐야, 그 기발한 복장은? 이누가미 일족 같군."

"이누가미 일족이 아니라 긴다이치 고스케입니다. 기발하다고 한다면 코스프레 연구회 쪽이 더 기발하지 않나요?"

"그래? 히메는 〈신토 배틀로얄 극장판〉의 리리이잖아. 세번째 진화 형태야. 구스카타는 〈기동야수 장기대전〉의 히시. 저 봉제인형의 뱃속에는 해골이 들어 있어."

작품 내용도, 모리야가 왜 그걸 알고 있는지도 수수께끼였지만 아케치 씨는 캐묻지 않고 사건 이야기를 꺼냈다.

"어제 알고 지내는 탐정 사무소에 부탁해서 알아봤습니다. 그 절도범은 도둑질을 할 때면 반드시 장갑을 꼈다는군요."

"그렇다면……"

"이번에도 장갑을 꼈을 겁니다. 즉, 절도범의 주장은 거짓이 아니었던 셈이에요. 역시 2층의 지문을 닦아낸 건 절도범이 아니라 침입자겠죠. 덧붙이자면 저는 침입한 사람이 모리야 씨 아닐까 의심했습니다만."

"나?"

모리야가 괴상한 소리를 질렀다.

"첫번째 발견자를 의심하는 건 철칙이니까요. 모리야 씨는 도어록 비밀번호를 아니까 침입하기도 쉬울 테고, 경찰이 오기까지 2층에 다녀올 시간도 충분했겠죠."

여기서 아케치 씨는 말투를 누그러뜨렸다.

"하지만 모리야 씨는 평소 경비원 제복에 맞춰 장갑을 착용하시니까 지문을 닦아낼 필요가 없습니다. 그리고 절도범은 침입자와 심한 몸싸움을 벌였는데도 상대의 특징을 기억하지 못했어요. 모리야 씨가 침입자였다면 아무리 어두워도 제복 차림에 덩치가 크고 힘이 센 사람이라는 걸 알아차렸을 겁니다."

모리야는 노년에 접어들었지만 키가 크고 체격도 탄탄하다. 덩치가 작았다는 절도범은 그의 상대가 되지 못했으리라.

모리야는 안도의 한숨을 내쉬었다.

"휴, 간 떨어질 뻔했잖아. 그럼 무슨 말을 하고 싶은 건데?"

"순찰하다가 옛 박스 2층 채광창에 불빛이 비친 걸 보고 수상하다 싶어 곧장 확인하러 가셨다고 했죠. 손전등이 침입자의 것이라면, 절도범과 몸싸움을 벌이다가 손전등 불빛이 우연히 2층 방향을 향했다고 해야 자연스러울 겁니다. 그후 출입구로 달아났다면 반드시 모리야 씨 눈에 띄지 않았을까요?"

"……확실히 그렇네. 하지만 내가 도착할 때까지 출입구로 나온 사람은 없었어."

"즉, 모리야 씨가 기절한 절도범을 발견했을 때 침입자는 아직 내부에 있었을 가능성이 큽니다."

"어이구, 무서워라!"

호들갑을 떠는 것과는 달리 모리야의 눈은 겁에 질리기는커녕 흥미진진하다는 듯 빛났다.

"그때 건물을 전부 살펴보지는 않았으니까. 숨어 있었어도 나는 몰랐겠지."

모리야는 119에 신고한 후, 구급차를 유도하기 위해 근처 차도까지 나갔다고 한다. 구급차가 도착하기까지 걸린 시간은 오 분에서 육 분. 아마도 침입자는 그 틈에 자취를 감췄으리라.

조금씩이기는 하지만 사건 당일 밤의 상황이 파악됐다.

"굉장한걸. 정말로 탐정 같잖아. 아차, 벌써 시간이 이렇게 됐나. 열심히 해."

이야기를 마친 모리야가 일하러 돌아갈 무렵에는 광장에 모인 사람이 두 배 이상으로 늘어 있었다.

"자, 하무라. 어제는 별 수확이 없었지만 신경쓰지 않아도 돼. 현장의 정보만으로 사건이 해결된다면 아무도 고생하지 않겠지. 오히려 탐문수사가 탐정업의 묘미라고 할 수 있어."

아케치 씨는 어제 "사건은 현장에서 시작해 현장에서 끝난다"라고 큰소리친 걸 잊어버린 것처럼 새로운 견해를 늘어놓았다.

"탐문은 이를테면 투자야. 별것 아닌 대화도 하면 할수록 나중에 가치가 생기는 법이지. 인간은 정보의 덩어리거든. 표정, 복장, 일거수일투족에 정보가 꽉 차 있어. 그것들 하나하나에 촉각을 곤두세워서 해결의 실마리를 찾아내는 거야!"

"전혀 자신이 없는데요."

"이럴 때를 위해 평소 메뉴 맞히기 대결을 해서 관찰력을 기른 거잖아."

"네? 그럼 둘 다 소질이 없는 것 같은데요!"

몹시 불안해졌지만, 아케치 씨는 자신만만한 웃음을 지

으며 내 어깨를 두드렸다.

"힌트를 줄게. 침입자는 2층에 올라갈 필요가 있었어. 그 목적을 생각하면 촬영회 참가자에게 뭘 물어봐야 할지 알 거야."

그 말이 무슨 뜻인지 이해하기도 전에 아케치 씨는 "잘 봐!" 하고 엄지손가락을 세우더니 사람들이 모여 있는 곳으로 향했다.

혼자 남겨지자 막막했다. 자꾸 탐문 탐문, 하는데 대체 뭘 어쩌면 좋을까. 아무리 그래도 '당신, 지난주 토요일 밤에 옛 박스에 숨어들었죠?' 하고 물어볼 수도 없는 노릇이고.

2층에 올라간 목적?

절도범이 장식품을 훔친 것 말고 다른 피해는 보고되지 않았다. 즉 침입자는 아무것도 훔치지 않았다는 뜻이다. 아니면 목표물을 찾지 못해 빈손으로 물러간 걸까.

생각에 빠져 있는데 내 이름을 부르는 목소리가 들렸다. 케모미미 파일럿 차림의 미소녀……가 아니라 남자인 구스카타가 서 있었다.

"조사하느라 고생이 많으시네요."

그렇게 말하며 고개를 꾸벅 숙였다. 후배인 내게도 존댓말을 쓰다니 원래 성격이 그런 걸까, 철저히 캐릭터를 지키는 걸까. 꼼꼼히 화장한 구스카타는 어떻게 봐도 여자였다. 모피로 목을 장식한 건 목울대를 감추기 위해서일까.

"구스카타 씨야말로 이렇게 많은 사람 앞에서 고생이시네요."

구스카타는 쓴웃음을 지었다.

"운동부원 같은 성격의 동아리원이 많아서 그런지 어떤 이벤트에도 전력투구하죠. 신입생 환영 이벤트는 편한 축에 들어요."

"그래요?"

"우리…… 저희는 다양한 코스프레 이벤트에 참가할 뿐만 아니라 사진집을 자비출판하거나 제작한 의상을 대여하기도 하거든요."

"생각보다 활동 폭이 넓군요."

"요즘 같은 시대에는 본인이 좋아하는 것의 매력을 어떻게 세상에 퍼뜨리느냐가 중요하다, 그게 담당 교수님의 신조라서요."

가슴에 사무치도록 깊은 생각을 안겨주는 말이었다.

"그러고 보니 부회장 우사키 씨는요?"

광장에는 보이지 않았다. 어제도 그는 평상복이었는데, 코스프레는 하지 않는 걸까.

"저기 있어요."

구스카타가 포즈를 취하는 히메코마쓰에게 카메라를 들이대는 무리 한구석을 가리켰다.

"우사키 선배는 카메라맨이에요. 아까 말했던 사진집 외에 대여의상 팸플릿도 편집하죠. 무례한 팬이 없는지도 확인하고요. 특히 히메 선배는 이 분야에서 큰 인기를 누리는 독보적인 존재라, 게임쇼에서 기업 공식 코스플레이어를 맡기도 했거든요. 가끔 있어요, 끈질기게 포즈를 요구하거나 억지로 선물을 주려고 하는 사람이."

그 말에 머릿속 한구석에서 뭔가가 번쩍했다.

바로 도망치지 않고 2층으로 올라간 침입자. 녀석의 목적이 훔치는 행위와 정반대였다면?

히메코마쓰는 없어진 게 없다고 했지만, 늘어난 것은 언급하지 않았다. 가령 침입자의 정체가 억지로 선물을 안겨주고 떠나는 팬이라면, 오늘도 여기 왔을 가능성이 있다.

"그렇구나, 아케치 씨도 그런 생각으로……"

그때였다.

"뭐야, 이거! 사람 말이 말 같지 않아?"

고함이 쩌렁쩌렁 울려퍼져서 사람들이 술렁거렸다. 아무래도 남자 몇 명이 실랑이를 벌이는 듯했다.

게다가 소란의 중심에서 멱살을 잡힌 사람은 후줄근한 기모노 차림의 남자, 아케치 씨가 아닌가.

"거기, 뭐 하는 거야!"

바로 옆에 있던 히메코마쓰가 달려갔다. 과연 카리스마 넘치라 해야 할까, 아케치 씨를 위협하던 남자도 히메코마쓰가 개입하자 머쓱한 듯 멱살을 놓았다.

"아니에요. 저희는 그냥 열심히 촬영만 하고 있는데, 이 녀석이 지난주 토요일 밤에 알리바이가 어쨌느니 저쨌느니 끈덕지게 물어봐서……"

나는 머리를 감싸안았다. 질문이 너무 직설적이잖아.

당연히 긴다이치 고스케는 촬영회를 방해했다는 이유로 기관총으로 무장한 금발 미녀에게 쫓겨났다.

5

"그, 러, 니, 까! 침입자의 목적을 미루어보면 너희 팬들도 용의자라고!"

"그렇다고 아무 근거도 없이, 남의 기분을 상하게 할 만한 짓을 해도 되는 건 아니잖아. 신입생들 앞에서 그런 소동을 일으키다니 민폐가 따로 없어."

아케치 씨와 히메코마쓰가 말다툼을 벌였다.

촬영회가 끝난 후 우리와 코스프레 연구회의 세 사람은 옛 박스 1층의 회의실에 모였다. 다른 동아리원 몰래 지금까지 어떤 진척이 있었는지 보고할 예정이었지만, 아니나 다를까 히메코마쓰는 아까 아케치 씨가 추태를 부린 일을 언급했다.

"자자, 그 사람들도 금방 기분이 풀렸잖아."

어떻게든 분위기를 수습하려는 우사키에 이어 나도 아케치 씨를 타일렀다.

"아케치 씨도 너무 지나쳤다고 생각하시잖아요."

하지만 아케치 씨는 팔짱을 낀 채 한마디했다.

"수사상 필요한 일이었어."

고집부릴 일이 아닌데. 나는 속으로 한숨을 쉬면서 아케치 씨 대신 세 사람에게 머리를 숙였다.

이 주 전에 처음 만났을 때는 믿음직한 선배처럼 느껴졌는데, 어느 틈엔가 내가 아케치 씨 뒤치다꺼리만 하는 것 같지 않나?

아케치 씨의 추리는 내가 상상했던 대로였다. 침입자는 선물을 놓아두기 위해 휴게실에 들어간 것 아니었겠느냐.

하지만 히메코마쓰가 여자 동아리원들에게 이미 확인해본 바, 주인을 알 수 없는 물건도 발견되지 않았다고 한다.

"탐정님의 추리는 완전히 헛발질이었던 거네."

책상을 사이에 두고 앉은 히메코마쓰는 평상복으로 갈아입었다. 나는 지금에야 히메코마쓰가 베이지색 단발머리라는 걸 알았다. 화장을 지워도 당차 보이는 미인인 건 변함없었다.

"하지만 침입자의 목적을 아는 게 해결의 지름길이라는 생각에는 찬성이에요. 그것만 알면 앞으로 대처하기도 쉬울 테고요."

역시 사복으로 갈아입고 히메코마쓰 왼쪽에 앉은 구스카타가 아케치 씨를 두둔했다.

침입자는 아무것도 가져가지 않았고, 놓아두고 간 것도 없다. 그렇다면?

나는 한 가지 가설을 꺼내놓았다.

"실례일지도 모르지만 동아리원들 사이에 깊은 갈등이 있었을 가능성은요?"

"그게 무슨 소리지?" 우사키가 흥미를 보였다.

"그날 밤, 빈방에 걸려 있던 의상 가운데 침입자가 몹시 미워하는 동아리원의 의상이 있었다면? 일요일의 신입생 환영 이벤트에 참가하지 못하도록 의상을 망치려 한 건 아닐까요?"

이거라면 침입자가 위험을 무릅쓰면서까지 2층에 올라간 이유가 설명된다. 그 기회를 놓치면 이벤트에 훼방을 놓을 수 없으니까.

하지만 코스프레 연구회의 세 사람은 수긍이 안 된다는 표정을 지었다.

"머릿수가 제법 되는 동아리니까 마음이 맞지 않는 사람도 물론 있겠지. 하지만 몰래 의상을 파손할 거라고는 생각하기 힘들어."

"나도 히메의 의견에 찬성이야. 그날 밤 의상을 두고 돌아간 애들은 피해를 보면 꾹 참고 삭힐 성격이 아니야. 만약 의상이 파손되면 반드시 난리를 칠걸? 게다가 낯선 남자와 몸싸움을 벌인 후에도 과연 냉정하게 계획을 실행할 수 있을까?"

아무래도 이것도 틀린 모양이다.

"그거다!"

뭔가 생각났는지 구스카타의 표정이 확 밝아졌다.

"'일찍이 옛 박스에 있던' 물건이 목적이었다면 어떨까요? 이미 없어졌는데 침입자는 아직 2층에 있다고 믿고서

가지러 온 거예요."

그럴싸했지만 히메코마쓰가 또 난색을 보였다.

"마지막으로 대청소한 게 선배들이 여기를 사용하기로 했을 때야. 오 년이나 지났다고. 이제 와서 가지러 올까?"

"그건 어떤가요? 빈방에 있었던 두 단짜리 선반장. 낡았지만 쓸 만하다면서 히메 선배가 가져갔잖아요?"

무슨 이야기냐고 물어보니 지난달까지는 빈방 창문 밑에 선배가 남겨두고 간 낡은 선반장이 있었는데, 시간이 늦어서 디자인학과동에 들어가지 못한 동아리원들은 그 선반장에 장식품을 놓아두었다고 한다. 그런데 지난달 이사한 히메코마쓰가 그 선반장을 새 보금자리로 가져갔다. 그래서 지금은 장식품을 놓아둘 곳이 벽에 설치한 간이선반밖에 없다고 한다.

"그 선반장도 거의 고물이야."

"얼핏 보기에는 고물이라도, 골동품으로서 가치가 있다든가?"

"없어, 없어! 대형마트에 가면 얼마든지 팔아."

히메코마쓰는 별것 아니라고 주장했다. 확실히 남들 몰래 훔치러 올 만큼 귀중한 물건이라면, 왜 지금까지 내버려두었는지가 의문이다.

"다른 가능성이 하나 더 있어."

내 옆에서 아케치 씨가 검지를 세웠다.

"역시 사라진 물건은 있었던 거야. 다만 빈방에서가 아니라 여자 동아리원의 휴게실에서. 하지만 여자 동아리원 중 누군가가 그 사실을 숨긴 거지."

"뭐야, 그게." 히메코마쓰가 이맛살을 찌푸렸다.

"사라진 물건은 경찰이 알면 큰일나는 것…… 예를 들면 대마나 각성제 같은 약물이었던 거야. 만약 범인이 약물과 관련해 의심받더라도 경찰이 느닷없이 대학교 동아리 건물에 쳐들어올 가능성은 낮아. 따라서 약물을 숨길 만하겠지."

여자 동아리원은 무슨 사정으로 밤중에 약물이 필요해져 몰래 가지러 왔다. 그런데 절도범과 딱 마주쳐서 몸싸움을 벌인 끝에 기절시켰다. 여자 동아리원은 초조해졌다. 이대로 있으면 경찰이 사건을 수사하러 오리라……

"꼭 약물이 아니더라도, 발각될까봐 겁먹은 여자 동아리원이 휴게실에 숨겨둔 물품을 서둘러 회수한 후 히메코마쓰에게는 아무 피해도 없다고 거짓말했다. 어때?"

이야기를 듣는 동안 나는 히메코마쓰의 눈초리가 점점 매서워지는 걸 알아차렸다. 아까 그런 추태를 벌인 아케치 씨가 이번에는 소중한 동아리원까지 의심했으니 당연한 반응이다.

히메코마쓰의 참을성이 한계를 넘기 전에 내가 얼른 끼어들었다.

"모순이 있어요, 아케치 씨. 침입자는 문에 묻은 지문을 깨끗하게 닦아냈잖아요. 여자 동아리원은 평소 휴게실에 드나드니까 그럴 필요가 없는걸요. 일부러 휴게실의 지문을 지워서 '누군가 들어간' 것처럼 위장하는 건 이상해요."

굳이 따지자면 도둑이 이미 지문을 닦아냈다고 오해했을 가능성은 있다. 그렇다면 깨끗한 문에 자기 지문만 새롭게 남을 테니 닦아낼 이유가 된다.

아니, 이것도 이상하다. 모리야가 발견했을 때 도둑은 장갑과 가죽점퍼를 착용하지 않은 채였다. 즉, 침입자는 2층에 올라가기 전에 도둑에게서 장갑과 가죽점퍼를 빼앗았다. 그렇다면 도둑이 지문을 닦아내지 않았다는 사실을 이미 알고 있었을 것이다.

"그리고 사물함에 볼일이 있었다면 빈방에 남은 지문까지 닦아낸 게 설명되지 않아요. 그야말로 쓸데없는 고생이기만 하고, 한시라도 빨리 도망치려는 심리와는 동떨어지지 않을까요?"

아케치 씨는 내 반론에 약간 놀란 표정을 지었지만, 주눅 드는 기색 없이 바로 고개를 끄덕였다.

"알아차렸군. 과연 미스애의 새로운 기대주다워. 실은 히메코마쓰를 동요시켜서 반응을 보려고 한 거야."

"최악이네."

히메코마쓰 말이 옳다.

경찰이 수사 과정에서 개인적 사정을 함부로 파헤치거나 심리적 동요를 유발하는 건 직업상 필요하기 때문이다. 반드시 옳은 행동은 아니겠지만, 특수한 입장이기에 인정된다. 하지만 일개 대학생인 아케치 씨가 그랬다가는 신뢰만 잃지 않을까.

그후로는 유력한 가설이 나오지 않아서 다섯 명 사이에 늘어진 분위기가 감돌았다. 뭔가 다른 실마리는 없을까.

"여러분이 보시기에 오늘 이벤트에서 이상한 점은 없었나요?"

"후줄근한 기모노를 입은 남자가 소동을 일으킨 것 정도야."

"히메, 진지하게 생각해보자."

우사키가 히메코마쓰를 달래고 이쪽을 보았다.

"이상한 점이라니 구체적으로 어떤 거?"

"평소와 다른 점이요. 예를 들면 관객이라고 하기에는 어울리지 않는 사람이 있었다든가."

그러자 구스카타가 "앗" 하고 손뼉을 쳤다.

"그러고 보니 촬영중에 엄청난 미인이 관객 뒤편을 지나갔어요. 미인이랄까, 미소녀! 재학생인 것 같았는데요. 화장기도 없는데 눈을 못 뗄 만큼 예뻐서 촬영중인 것도 잊어버릴 정도였죠. 어쩐지 자신감을 잃었어요."

"자신감은 뭔 놈의 자신감?"

히메코마쓰가 어이없어했지만 구스카타는 뭔가 생각해내려는 것처럼 허공을 올려다보았다.

"문학부에 저랑 동급생인 미인이 있다는 소문을 들었어요. 분명 그 사람 아니려나. 그때 불러세워서 가입을 권유해볼 걸 그랬네……"

구스카타에게는 미안하지만 사건과 관련된 정보는 아니리라.

그때 우사키가 다른 관점을 내놓았다.

"새로운 얼굴은 많았지만, 반대는 어떨까?"

"반대라니요?"

"늘 오는 사람인데 오늘은 보이지 않았다는 뜻. 오늘 촬영회에 히메의 〈신토 배틀로얄 극장판〉 의상을 처음 선보였거든. 동아리 SNS와 전단지로 소식을 알렸으니 열성 팬이라면 보러 왔을 거야."

팬의 얼굴이라면 카메라맨인 우사키보다 코스플레이어인 히메코마쓰와 구스카타가 더 잘 기억할 것이다. 두 사람은 저마다 촬영회에 자주 오는 팬들의 이름을 꺼내놓았다.

구스카타가 갑자기 눈을 크게 떴다.

"그러고 보니 '보릿자루 씨'는 왔던가요?"

"아…… 못 본 것 같은데. 분명 사건이 일어난 날에 열렸던 이벤트에서도 안 보였어."

'보릿자루 씨'는 작년 유월쯤부터 캠퍼스에서 열리는 이벤트를 보러 오는 또래 남자라고 한다. 이러한 이벤트에 그렇게 익숙한 것 같지는 않았고, 늘 사람들 뒤편에서 조용히 스마트폰으로 사진만 찍는 얌전한 참가자라 꾸어다놓은 보릿자루 같았기에 그런 별명이 붙었다.

"열성 팬이 아니라면 다른 일이 있어서 안 온 걸 수도 있잖아."

아케치 씨의 의문에 세 사람은 또 얼굴을 마주보더니 구스카타가 대표로 대답했다.

"그게, 사월 들어 그 사람이 좀 이상해졌다고 동아리원 사이에서 화제가 됐거든요."

"이상해졌다니, 어떻게?"

"지금까지는 다른 팬들 사이에 섞여 있었는데, 관객들과 떨어진 곳에 혼자 자리를 잡기 시작했어요. 사진 찍기 쉽지도 않은 곳에, 정말로 보릿자루처럼 덩그러니 서 있었죠."

"무슨 짓을 당한 건 아니지만." 히메코마쓰도 말을 보탰다. "우리 입장에서는 멀리서 가만히 지켜보는 사람이 괜히 더 신경쓰여."

다른 동아리원들도 비슷한 의견을 내놓았지만, 직접적인 피해는 없었고 악의도 느껴지지 않았다고 했다. 그래서 이상하다고 생각하면서도 상황을 지켜보기로 했다고 한다.

그 '보릿자루 씨'가 사건 이후로 이벤트에 오지 않는다. 의심할 근거로서는 약하지만, 아무 상관 없다고 단정하기도 힘들다.

그러자 우사키가 의외의 사실을 밝혔다.

"실은 그 사람과 잠깐 이야기해본 적이 있어. 1학기 개강 전에, 신입생 설명회에 맞춰서 촬영회를 열었을 때였을 거야. 홍보용으로 이벤트 풍경을 찍으려고 조금 떨어진 곳에 서 있는데, 그 사람이 구스카타의 이름을 물어봤어."

"저…… 나, 아니, 저요?"

당황했는지 구스카타의 말이 오락가락했다.

"그날은 처음으로 여장 코스프레를 선보였었잖아. 그래서 궁금했던 거 아닐까."

"그 사람이 구스카타에게 관심이 있었다는 뜻?"

히메코마쓰가 의아해했지만 우사키는 모르겠다며 고개를 저었다. 어쨌거나 남자라는 사실은 비밀이었지만, 성씨만이라면 상관없을 것 같아서 알려주었다고 한다.

'보릿자루 씨'가 어떻게 생겼는지 알고 싶다는 아케치 씨의 요청에 우사키가 옛날에 찍은 사진 데이터를 찾아보기로 하고 이날은 모임을 마쳤다.

다음 날, 아케치 씨의 스마트폰으로 사진 한 장이 도착했다.

삼월에 캠퍼스에서 열린 졸업 기념 촬영회인 듯했다. 코스플레이어를 둘러싼 사람들에 섞여 상반신만 작게 찍힌, 노란색 상의를 입은 인물에 동그라미가 쳐져 있었다. 빗질하기 쉬워 보이는 검은색 머리는 이마가 보일 정도로 가지런히 다듬었고, 안경을 낀 얼굴은 얌전한 인상이었다.

"이 사람은……"

나랑 아케치 씨는 눈을 의심했다. '보릿자루 씨'를 본 적이 있기 때문이다.

틀림없었다. 이제는 미스터리 애호회의 점심시간 행사로 자리잡은 메뉴 맞히기 대결에서 내가 처음으로 정답을 맞혀 아케치 씨에게 승리한 날, 추리 대상이었다.

6

"정말이지 어떻게 된 거야……"

단골 카페의 늘 앉는 자리.

아케치 씨는 좌석 등받이에 몸을 기대고 힘없이 천장을 올려다보았다. 다섯 시간 가까이 캠퍼스를 돌아다니느라 피로가 쌓인 건 나도 마찬가지라 종업원이 주문한 음료를 가져오자마자 말없이 입을 댔다. 크림소다 수면이 순식간에 낮아졌다.

우리는 '보릿자루 씨'를 찾기 위해 계속 탐문했다.

얼굴 사진을 확보했으니 금방 찾아낼 거라고 낙관했건만. 이틀이 지났는데도 전혀 정보가 들어오지 않았다. 특히 오늘은 따로따로 흩어져서 1학년부터 4학년까지 강의가 끝나고 나오는 학생에게 최대한 많이 물어보았지만 그의 얼굴을 안다는 사람은 없었다.

이제 곧 코스프레 연구회 세 사람에게 경과를 보고해야 하므로 마음이 무거웠다.

"……마음먹은 대로 안 되네요."

평소 아케치 씨가 내뱉는 말이 무심코 내 입에서 나왔다.

미스터리 소설을 탐닉하며 온갖 수수께끼와 그 해결법을 밑거름으로 삼았지만, 막상 우리 힘으로 수수께끼를 풀려고 하니 어림도 없었다.

나는 미스터리 소설에 등장하는 탐정에 대해 '잘난 척하는 것치고는 피해자가 꽤 발생하기 전까지 아무것도 안 하잖아'라고 종종 생각하곤 했다. 가령 밴 다인의 어떤 작품을 읽을 때라든가.

이제부터는 그들에게 경의를 표하고자 한다. 결국은 사건을 제대로 해결하니까.

그런 생각을 하고 있는데 코스프레 연구회 사람들이 도착했다. 다섯 명이 함께 앉기는 어려워서 히메코마쓰는 바로 옆 카운터석에 앉아 이쪽으로 몸을 돌렸다.

"뭐 좀 건졌어?"

이틀간 고전했다고 보고하자 히메코마쓰는 "뭐, 기대는 안 했지만" 하고 등을 휙 돌렸다. 아케치 씨도 이번만큼은 아무 대꾸도 하지 못하고 사진을 노려보았다.

"이 '보릿자루 씨'는 우리가 식당에서 본 '그 사람'이 틀림없어."

나는 동의했다.

"옷차림도 얼굴도 기억나요. 무슨 메뉴를 고를지 맞히려고 일거수일투족을 관찰했지만, 아무것도 알아내지 못해 요일별 정식에 걸었던 것도요."

그날도 이 남자는 겨자색 등산 재킷을 입고 있었다. 사진 속 차림새와 똑같았다.

"당시 빈자리가 많았고, 가까이에 창가라서 경치가 좋은 2인석이 있었는데도 그 사람은 굳이 아무도 없는 제일 안쪽 테이블에 앉았어요. 공부라도 하려나 싶었는데, 밥을 다 먹자마자 나가더라고요."

이야기를 들은 구스카타가 의문을 꺼냈다.

"식당에 있었다고 해서 '보릿자루 씨'가 재학생이라는 보장은 없지 않나요? 식당은 외부인도 이용할 수 있으니까요. 우리 촬영회를 보러 오는 사람 중에도 외부인이 많은걸요."

확실히 그럴 가능성도 부정할 수는 없다 싶었는데 아케치 씨가 반론했다.

"계산할 때 현금이 아니라 학생증을 사용했어. 우리 학교 학생인 건 확실해."

그런 것까지 본 건가.

학생증은 충전식 IC카드로도 사용된다. 학교에서 이용이 가능한 포인트가 적립되므로 학생이라면 보통 식당에서 학생증으로 계산한다.

"비슷한 카드를 사용한다면 교직원일 가능성도 있지만…… 교직원이라면 벌써 신원이 밝혀졌을 거야."

기껏해야 사람 찾기로 이렇게 고생할 줄은 몰랐다. 생각해보면 같은 학교에 다닌다고 해도 졸업할 때까지 이름을 알 기회가 있는 사람은 극히 일부에 불과하다. 어느 날 사람들이 대부분 바뀌어도 나는 분명 알아차리지 못하리라.

"아아, 진짜. 내일이면 교수님이 돌아오시는데…… 머리 아파라."

히메코마쓰는 진상규명보다 담당 교수의 복귀가 더 신경 쓰이는지 카운터석에서 머리를 끌어안고 끙끙거렸다.

"머리가…… 아프다고?"

아케치 씨는 히메코마쓰의 말을 듣고 움직임을 딱 멈추는가 싶더니 갑자기 목소리를 높였다.

"으아아아, 이렇게 단순한 걸 왜 지금까지 몰랐지!"

아케치 씨는 스마트폰을 꺼내 엄청난 속도로 만지작거렸다.

"왜 그러세요?"

"같은 학교지만 접점이 별로 없는 학부가 있잖아. 의학부!"

입학한 지 얼마 안 된 나로서는 무슨 뜻인지 알아들을 수가 없어서 굳어버렸다. 옆에 앉은 우사키가 설명해주었다.

"여기서 자전거로 삼십 분쯤 가면 의학부 캠퍼스가 나와. 의학부생은 주로 거기서 전공 강의를 듣지. 몇몇 일반교양 과목은 이쪽에서 강의를 듣는 모양이지만, 평소에는 저쪽 캠퍼스에서 생활하니까 다른 학부생에 비해 안면을 틀 기회가 아주 적어."

실제로 코스프레 연구회 세 사람도 의학부에는 친구가 없다고 했다. 아케치 씨가 빠른 어조로 말했다.

"한동안 연락하지 않았지만, 의학부에 지인이 한 명 있어. 걔한테 이 사진을 보내서 아는 사람인지 물어보자."

생각지 못한 형태로 실마리를 건지자 구스카타의 목소리가 밝아졌다.

"의학부 학생이라면 올해부터는 이쪽에서 듣는 강의가 없어서 이벤트에 오지 못하는 걸 수도 있겠네요."

"만약 그렇더라도 늦은 밤에 옛 박스에 숨어들다니 겉보기와는 딴판이네."

히메코마쓰의 말대로다. 옛 박스 2층에 무슨 용건이 있었던 걸까. 왜 절도범의 가죽점퍼와 장갑을 빼앗았을까. '보릿자루 씨'에게 물어보면 모든 수수께끼의 해답이 나올까.

아케치 씨가 문자메시지를 받은 건 오늘은 이만 헤어지자며 다들 자리에서 일어났을 때였다. 의학부에 있는 지인이라는 아케치 씨의 말에 우리는 움직임을 멈추고 기대에 차서 다음 말을 기다렸다.

하지만 스마트폰 화면을 응시하던 아케치 씨의 입에서는 생각지도 못한 비보가 흘러나왔다.

"'보릿자루 씨'의 정체는 의학부 3학년 와타나베 다로. 사건 다음 날, 뺑소니를 당해 사망했다는군."

단상에 선 강사의 목소리가 들렸다. 단조로운 목소리와 함께 칠판이 글씨로 메워졌지만, 내 노트는 텅 비었다.

무심코 새어 나온 한숨은 어제까지와는 다른 무력감에서 비롯된 것이었다.

내가 미스애에서 처음 관여한 사건이 예상치 못한 형태로 마무리되려 하고 있었다.

한 의대생의 죽음. 그가 만약 정말로 옛 박스에 숨어든 인물이라면, 숨겨진 진상을 알아내는 건 지금까지보다 더 어려워진다.

얄궂게도 지금 돌이켜보면 단서는 꽤 이른 단계부터 우리 눈앞에 있었다.

노트 위에 잘라낸 신문 조각을 놓아두었다. 닷새 전, 아케치 씨가 의뢰를 받았다고 이야기했을 때 보여준 지방신문이다. 사회면 한구석, 옛 박스에 침입한 절도범을 체포했다는 기사 바로 옆에 의대생 뺑소니 기사가 실려 있었다. 바로 와타나베 다로의 죽음을 알리는 기사였다. 우리의 관찰력이 모자랐을 뿐, 미스터리 속 명탐정이라면 알아챘을까?

'그러고 보니 생각나는군. 혹시 그 기사 옆에 실린 뺑소니 사건의 피해자가 사건에 관련된 것 아닐까.'

이런 식으로…… 바보 같다.

아케치 씨는 뺑소니 사건의 자세한 내용을 파악하기 위해 아침부터 강의를 빼먹고 친하게 지내는 탐정 사무소에 갔다. 아케치 씨도 진상으로 향하는 길이 이런 형태로 끊기는 걸 바라지는 않으리라.

그런데도 나는 강의실에 있다. 누군가 바삐 움직여 사건에 진전이 있기까지 방관할 뿐이다. 이래도 될까. 아직 할 일이 남아 있는 것은 아닐까.

그때 스마트폰이 진동했다. 코스프레 연구회 부회장 우

사키의 문자메시지였다.

나는 메시지를 읽고 방금 품었던 갈등조차 너무 때늦었다는 걸 깨달았다.

사고사한 의대생 와타나베 다로가 보낸 것으로 추정되는 편지가 발견됐다는 소식이었다.

옛 박스 회의실에는 아케치 씨를 제외한 세 명이 이미 모여 있었다. 우사키가 내게 복사 용지를 몇 장 내밀었다.

"해외에서 돌아온 담당 교수님이 아침에 우편물을 정리하시다가 코스프레연 앞으로 온 봉투를 발견하셨어. 소인은 없었지. 혹시나 누가 보냈는지 발각될까 두려워서 학과 동 우편함에 직접 넣은 것 같아."

편지에는 문서 작성 프로그램으로 쓴 무미건조한 글씨가 줄지어 있었다.

신코 대학교 코스프레 연구회 여러분께

안녕하세요.
여러분께 사과드릴 일이 있어서 편지를 보냅니다.
저는 어젯밤 옛 박스에 침입해 안에 있던 남자를 기절시켰습니다. 아주 큰 폐를 끼쳐 정말로 죄송합니다. 하지만 악의에서 비롯된 행동은 아니었습니다.

저는 어릴 적부터 부모님에게 시대착오적이라 할 만큼 엄격한 가정교육을 받았는지라, 이 나이가 되도록 오락다운 오락을 모르고 성장했습니다.

그렇게 살다가 작년에 우연히 여러분이 연 이벤트를 보고 까무러칠 뻔했습니다. 부모님에게 타락의 상징이라고 배웠던 애니메이션과 게임의 세계를 자유롭고 당당하게 현실에 구현해 관객을 매료시키는 여러분의 모습은 아주 눈부셨습니다.

그후로 가끔 이벤트에 참석했고 원작에 대한 지식도 쌓았습니다만, 자존심만 강하고 소심한 성격이다보니 여러분께 말을 걸 용기가 나지 않더군요. 결국 좀더 가까워지기를 포기했습니다.

그런데 이번 달 초 이벤트에서 구스카타 씨의 코스프레를 보고 어떤 아이디어가 떠올랐습니다. 최근 연재분에서 그 캐릭터가 소지한 봉제인형 속에 해골이 들어 있다는 사실이 공개됐죠.

제 본가에는 두개골 모형이 있습니다. 그걸 의상의 일부로 제공하면 여러분의 동료가 될 수 있으리라고 생각했습니다.

하지만 역시 저는 구제할 길 없는 겁쟁이였습니다. 사정을 설명하고 건네면 될 일이었는데, 어느 날 밤 코스프레 의상을 입은 동아리원이 옛 박스에 들어가는 모습을 보고 '분명 저기에 의상 보관함이 있을 테니 거기에 몰래 해골을 갖다두면 된다'고 생각한 겁니다.

그다음에 일어난 일은 제게 내려진 천벌이었겠죠.

어젯밤, 미리 훔쳐본 비밀번호로 도어록을 열고 안에 들어갔다가 낯선 남자와 마주쳤습니다. 그 순간 머릿속에서 죄책감과 수치심이 뒤섞여 남자에게 덤벼들었죠. 정신을 차렸을 때는 남자가 쓰러져서 꼼짝도 하지 않더군요.

그후의 행동은 전혀 현실감이 없지만 기억은 선명히 남아 있습니다.

아무튼 목적만큼은 달성하고자 '남자 출입 엄금'이라고 적힌 2층에 여자 동아리원의 보관함이 있으리라 짐작하고 넓은 방에 들어갔습니다만, 어느 보관함에도 구스카타 씨의 이름은 적혀 있지 않았습니다. 그 옆의 작은 방에는 의상이 몇 벌 걸려 있었지만, 역시 구스카타 씨의 의상은 보이지 않았고요. 혼란에 빠져 우왕좌왕하는데 아래층에서 전화로 구급차를 부르는 소리가 들려서 이대로 있다가는 붙잡히지 않을까 두려워졌습니다. 해골 때문에 신원이 발각될지도 모른다 싶어 놓아두기를 포기하고, 주변의 지문을 닦아낸 후 119에 신고한 사람이 밖으로 나간 틈에 도망쳤습니다.

이상이 제가 저지른 짓입니다. 맹세코 여러분께 해를 끼칠 작정은 아니었습니다.

사죄 편지에도 이름을 밝힐 용기가 없는 저를 부디 용서해주십시오. 앞으로 다시는 여러분 앞에 나타나지 않겠습니다.

눈부신 활약을 진심으로 기원합니다.

문서 작성 프로그램으로 쓴데다 서명도 없었으므로 신원을 밝히기 싫다는 의도가 뻔히 보였지만, 학업이나 본가에 관한 몇몇 구절은 확실히 의대생을 연상시켰다.

"이 사람은 구스카타 씨를 여자로 착각한 거로군요."

그렇게 목적을 달성하지 못하고 해골을 도로 가져갔기에, 침입자의 흔적은 남아 있건만 목적이 불분명한 현장이 만들어졌다.

여기 적힌 내용이 진실이라면, 편지를 우편함에 넣은 건 사건 다음 날일까.

"어쩌면 편지를 넣고 돌아가는 길에 사고를 당했을지도 모르겠네요."

구스카타가 풀죽은 표정으로 시선을 떨구었다. 다른 두

사람도 와타나베 다로를 비난하는 말은 꺼내지 않았다. 흥미를 품었음에도 첫발을 내디디지 못한 청년의 유약한 성격과 망설임으로 가득한 심정을, 그들은 이해했는지도 모른다.

"아무튼 이걸로 진상은 대강 밝혀졌네."

히메코마쓰의 목소리가 나를 현실로 되돌렸다.

"저기, 의뢰하신 건 어떻게 되나요?"

"어떻게고 저떻게고 이걸로 해결된 셈이잖아. 너희 선배가 나설 차례는 없어."

뭐, 그렇겠지. 아케치 씨에게는 찝찝하고 만족스럽지 못한 결말이겠지만, 이것도 현실이다.

"하지만 히메 선배. 아케치 씨와 하무라 씨 덕분에 와타나베 씨가 이 편지를 보냈다는 걸 알았잖아요. 편지에는 서명이 없으니까."

"뭐, 그건 그렇지만."

편들어주는 구스카타의 말을 들으며 아케치 씨에게 전화를 걸었다. 세번째 발신음에 상대가 전화를 받았다.

"하무라? 미안해. 지금 경찰서에 왔는데 와타나베 다로의 정보를 좀처럼 제공해주지 않아서 말이야. 그리고 의학부 지인이 와타나베 씨와 동기라기에 이야기를 들어보려고

급하게 약속을 잡았어."

느닷없이 빠른 말투로 사정을 알려주었다. 탐정 사무소 다음으로 경찰서까지 간 건가. 예상했던 대로 아케치 씨는 의뢰받은 일을 자기 힘으로 해결하려는 의욕이 앞선 나머지 수단을 가리지 않고 행동에 나선 모양이다.

"아케치 씨, 좀 들어보세요. 저희가 움직일 필요가 없어졌어요."

내가 편지를 읽어주는 동안 아케치 씨는 침묵을 지켰다.

"이렇게 된 거고, 코스프레 연구회 여러분도 결과를 받아들였어요."

나머지는 평소와 같다. 분명 아케치 씨가 "마음먹은 대로 안 되는 법이로군" 하고 중얼거리고 우리는 일상으로 돌아간다. 그럴 줄 알았다.

하지만.

"아직이야."

"네?" 나는 두 귀를 의심했다.

"와타나베 씨가 편지를 썼다는 증거는 없잖아."

아케치 씨의 목소리는 딱딱하니 여유가 없었다.

"들키기 싫으니까 서명을 하지 않은 거겠죠? 아니면 직접 사과하러 왔을 거예요."

"뒷받침할 증거를 찾으면 돼."

"어떻게요?"

"그의 주변을 탐문해서 사건 전후의 행적을 알아보거나, 정말로 본가에서 모형을 가져갔는지 조사하는 등 방법이야 얼마든지 있지."

"자, 잠깐만요."

무심코 목소리가 커지자 코스프레 연구회 세 명이 무슨 일인가 싶어 이쪽을 보길래, 스피커 모드로 바꾸었다.

"뺑소니로 세상을 떠났어요. 생전의 행적을 캐고 다니면 유족이나 친구가 불쾌해할지도 몰라요."

"그는 건물에 무단 침입한 혐의가 있는데다 절도범에게 폭력을 행사했어. 조사하기에 정당한 명분이 있는 거지."

이치만 따지자면 그럴 수도 있겠으나 너무 교만한 것 아닐까.

내가 대답을 망설이자 히메코마쓰가 다가와서 내 팔과 함께 스마트폰을 끌어당겼다.

"그만둬. 우리는 더이상 와타나베 씨의 사생활을 파고들지 않을 거야. 조사는 끝났어."

"필요한 건 감정에 휘둘리는 게 아니라 증거를 모으는 거야. 증거가 손안에 없는 이상, 보충 조사는 필요해."

"누구를 위해서? 우리는 아니고, 기절한 도둑?"

"……진실을 위해서야."

아케치 씨의 목소리에서는 평소의 힘이 느껴지지 않았다. 아름답지만 텅 비었고, 쉽사리 깨지는 유리잔 같았다. 알고 지낸 지 오래되지는 않았지만 전혀 아케치 씨답지 않았다.

"의뢰를 취소하겠다고 해도 상관없어. 하무라, 난 이제 의학부로 가서 와타나베 씨에 관한 정보를 모을 거야. 너도 그쪽으로 합류해."

아케치 씨가 당연하다는 듯 내 이름을 부르자 세 사람이 갈 거냐고 묻듯 내게 시선을 주었다.

어느 쪽에 붙어야 할까.

나를 필요로 하는 사람일까. 상식적인 사람들일까.

취미가 맞는 사람일까. 새로운 가치관을 안겨주는 사람일까.

난 대체 어떻게 하고 싶은 걸까.

좋아하는 건 미스터리다. 다만 진심으로 탐정이 되고 싶은 걸까? 이렇게 마음고생을 하면서까지.

"하무라."

"저는 못 가요."

한순간 침묵이 귀를 때렸다.

"여기 계신 분들과 하고 싶은 이야기가 조금 더 있어서요. 뭔가 알아내면 연락주세요."

조금 늦게 "알았어" 하고 건조한 목소리가 들린 후 전화가 끊겼다.

스마트폰을 호주머니에 쑤셔넣고 걱정스럽게 날 바라보는 세 사람에게 고개를 끄덕였다.

그제야 마치 전력질주라도 한 것처럼 심장이 날뛰고 있다는 사실을 깨달았다.

7

그후 무슨 생각인지 히메코마쓰가 함께 점심을 먹으러 가자고 제안했다.

"기대했던 형태와는 다르지만, 너도 여러모로 애썼으니까 그 답례야."

생각해보면 아케치 씨 말고 다른 선배와 학생식당에서 밥을 먹는 건 처음이었다.

나와 아케치 씨의 관계에 미묘하게 금이 가서 걱정됐는

지, 세 사람은 사건 이야기를 꺼내려 하지 않았다.

코스프레 연구회라는 동아리를 처음 알았을 때는 별난 감성의 소유자들이 모인 곳 아닐까 싶었지만, 지금은 그렇게 생각하지 않는다. 나보다 훨씬 눈치가 빠르고, 분위기를 잘 읽는 사람들이다.

나는 남들과 잘 어울리는 편이 아니고, 취미가 맞는 아케치 씨와 이야기하는 게 즐겁다. 하지만 이번 일을 계기로 마음 편한 곳에만 틀어박혀 있는 건 좀 아깝지 않을까 하는 생각이 들었다.

다른 사람이 무슨 메뉴를 시키는지 신경쓸 필요도 없이, 느긋하게 식사를 마친 후에도 우리는 한동안 학교생활에 대해 이야기를 나누었다.

그러다 구스카타가 "다음번 촬영회 때는 순수하게 즐기러 와요" 하고 권했고, 우사키도 "임시 가입해서 체험해보면 어때? 나처럼 스태프로 활동하는 것도 한 가지 방법이야" 하고 거들었다. 히메코마쓰는 권유하지 않았지만 이렇게 말했다.

"다양한 일에 도전해보는 것도 좋겠지."

미스터리는 한 번도 화제에 오르지 않았지만, 그들과 이야기하는 건 조금도 힘들지 않았다.

그때 테이블에 놓아둔 스마트폰이 진동했다. 문자메시지였다. 나는 긴장한 마음으로 메시지를 확인했다.

"아케치?"

우사키의 말에 고개를 끄덕였다.

―의학부 학생에게 생전의 와타나베 씨에 대해 탐문을 하다가 교무과 직원에게 붙잡혀서 설교를 들었어. 움직일 수 없는 상황이니 약속을 잡은 지인을 나 대신 만나줘.

……틀렸다. 포기할 낌새가 전혀 없다.

아까 너무 심했나 싶어 걱정한 이쪽이 도리어 바보 같지 않은가. 교무과에서 나서다니, 단시간에 얼마나 무리한 탐문을 했기에 그런단 말인가.

어쨌든 지인과도 억지로 약속을 잡았을 테니 바람맞히는 건 좋지 않다.

아케치 씨가 벌인 일을 뒷수습하고자 식당을 나설 때 히메코마쓰가 걱정스럽게 말했다.

"얘, 더는 아케치에게 휘둘리면 안 되지 않을까? 후회하고 나서는 늦어."

아케치 씨가 의대생 지인 야쿠시지와 만나기로 약속한 곳은 의학부 캠퍼스 근처 잡거빌딩 2층에 있는 카페였다.

근처에 유명한 프랜차이즈 카페도 있을 텐데, 하고 의아해하며 좁은 계단을 올라 문을 열자 담배냄새가 코를 찔렀다. 요즘은 보기 드문 흡연 가능 카페다. 내부를 둘러보니 아케치 씨에게 연락받았는지 구석자리에서 주간지를 읽고 있던 남자가 한 손을 들었다.

늦어서 미안하다고 사과하고 간단히 자기소개를 하자 야쿠시지는 "해부 실습 시간에 빠져나왔어. 얼른 끝내자" 하고 내게 메뉴를 밀어주었다. 아무래도 크림소다를 마실 자리는 아닌 것 같아서 아이스티를 시켰다.

"와타나베에 대해 캐고 다니다가 교무과로 끌려갔다면서? 그 녀석도 참 단순무식하다니까."

야쿠시지는 워낙 세상 물정에 밝아 보이는 인상이라 의대생이라기보다는 연예부 기자라고 하는 편이 더 어울릴 듯했다. 아케치 씨와는 2학년 때 안면을 텄고, 어떤 문제로 한번 상담한 적이 있다고 설명했다.

"와타나베와는 학번이 가까워서 몇 번 이야기해봤지. 성적은 중하위권 정도였어."

일단 편지 내용이 본인과 일치하는지 확인해야 하리라.

"와타나베 씨의 본가에 대해서 들어보신 적이 있나요?"

"미에현에 있댔나? 부모님은 개업의, 녀석은 병원을 물려받을 후계자였어."

과연, 그렇다면 '엄격한 가정교육'이라는 표현에도 수긍이 간다.

"와타나베가 코스프레에 관심이 있다는 소리는 한 번도 못 들어봤는데. 뭐, 엄격한 부모님에게 들키지 않으려고 감췄던 거겠지. 나쁜 인간은 아니었지만 늘 실패를 겁내는 소심한 인간이었어. 저래서야 의사가 될 수 있을까 솔직히 걱정됐지."

아쿠시지가 들려주는 와타나베 다로의 됨됨이는 편지 속 범인상과 딱 일치했다. 사죄문에 서명하지 않은 것도 부모님 얼굴에 먹칠을 할까봐 두려워서 그랬는지도 모른다.

덧붙여 현시점에서 추측 가능한 사건 당일 밤 와타나베 씨의 행동을 설명하고, 뭔가 걸리는 점은 없는지 의견을 구했지만 야쿠시지는 오히려 그 추측을 지지했다.

"요즘은 해부 실습을 2학년 안에 끝내는 학교가 많지만 우리 학교는 드물게도 3학년, 즉 올해 사월부터 시작했거든. 요즘 낮에는 해부실에 죽치고 있어. 그러니 와타나베가 일요일 이벤트에 맞추기 위해 토요일 밤에 직접 물건을 전하러 갔다고 해도 딱히 이상할 건 없지."

대화를 좀더 나누었지만 이렇다 할 새로운 정보는 없었

으므로, 이만 돌아가기로 했다.

"바쁘신데 시간을 빼앗아서 죄송합니다."

테이블의 계산서에 손을 뻗었지만, 야쿠시지가 한발 먼저 집어들었다.

"1학년에게 얻어먹을 수는 없지."

나는 고개를 살짝 숙여 감사를 표했다. 그때 테이블에 있어야 할 물건이 없다는 사실을 드디어 알아차렸다.

"야쿠시지 씨, 담배 안 피우세요?"

재떨이가 없었다. 그러고 보니 내가 온 뒤로 야쿠시지는 담배를 꺼내지도 않았다. 일부러 담배를 피울 수 있는 카페로 왔으면서, 왜?

"아아. 여기라면 냄새를 신경쓰지 않아도 되니까."

"냄새?"

코를 킁킁거렸지만 카페에 밴 담배냄새만 느껴졌다.

"아까 말했잖아, 해부 실습중이라고. 사월 들어 포르말린 처리한 카데바●를 계속 해부하고 있어. 몸을 아무리 씻어도 코를 찌르는 냄새가 잘 가시지 않으니까 밖에서는 신경쓰여서."

● 해부학 실습에 사용하는 시체.

포르말린 냄새.

……그래, 그렇구나!

야쿠시지와 헤어진 후 나는 의학부 캠퍼스를 급하게 가로질렀다. 그리고 교무과에서 아케치 씨가 풀려나기를 기다렸다가 붙잡았다.

몹시 야단맞았는지 피곤한 얼굴이었다.

"오오, 하무라. 귀찮은 일을 맡겨서 미안……"

"편지는 진짜가 아니에요!"

내 기세에 놀란 아케치 씨가 몸을 뒤로 젖혔지만 개의치 않고 말을 이었다.

"와타나베 씨는 분명 해부 실습 때 몸에 밴 포르말린 냄새가 신경쓰였던 거예요. 그래서 저희가 식당에서 봤을 때도 일부러 주변에 사람이 없는 자리를 고른 거죠. 사월부터 코스프레 연구회 이벤트를 구경할 때 사람들 사이에 섞이지 않고 혼자 멀리 떨어진 곳에 서 있던 것도 그래서고요!"

"어, 응. 그게 어쨌는데?"

"만약 와타나베 씨가 침입자였다면 몸싸움을 벌였을 때 절도범이 그 냄새를 못 맡았을 리 없어요! 그런데 절도범은 냄새에 대해서는 조금도 언급하지 않았죠. 즉, 침입자는 와타나베 씨가 아니에요! 누군가 와타나베 씨에게 죄를 뒤집어씌운 거라고요!"

아케치 씨의 얼굴에 활력이 돌아왔다.

"잘했어, 하무라!"

우리는 택시를 잡아타고 본교 캠퍼스로 돌아갔다. 그사이에 아케치 씨가 히메코마쓰에게 전화를 걸었다. 오늘은 코스프레 연구회 활동이 없는지 집에 돌아가는 길인 듯했던 히메코마쓰는 가시 돋친 목소리로 말했다.

"조사는 끝났다고 했을 텐데."

"부탁이야. 이야기만이라도 들어줘."

아케치 씨가 진지한 태도로 나오자 예삿일이 아니라는 걸 깨달았는지 히메코마쓰는 "……해봐" 하고 재촉했다.

우리는 해부 실습 때 몸에 배는 냄새를 근거로 와타나베 범인설을 부정했다. 히메코마쓰는 반론하지는 않았지만, 그걸 이유로 이번 사태를 원점으로 되돌리는 데는 신중한 자세였다.

"아까 동아리원들에게 편지 내용을 알렸어. 물론 와타나베의 이름은 밝히지 않고. 이걸로 일이 마무리됐다고 다들 기뻐했는데 이제 와서 말을 바꾸면 불안만 안겨줄 뿐이야. 확실한 사실을 알지 못하는 한 모두를 끌어들일 수는 없어."

"일단 네 협력을 얻을 수 있으면 충분해."

아케치 씨의 목소리에는 평소의 근거 없는 자신감이 넘쳤다. 잠깐의 침묵 후, 히메코마쓰가 졌다는 듯 말했다.

"……알았어. 뭘 어쩌면 되는데?"

"옛 박스 2층을 한 번 더 보여줘. 와타나베 씨에게 누명을 씌우려 했던 진범에게는 편지 내용과 전혀 다른 목적이 있었을 거야."

이리하여 우리는 사건이 시작된 현장으로 돌아갔다.

8

옛 박스에 도착하자 히메코마쓰가 혼자 우리를 맞이했다.

"이제 어쩌려는 건데? 아까 말한 대로라면 와타나베 범인설은 백지로 돌아간 거잖아."

히메코마쓰가 계단을 오르며 아케치 씨에게 물었다.

"그렇지도 않아. 와타나베 씨가 무관하다는 걸 알았으니 용의자의 범위를 좁힐 수 있어."

편지 내용을 보건대 범인이 의도적으로 와타나베 다로에게 죄를 뒤집어씌우려 한 건 틀림없다. 죽은 사람은 말이 없으니, 아무리 억울해도 와타나베는 죄를 부정하지 못한다.

편지에 이름을 밝히지 않은 건 직접 서명할 수 없는 범인이 '정체를 숨기고 싶은 와타나베가 문서 작성 프로그램으로 사죄문을 썼다'라는 논리를 적용하기 위해서였으리라.

그런데 만약 우리가 조사하는 과정에서 와타나베 다로에게 다다르지 못했다면, 범인은 어쩔 작정이었을까. 보낸 사람의 이름이 없는 편지와 와타나베의 연관성이 밝혀지지 않았을 테니, 동아리원이 편지를 경찰에 제출해 일이 성가셔졌을지도 모른다.

즉, 범인은 우리가 와타나베에 대해 조사한다는 사실을 알고 있었을 것이다.

"와타나베 씨의 이름이 수사선상에 오른 건 촬영회를 마치고 회의실에서 이야기를 나눴을 때야. 만약 그때 '보릿자루 씨'에 관한 화제가 나오지 않았다면 수사가 전혀 다른 방향으로 진행됐어도 이상하지 않아. 요컨대 와타나베 씨를 가장해 편지를 쓸 수 있었던 건 그 자리에 있었던 사람. 나와 하무라를 제외하면 동아리 간부인 너희 세 명뿐이야."

회의실에서 이야기를 마친 후, 마치 와타나베가 생전에 그런 것처럼 범인이 편지를 써서 해외 출장중인 담당 교수의 우편함에 넣은 것이다.

"나랑 우사, 구스카타 중 한 명이 침입자이자 와타나베에게 죄를 덮어씌운 범인……"

"여기서부터는 분명 사건 당일 밤, 침입자가 왜 바로 달아나지 않고 2층에 올라갔느냐가 중요한 열쇠겠지. 우리는 중요한 스토리 라인을 간과했어."

2층에 도착한 우리가 들어간 곳은 사물함이 있는 휴게실이 아니라 안쪽에 있는 빈방이었다. 나는 히메코마쓰에게 설명했다.

"예전에 아케치 씨가 여자 동아리원들을 의심했던 거 기억나세요? 숨겨둔 약물 따위를 꺼내 간 것 아니겠느냐고 했잖아요. 그 생각을 응용할 수 있을 듯해요."

"그게 무슨 소리야?"

"침입자는 평소 들키지 않도록 숨겨둔 물건을 몰래 회수했다는 뜻이죠."

아케치 씨는 지난번처럼 휴게실에서 책상을 들고 와서 창가에 놓았다. 그리고 책상 위에 올라가 곰팡이가 피고 벌레 먹은 커튼의 뒤쪽을 조사했다.

"봐봐, 작은 주머니를 꿰매놨어. 벌레 먹은 구멍이 있는 곳이야."

그걸 보자 히메코마쓰도 사정을 파악한 듯했다.

"몰카……"

"응. 의상을 두고 가는 동아리원이 있다고 들었을 때, 옷을 갈아입을 필요성에 생각이 미쳤어야 했는데. 휴게실은 넓지만 커튼이 없으니까 불을 켜고 옷을 갈아입을 수 없어. 당연히 이 방에서 옷을 갈아입겠지. 게다가 늘 커튼을 쳐 놓으니까 카메라를 설치하기에도 안성맞춤이야. 벌레 먹은 구멍을 신경쓰는 사람은 아무도 없을 테고."

아케치 씨가 커튼 뒷면을 이쪽으로 뒤집었다. 나는 아랫단이 부자연스럽게 더럽다는 걸 알아차렸다. 가루 같은 하얀 자국이었다.

"이거, 분필 가루 아닐까요?"

도둑과 몸싸움을 벌였을 때 복도에 넘어지면서 옷에 묻은 것이리라. 즉 범인은 몸싸움을 벌인 후 커튼 뒤쪽으로 들어갔다. 아케치 씨의 추리를 보강하는 증거였다.

"몰카라니…… 진짜 쓰레기네."

히메코마쓰가 경멸이 가득한 목소리로 말했다.

"범인은 카메라를 설치하고 회수하기 위해 지금까지 몇 번이나 이 방에 숨어들었을 거야. 그런데 사건 당일 밤에는 절도범과 마주쳐 몸싸움을 벌인 끝에 기절시키고 말았지. 게다가 바닥에 흩어진 장식품을 보고 2층의, 하필이면 카메라를 설치한 빈방을 뒤졌다는 사실을 알아차렸어. 범인은 초조했겠지. 절도범이 체포되면 경찰이 수사를 위해 절도 현장인 빈방에 들어갈 거야. 그러니 몰카를 설치했다는 사실이 들통나지 않도록 당장 카메라를 회수할 필요가 있었어."

여기까지가 택시에서 아케치 씨와 함께 추리해낸 것이다. 범인은 아직 밝혀내지 못했다.

"난 여자니까 용의자에서 제외해……줄 리는 없겠지."

"당연히 안 되지. 성별과는 무관하게 논리적으로 용의자의 범위를 좁혀야 해."

칼같이 거절하는 아케치 씨에게 나는 다른 실마리를 던졌다.

"그러고 보니 절도범의 가죽점퍼와 장갑을 훔친 이유는 뭘까요?"

"그게 이해하기 어려운 점이야. 카메라를 회수할 때 지문을 남기지 않기 위해 장갑을 빼앗았나? 하지만 2층 문과 도어록에 묻은 지문은 꼼꼼히 닦아냈어. 모순돼."

닦아낸 지문. 아니, 장갑을 꼈다면 묻지 않았을 지문인가. ……잠깐. 뭔가 마음에 걸리는데.

그러고 보니 전에도 지문에 관해 언급했었다. 분명 여자 동아리원들이 의심받았을 때 내가 반론했다.

평소 2층에 드나드는 여자 동아리원이라면 지문이 묻어 있어도 아무 문제 없다고.

"앗."

나는 소리를 질렀다. 그렇구나. 사건 당일만 고려하느라 미처 알아차리지 못했다.

"아까 아케치 씨가 그러셨잖아요. 범인은 카메라를 설치하고 회수하기 위해 지금까지 몇 번이나 빈방에 숨어들었어요. 즉, 이 방에는 범인이 과거에 남긴 지문이 많이 남아 있었겠죠. 그리고 범인은 '빈방에 지문이 있으면 이상한' 인물이었던 거예요!"

지금부터 지문을 남기지 않도록 조심할 수는 있다. 하지만 과거에 남긴 지문은 닦아내는 것밖에 방법이 없다.

아케치 씨도 "그래, 맞아!" 하고 쾌재를 불렀다.

"범인은 카메라를 회수하는 건 물론이고, 과거에 남긴 지문을 닦아내기 위해 빈방에 침입해야 했어. 하지만 빈방의 지문만 닦아내면 아무래도 의미심장하게 느껴지겠지."

"그래서 휴게실의 지문도 닦아낸 거군요."

나와 아케치 씨는 뭔가에 씐 것처럼 차례차례 추론을 쌓아나갔다.

"침입자는 절도범이 지문을 닦아낸 것으로 위장하고 싶었어. 하지만 절도범은 장갑을 끼고 있었지. 그냥 놔두면 경찰은 다른 사람이 지문을 닦았다고 판단할 거야."

"그래서 절도범의 장갑을 빼앗아 마치 그가 맨손으로 도둑질한 후 지문을 닦아낸 것처럼 꾸민 거예요. 절도범은 부정하겠지만 경찰이 믿을지 말지는 반반이겠죠. 그럼 가죽점퍼는?"

"절도범과 몸싸움을 벌였을 때 범인의 지문이 잔뜩 묻었을 거야. 지문을 지우기보다 가죽점퍼를 가져가는 편이 빠르겠지."

그렇구나.

전부 다 자신의 지문이 발견될까봐 겁먹은 범인이 은폐에 은폐를 거듭한 결과로 발생한 상황이었다.

이제 범인이 누군지는 명백하다. 우리는 말을 꺼냈다.

"일단 평소 2층에 자유로이 드나들 수 있는 히메코마쓰 씨는 용의자에서 제외돼요."

남은 건 두 명.

"구스카타는 밤늦게까지 선배와 촬영하느라 몇 번인가 빈방에 들어간 적이 있어. 지문이 남아 있어도 신경쓸 필요 없지."

남은 건 한 명, 자기 의상 없이 촬영 스태프로 활동하는 남자.

"우사…… 우사키가 범인이야?"

한 성격 하는 히메코마쓰도 충격받은 표정을 감추지 못했다. 부회장이라는 자가 친구들을 크게 배신한 것도 모자라 죽은 학생에게 죄를 덮어씌울 줄이야.

"경찰은 절도범의 주장을 믿지 않았기 때문에 세밀하게 수사하지는 않았어. 하지만 동아리원 몇몇이 사건을 수상쩍게 여겼고, 신경질적인 담당 교수님이 소동을 키울 우려도 있었어. 우사키로서는 가짜 진상을 준비해 모두를 수긍시키고 싶었겠지."

그래서 사건 다음 날 사고사한 와타나베 다로를 이용하기로 했다.

돌이켜보면 우리가 수사 방침을 상의할 때마다 우사키가 조언했다.

촬영회에서 눈에 띄지 않는 인물에 주목하자고 말한 것도 우사키. 와타나베가 구스카타의 이름을 물어봤다고 말한 것도 우사키. 와타나베의 사진을 준비한 것도 우사키.

그리고 와타나베가 뺑소니를 당해 사망했다는 사실이 밝혀진 다음 날, 담당 교수에게 편지를 받아온 것도 우사키.

"와타나베와 우사키는 같은 학년이야. 같은 강의를 들으며 안면을 텄을지도 모르고, 와타나베가 이벤트를 보러 오게 된 뒤로 교류했을지도 모르지. 어쨌거나 죽은 사람에 대해서 파헤치기는 심정적으로 껄끄러우니까 최고의 은폐물인 셈이지."

실제로 우리는 와타나베가 이미 사망했다는 이유로 깊이 파고들기를 단념하려 했다. 만약 가족에게 탐문을 하러 갔거나, 알고 지내는 탐정 사무소에라도 의뢰해서 편지에 남은 지문을 자세히 조사했다면 가짜 편지라는 게 금방 밝혀졌을지도 모른다.

하지만 일개 학생이 그렇게까지 설치려면 용기가 필요하다. 아케치 씨같이 물불 가리지 않고 진실에 덤벼드는 사람을 제외하고.

히메코마쓰는 두 뺨에 손바닥을 대고 목소리를 짜냈다.

"방금 나눈 이야기는 앞뒤가 잘 들어맞아. 내 생각에도 너희 말이 옳은 것 같고. 하지만 우사키를 고발하기에는······ 부족해. 물적증거가 없는걸."

우리는 정황증거를 쌓아올려 가장 논리적인 해답을 도출했을 뿐이다. 우사키가 범인임을 나타내는 물적증거는 하나도 없고, 애당초 피해의 실태가 없다. 몰카 영상이라도 있으면 달라지겠지만, 커튼에 그럴싸한 주머니와 구멍이 있다는 이유만으로는 경찰도 움직이지 않으리라. 동아리원들을 더 혼란에 빠뜨릴 뿐이다. 이 정도로 우사키를 규탄하는 게 더 억지스럽다.

이 또한 미스터리 소설과는 달랐다. 납득은 되지만 해결은 되지 않는다.

아케치 씨가 입을 열었다.

"확실히 증거는 없어. 하지만 어쩌면 범인을 유인할 수는 있을지도 모르겠군."

"그게 무슨 소리야?"

아케치 씨가 방금 발판으로 사용한 책상을 가리켰다.

"이 방에 발판으로 삼을 물건이 없어서 지난번에도 이번에도 휴게실에서 책상을 가져왔지. 하지만 지난달까지 창문 아래에는 선반장이 놓여 있었다면서?"

히메코마쓰가 고개를 끄덕였다.

"지금은 내가 집에서 사용하지만."

"만약 그 이전부터 몰카를 찍어왔다면, 범인은 카메라를 설치할 때 그 선반장을 발판으로 사용했을 거야. 네가 집으로 가져가기 전까지는 말이지. 창문 밑에 떡하니 놓여 있는데 굳이 옆방에서 책상을 가져오지는 않을 테니까."

그렇구나!

선반장에는 그때 범인이 묻힌 지문이 남아 있다. 과거의 지문이 남아 있는 유일한 물증이다. 실제로는 히메코마쓰가 깨끗이 닦았을지도 모르지만, 덫을 놓기에는 충분하다.

"네가 선반장을 가져오면 범인이 지문을 지우러 나타나지 않을까?"

손가락으로 잠시 입술을 문지르던 히메코마쓰가 평소의 당찬 웃음을 지었다.

"좋은 생각이야. 제법이네, 탐정."

다음 주 월요일.

오후 강의가 끝난 후 아케치 씨와 만나 학교를 나섰다. 목적지는 단골 카페가 아니라 걸어서 십 분쯤 걸리는 둔치였다.

횡단보도에서 신호를 기다릴 때 히메코마쓰에게 문자메시지가 왔다. 옆에 선 아케치 씨도 호주머니를 더듬었다.

우사키가 옛 박스 계단 아래에 있는 창고에서 다쳤다고 한다. 위쪽에 놓아둔 공구함이 어쩌다 머리 위로 떨어진 모양이다. 히메코마쓰가 예전에 가져갔던 선반장을 창고에 뒀다고 동아리원 앞에서 말한 다음 날이라고 한다.

대체 무슨 용건으로 창고에 갔느냐고 물어보자 우사키가 종잡을 수 없는 대답을 늘어놨다고 덧붙인 걸 보면, 아무래도 회장님은 단단히 화가 나신 듯하다.

현재 몰카 영상이 유출된 낌새는 없지만, 변호사와 상의해 부회장의 컴퓨터 등을 샅샅이 조사할 예정이라는 후속 조치까지 확인한 후 나는 스마트폰 화면을 껐다. 의뢰받은 일은 마무리했다. 앞으로 어떻게 결판을 낼지는 코스프레 연구회에서 알아서 정하면 된다.

"마음먹은 대로는 안 되는 법이로군."

앞서가던 아케치 씨가 누구에게랄 것도 없이 중얼거렸다.

"의뢰받은 일을 잘 해결했잖아요. 그리고 솔직히 아케치 씨를 너무 얕봤어요. 저도 코스프레 연구회 사람들도, 틀림없이 와타나베 씨가 침입자라고 믿었는데."

돌이켜보면 아케치 씨가 수사 과정에서 꺼낸 말은 모조리 적중했다.

—단서는 이미 보여. 우리가 알아차리지 못할 뿐이지.

사건의 진상을 밝힐 단서는 분명 현장인 빈방에 있었다. 커튼 뒷면은 맹점이었지만, 옷을 갈아입는다는 사실에서 몰카에 상상이 미쳤다면 좀더 빨리 알아차렸을 가능성은 있다.

―별것 아닌 대화도 하면 할수록 나중에 가치가 생기는 법이지.

탐문수사의 성과는 시원치 않았지만, 용의자를 코스프레 연구회의 세 명으로 줄일 수 있었던 건 와타나베 다로에 대한 정보를 공유한 사람이 그들뿐이었기 때문이다. 정말로 '대화 그 자체'가 중요한 단서로 작용했다.

―필요한 건 감정에 휘둘리는 게 아니라 증거를 모으는 거야.

아케치 씨의 집요함 덕분에 야쿠시지 씨와 만나 이야기를 나눌 수 있었고, 와타나베 범인설의 모순을 깨달았다.

미스터리 속 명탐정처럼 똑 부러지는 모습은 보여주지 못했을지도 모르지만, 아케치 씨가 관여했기에 사건 해결에 성공했다고 생각한다.

하지만 아케치 씨는 기운 없는 표정으로 어깨를 움츠렸다.

"너무 이상을 추구한 나머지 의뢰인과 이벤트 참가자를 불쾌하게 만드는 등, 내게도 미숙한 점이 있었어. 스스로 적을 늘릴 만한 짓은 삼가야겠지…… 여기인가."

주택가를 통과해 둔치 옆길로 나와서 걸음을 멈췄다. 좁은 일차선도로와 둑 사이의 흰색 가드레일 밑에 아직 시들지 않은 꽃과 캔 음료가 놓여 있었다.

와타나베 다로가 사고로 세상을 떠난 곳에 우리도 꽃을 바치고 두 손을 모았다. 뺑소니범은 이미 체포됐다.

코스프레 연구회의 팬이자 사건 직후에 사망하는 바람에 이용당한 불운한 학생. 그도 죽은 후에 이런 형태로 자기 이름이 언급될 줄은 몰랐으리라.

사건에 관여하는 행위에 얼마나 막중한 책임이 따르는지 새삼스레 느꼈다. 죽은 자는 아무 말도 하지 않는다. 오직 피해자로서가 아니라 용의자로서도. 우리는 하마터면 그에게 오명을 씌울 뻔했다.

역시 탐정을 목표로 하고 싶지는 않았다. 미스터리를 읽고 일희일비하는 방관자 입장이 딱 좋다.

두 손을 모으고 있으니 옆에서 아케치 씨의 목소리가 들렸다.

"난 사력을 다해 진상을 추구하는 탐정이 되고 싶어. 하지만 가속페달만 밟지 말고 때로는 멈춰 서서 주위를 살필 필요도 있겠지. 그렇지 않으면 결국 큰 사고가 날 테니까. 그래서 말인데."

고개를 들자 무테안경 너머에서 강렬한 시선이 내게 쏟아졌다.

"하무라. 네가 내 브레이크가 돼줘."

……브레이크라.

그거라면 나도 할 수 있을지 모른다. 두려움을 모르는 탐정이 아니라, 곁을 지키는 왓슨이라면.

스스로 생각하기에도 쑥스러운 말이었는지 아케치 씨는 이쪽에 등을 돌리고 목소리를 높였다.

"뭐, 이번에는 도중에 탐정 운운하는 것도 잊어버리고 그냥 선배가 돼버렸지만."

"……"

탐정 운운하는 걸 잊어버렸다고?

나는 걸음을 옮기는 아케치 씨를 허둥지둥 쫓아가며 그의 마지막 말이 무슨 뜻일지 생각했다.

혹시.

내가 미스애에 가입하고 나서 처음으로 들어온 의뢰니까, 선배로서 멋진 모습을 보여주고 싶었던 건가?

와타나베 범인설을 받아들이지 못한 것도 생각만큼 돋보인 장면 없이 사건이 막을 내릴 것 같았기 때문에?

아케치 씨는 탐정이기 이전에, 어디서나 볼 수 있는 한 명의 선배로서 들떴던 건가?

"잠깐만요, 아케치 씨. 방금 말씀은 무슨……"

"아, 미숙하다, 미숙해. 내일부터 또 수행이다, 하무라!"

아케치 씨는 이상한 선배다. 정말로 명탐정의 재능이 있는 걸까, 그냥 트러블 메이커인 걸까.

하지만 내 일상에 나타난 이 살아 있는 미스터리를 조금만 더 쫓아가보기로 하자.

어떤 일상의 수수께끼에 대해

明 智 恭 介 の 奔 走

1

"감사합니다—" 하고 늘어지는 목소리의 배웅을 받으며 가토 히사오는 살짝 덜컹거리는 자동문을 지나 서점을 나섰다. 맞은편 여성복 가게의 사장이 길에 내놓았던 상품 진열대를 정리하고 셔터를 내리는 참이었다.

"고생 많으십니다."

히사오는 고개를 살짝 숙여 인사했다.

저녁 6시가 지난 시각. 남북으로 뻗은 후지마치 상점가에 들어선 가게는 이미 대부분 영업을 마쳤다. 드문드문 지나다니는 사람들은 양옆으로 무미건조하게 내려진 셔터가 줄지은 길을 따라 역 쪽으로 걸어갔다.

유월에 접어들자 이 시간에도 아케이드 너머 하늘은 아직 밝았다. 치안에는 좋겠지만, 쇠퇴한 상점가의 모습이 강조되는 것 같기도 했다.

구획의 경계를 나타내는 '후지마치 2번지'라는 네온사인이 보였지만, '후지'에는 불이 들어오지 않았다. 저렇게 된 지 반년은 지났지만 아무도 고치지 않고 방치된 상태다.

개업한 지 곧 사십 년이 흐르는 사이, 히사오의 육체만큼이나 이 상점가에도 여기저기 눈에 띄게 말썽이 생기고 있다.

'그만, 그만. 앞일은 생각해봤자 어쩔 수 없어.'

히사오는 고민을 떨쳐내듯 크게 숨을 내쉬었다.

살다보면 해결될 기미가 보이지 않는 문제가 얼마든지 생긴다. 중요한 건 망가지지 않도록 가게도 자신도 잘 유지보수하는 것이다.

오늘은 토요일, 시민 대부분이 해방감에 휩싸이는 날이다. 히사오도 예외는 아니라서 한잔하러 나왔다. 역 앞으로 가면 프랜차이즈 음식점이 줄지어 있지만, 히사오는 반대 방향으로 상점가를 따라 걷다 도중에 옆길로 빠졌다.

좁은 골목길 오른편에 빨간 차양과 출입구에 매단 칸막이용 비닐 커튼이 인상적인 선술집이 있다. 히사오는 익숙한 손놀림으로 커튼을 젖혔다.

"나 왔어."

"오, 가토 씨, 출근이로군."

이마에 수건을 두른 주인이 활짝 웃었다. 매주 정해진 시간에 찾아오는 히사오에게 늘 던지는 농담이다. 이미 카운터에 있던 서예용품점 사장 후미타가 뒤이어 말했다.

"그래, 출근이지. 우리는 이 가게를 먹여 살리기 위해 얼마 안 되는 용돈을 쪼개서 찾아오는 거라고. 그렇지, 가토?"

"넌 자처럼 마누라의 눈을 피해서 말이야."

히사오도 농담조로 대답했다.

이 선술집도 상점가에 개업한 뒤 사십 년 가까이 드나들었다. L자형 카운터밖에 없고, 기껏해야 일고여덟 명만 들어서도 꽉 찰 만큼 비좁다. 단골손님은 대부분 상점가 사람이나 근처 주민이다. 새로 오는 손님이 얼마 없는 대신 발길을 끊는 손님도 없어서, 불황의 시대에도 안정된 영업으로 버텨왔다.

모든 차림표가 이미 머릿속에 있지만, 히사오는 습관처럼 벽에 붙은 차림표를 올려다보았다.

닭날개튀김, 계란말이, 열빙어, 이어서 '추천'이라는 글씨가 큼지막하게 적힌 290엔짜리 감자샐러드에 시선을 옮기자. 새콤하고도 베이컨의 지방이 절묘하게 어우러진 맛이 입안에 되살아났다.

"맥주랑 감자샐러드로."

맥주가 330엔이니까 와사비를 곁들인 어묵이라도 추가할까, 아니면 저렴한 조미김과 사와● 조합으로 바꿀까 생각하며 옆에 있는 후미타와 건배했다.

작은 접시에 담긴 감자샐러드가 나오자 히사오는 일단 눈대중으로 가로세로 삼등분한 후, 모서리의 9분의 1조각을 젓가락으로 집어 입에 넣었다. 예전에 후미타가 궁상맞다며 웃었지만, 주량이 세지 않은 히사오가 술과 안주의 비율을 맞추기 위해 고안한 방법이다.

그렇게 요기를 하면서 맥주잔을 두 번쯤 입에 댔을 때였다.

"네, 어서 오세요."

선술집 주인의 목소리에 서먹함이 약간 섞인 걸 알아차리고 히사오는 고개를 들었다.

"혼자인데, 괜찮을까요?"

처음 보는 젊은이가 커튼을 걷고 검지를 세웠다.

● 위스키나 브랜디, 소주에 레몬이나 라임 주스를 넣어 상큼함을 더한 칵테일

"웬일로 못 보던 손님이 왔네."

후미타가 히사오의 속내를 대변했다.

새로운 손님은 무테안경을 쓰고, 훤칠하다는 말이 딱 어울리게 키가 큰 청년이었다. 아직 대학생이리라. 눈에 때묻지 않은 빛이 가득해서 환갑을 넘긴 몸으로서는 부러울 따름이었다. 상점가에서는 좀처럼 보기 힘든 화려한 알로하 셔츠가 복고 분위기를 자아내는 선술집과 큰 대비를 이루었다.

젊은이는 히사오 옆, 입구에 가까운 쪽에 서서 신기하다는 듯 차림표를 쳐다보다가 맥주를 주문했다.

히사오는 청년에게 흥미가 갔지만, 손님을 대하는 장사꾼의 직감으로 좀더 기다렸다가 말을 거는 편이 좋겠다고 판단했다. 이 젊은 손님도 가게 분위기에 적응하는 중일 테니까.

반대편에 있는 후미타와 잠시 잡담을 나누었다. 응원하는 프로야구팀의 성적, 시사교양 프로그램에서 다루었던 가십, 해마다 늘어나는 복용약에 대해. 매주 보는 얼굴이라 새로운 화제가 있을 리 없지만, 술자리에서는 '변함없는 이야기'도 즐길 거리 중 하나다. 그리고 서예용품점 사장은 술친구들 가운데 분위기를 제일 잘 띄운다는 평판을 받았다.

반시간쯤 이야기를 나눈 후, 히사오는 빈 맥주잔과 접시를 돌려주고 90엔짜리 조미김과 280엔짜리 매실 사와를 주문했다.

"그러고 보니 가토, 들었어?" 후미타가 진지한 어조로 말을 꺼냈다. "누리이 영감님이 그 건물을 나와서 양로원에 들어갈 거래."

그 말을 듣고 히사오뿐만 아니라 조리중이던 선술집 주인도 놀라서 고개를 들었다.

누리이는 히사오의 가게가 있는 3번지보다 한 구획 안쪽인 4번지 상점가에서 칠기 가게를 운영했다. 건물주라서 삼 년쯤 전에 가게를 접은 뒤에도 2층과 3층에 있는 주거 공간에 지냈다. 그런 누리이가 건물을 떠나다니.

"정말로? 요전에도 군코도의 다케우치 씨가 암에 걸렸느니 뭐니 했지만, 뚜껑을 열어보니 그냥 다이어트했던 거였잖아."

후미타가 분위기는 잘 띄우지만, 꺼내놓는 이야기의 신빙성은 스포츠신문 이하라는 것이 술친구들 사이의 상식이었다.

"틀림없어. 본인에게 들었는걸. 어울리지 않게 싱글싱글 웃으며 양로원 팸플릿까지 보여줬어."

"누리이 씨, 여기서 죽을 거라는 말을 입에 달고 살았는데."

누리이는 예순다섯인 히사오보다 열 살 이상 연상이지만, 이십 년쯤 전에 화랑이었던 구축 빌딩을 매입해 칠기 가게를 개업했으니 장사는 히사오보다 늦게 시작했다. 괴팍한 성격으로 유명했고, 누구에게나 고압적인 태도를 보여서 손님과 때때로 말썽을 빚기도 했다. 가게를 접은 후로는 얼굴을 볼 기회가 줄었지만, 마주치면 잘난 척하듯 남의 험담을 늘어놓았으므로 히사오도 넌더리가 났다.

선술집 주인도 이맛살을 찌푸리고 대화에 끼어들었다.

"양로원에 들어가다니, 그 사람한테 그만한 돈이 있나? 딸과도 남처럼 지낸다고 했는데."

히사오도 동감이었다. 누리이는 병에 걸린 아내와 사별한 후, 아내의 보험금을 들이부어 칠기 가게를 차렸다고 들었다. 그 때문인지 아니면 원래부터 사이가 안 좋았는지는 모르지만 딸과는 소원해서, "그 불효막심한 것, 늙은 아비를 돌봐주지도 않아" 하고 자주 원망 섞인 목소리로 투덜거렸다.

그렇기에 장사를 접은 후에도 혼자 그 건물에 살았던 건데, 양로원에 들어갈 여유가 어디 있었을까.

후미타는 "그게 말이야" 하고 의미심장하게 코를 씰룩거렸다.

"그 구닥다리 건물을 사겠다는 사람이 나타났대. 누리이 씨한테 얼마나 냈을 것 같아? 이만큼이야."

후미타가 검지와 중지를 세웠다. 이백만이라면 건물 처분에 애먹던 누리이가 울며 겨자 먹기로 넘긴 셈이겠지만……

"이천만? 거기에 세금과 수수료도 더하면 돈이 어마어마할 텐데. 그 돈을 주고 이렇게 쇠퇴한 상점가 건물을 사다니 말도 안 돼."

선술집 주인이 어처구니없다는 듯 고개를 내저었다.

"진짜라니까. 복덕방 아들인 다카시에게 얻은 정보야."

건물 매매를 중개한 것도 상점가 이웃이라고 한다.

고객의 정보를 남에게 흘리다니, 히사오는 기가 찼지만, 지금 해야 할 이야기는 그게 아니다.

후미타가 '구닥다리 건물'이라고 표현한 건 결코 과장이 아니다. 이 상점가의 건물은 대부분 연식이 오십 년을 넘어가는 골동품이다. 누리이가 매각한 빌딩은 상점가에서는 비교적 오래되지 않은 축에 들지만, 커다란 빌딩 사이에 끼어서 어깨를 움츠리고 있는 듯한 모양새인데다, 지금까지 보수하는 데 노력도 돈도 들이지 않았는지 전체적으로 거무튀튀해서 주변 건물들보다 외관이 많이 노후화됐다.

무엇보다 이 상점가는 지난 십수 년간 가게도, 사람의 유입도 줄어들기만 해서 새로이 장사를 시작하려는 사람에게는 아무런 매력도 없는 곳이다. 그렇기에 누리이도 여기 살다 죽겠다고 호언장담한 건데.

"통 영문을 모르겠군."

셋이 생각에 잠겨 있는데.

"아주 재미있는 수수께끼네요."

옆에 있던 젊은이가 처음으로 입을 열었다.

"전혀 수지타산이 맞지 않는, 그것도 매입자 쪽이 손해를 보는 거래가 제시되고 성사됐다. 단순하면서도 매력적입니다. 누리이 씨에게서 구닥다리 건물을 매입한 인물을 X라고 치죠. X씨에게 그 구닥다리 건물은 대체 어떤 가치가 있는 걸까요? 재미있는 수수께끼는 술안주로도 최고죠."

갑자기 말을 쏟아내는 젊은이를 보고 카운터 너머의 선술집 주인도 좀 뜨악한 표정이었다. 훤칠하고 멀끔하게 생겼는데, 이런 변두리의 선술집에 혼자 온 것만 봐도 역시 괴짜인 듯했다.

그래도 화제를 꺼낸 후미타는 젊은이의 반응에 반색했다.

"그럼, 그럼. 학생, 신기해서 호기심이 생기지?"

"네. 이것도 일상 수수께끼에 속한다고 할 수 있겠군요."

한편 선술집 주인은 한숨을 섞어 투덜거렸다.

"뭐든지 상관없지만, 나쁜 일에 이용되지만 않으면 좋겠군."

"나쁜 일이라니?"

"요즘엔 보이스피싱이니 뭐니, 남을 속이는 수법이 여러 가지 있다잖아. 인터넷에서 동료를 모아서 꼬리가 잡히지 않도록 한다나. 요즘이 어떤 세상인데 마침맞게 큰돈이 굴러 들어오다니, 어쩐지 찜찜해."

이야기가 뒤숭숭한 방향으로 흘러갔다.

히사오가 사와잔을 기울이자 얼음이 부딪치는 공허한 소리가 울렸다. 어느 틈엔가 다 마신 듯했다. 시계를 보니 7시 반. 딱 좋은 시간이다.

히사오는 남은 조미김을 입에 넣고 젓가락을 내려놓았다.

"잘 먹었어, 계산 부탁해."

천 엔짜리 지폐를 내고 거스름돈으로 십 엔짜리 동전을 하나 받았다.

지갑 말고 다른 소지품은 가져오지 않았으므로 잊어버릴 물건도 없다.

히사오는 다른 두 사람에게 "먼저 갈게"라는 말을 남긴 후 커튼을 걷고 밖으로 나갔다.

밤바람이 달아오른 뺨을 기분좋게 어루만졌다. 그러자 방금까지 머릿속을 맴돌던 구닥다리 건물의 수수께끼야 아무렴 어떻냐는 생각이 들었다.

결국은 남의 돈 이야기다. 자신이 어쩔 도리도 없거니와, 진상을 알아본들 삶이 달라지는 것도 아니다.

불경기도, 불안한 장래도 자기 힘만으로 비틀어 바꿀 수는 없다. 그러나 많은 것을 바라지 않고 눈과 귀를 틀어막으면 어지간한 위기는 다 지나가는 법이다.

그때 문득 수수께끼에 눈을 반짝이던 아까 그 젊은이가 떠올랐다. 선술집 아저씨들의 대화조차 멋진 일이 일어날 징조라는 듯 받아들이는 그 천진난만한 모습이.

'요즘 젊은이 중에는 저렇게 별난 사람이 많은 걸까.'

그런 생각으로 선술집을 돌아보았다.

젊은이가 이쪽을 가만히 바라보고 있었다.

아니, 커튼 너머라 확실치는 않았지만, 눈에 띄는 무테안경이 조준하는 것처럼 히사오 쪽을 향한 채 꼼짝도 하지 않아서 으스스했다.

시선을 획 돌린 히사오는 마음을 다잡고, 평소처럼 술에서 깨기 위해 산책에 나섰다.

2

 카페 '포피poppy'는 이른바 전통적인 일본식 커피집으로, 커피 등 일반적인 음료 외에도 아침에는 달걀프라이와 토스트로 구성된 모닝세트, 점심에는 나폴리탄 스파게티, 필라프, 카레라이스 등의 런치 메뉴를 주문할 수 있으며 과일 통조림을 사용한 파르페도 판매한다. 이렇다 할 특징이 없는 대신, 지금도 실내에서 흡연이 가능한 덕분에 단골손님 중 누군가가 늘 앉아 있다.

 카페는 히사오가 스물여섯 살, 결혼한 지 삼 년 차에 개업했다. 당시 다니던 인쇄공장을 때려치우고 장사를 시작했던 터라 장인과 장모가 그 사실을 알고 찾아와서 몹시 닦아세웠다.

 특별히 요리에 애착이 있었던 건 아니지만, 자기 가게를 가지는 것은 히사오가 어릴 적부터 어렴풋이 품어왔던 꿈이었다. 여대를 졸업한 후 중매결혼한 아내는 그 꿈에 휘말린 꼴이긴 했다. 하지만 막상 가게를 시작해보니 오히려 접객과 경영에 센스가 있는 건 아내였고, 히사오는 아내에게 꽉 잡혀 주방을 바쁘게 뛰어다녔다.

 그렇게 사십 년 가까이 흘렀다. 용케 잘해왔다는 생각도 들고, 날마다 쫓기는 동안 시간이 이만큼 흘러버린 것 같기도 하다.

이처럼 옛날을 돌아본 건 가게 안쪽에서 앨범을 끄집어낼 필요가 생겼기 때문이다.

일요일 오후 2시 반, 런치세트를 주문하는 목소리가 잦아들어 카페에는 평온한 시간이 흐르고 있었다.

"감사합니다. 좀 볼게요."

카운터석에 앉은 학생이 인사하고 앨범을 한 장씩 넘기며 사진을 들여다보았다. 전철로 이십 분 거리에 있는 신코 대학교의 예술학부 학생 구스카타라는데, 이 아담하고 귀엽게 생긴 대학생의 성별이 뭔지 히사오는 헷갈렸다.

몸이 여리여리한데다 바지 차림이라 복장으로도 구분이 되지 않는다. 여자치고는 목소리가 낮은 듯하지만, 눈썹과 입술에 옅게 화장을 한 것처럼 보이기도 했다. 그러나 히사오가 젊었을 시절과는 달리 요즘은 남자도 미용에 관심이 많으므로 더더욱 판단이 서지 않았다.

이 주 전, 구스카타에게 연락을 받았다. 근처 터미널 역부터 뻗은 지하도 보수공사의 일환으로 그(그녀?)를 포함한 예술학부 학생들이 벽에 그라피티를 그리기로 했다고 한다. 구스카타 조는 상점가 입구로 향하는 지하도를 맡았는데, 상점가의 역사를 주제로 삼고자 유서 있는 가게의 사진 자료를 모은다고 했다. 히사오도 옛날 앨범을 빌려주기로 했다.

"겉모습은 개업 당시와 거의 달라지지 않았네요."

"그렇지. 화분을 바꾸고, 딱 한 번 간판을 교체한 것 정도야."

가게에는 거리를 면한 커다란 창문이 있어 밖에서도 내부가 훤히 보인다. 외부와 내부를 동시에 그릴 수 있으니 그림 모델로서 적합할지도 모르겠다.

"그리고 저거요. 실물은 처음 봤어요."

히사오는 구스카타의 시선을 따라 가게 안쪽을 보았다.

"일 잘하는 고참 종업원이야."

"저것도 사진을 찍어도 될까요?"

"그럼" 하고 히사오는 낯간지러운 기분으로 대답했다.

"또 어떤 가게를 그릴 거지? 옛날부터 영업하는 가게라면 도야마 사진관이라든가?"

"네, 사진관도 그릴 예정이에요. 그리고 오는 길에 있는 히노 신사, 쌀과자 가게랑 1층에 드러그스토어가 있는……"

"유메조노 빌딩?"

이 부근에서 가장 활기 있는 5층짜리 상가건물이다.

"지금이야 유메조노 빌딩이 상가로 사용되고 있지만, 원래는 1930년대에 지어진 백화점이었다고 들었어요. 아케이드에 가려져서 상점가 안에서는 전체를 볼 수 없지만 아주 중요한 건축물이죠."

예술학부에 다니는 만큼 건물 디자인에 흥미가 있는지 구스카타의 말투가 잔뜩 들떴다. 히사오도 회고의 감정이 싹텄다.

"옛날에는 역 앞에 커다란 기계부품회사가 있었지. 동네에 하청을 받는 공장도 많아서 아주 활기가 넘쳤어. 일하는 사람이 있으면 음식점과 숙박업소, 오락을 위한 업소도 필요하니까. 동네 전체의 경기가 좋았지. 하지만 값싼 해외제품이 수입되자 큰 회사는 철수했고, 동네의 활기가 잦아드는 것과 함께 상점가도 점점 쇠퇴했어."

히사오의 가게도 심각한 영향을 받았다. 대출금을 갚아나갈 수 있느냐, 외아들을 대학에 보낼 수 있겠느냐는 불안과 늘 함께했다.

솔직히 히사오는 몇 번이나 도망치려고 했다. 지금이라면 직장인으로 돌아갈 수 있지 않을까 싶어서 구인광고를 들여다본 적도 한두 번이 아니었다.

하지만 그런 생각도 거품경제가 꺼지면서 사라졌다. 하

락한 땅값과 남은 대출금을 비교한 결과, 고를 수 있었던 선택지는 가게를 계속하는 것뿐이었다.

"그래도 불황을 이겨내고 계속 영업해오셨으니, 지역 주민들에게 사랑받는다는 증거네요."

구스카타가 악의 없이 웃는 얼굴로 고개를 끄덕이길래 히사오는 쓴웃음을 지으며 "그렇지" 하고 장단을 맞춰주었다.

"여기를 휴식 장소로 찾아주는 단골손님 덕분에 살았어. 이렇다 할 특색이나 명물은 없지만, 커피와 토스트는 생활에서 간단히 사라지지 않는 법이기도 하고."

그리고 예상치 못한 요행의 도움도 받았다.

그렇게 말하려 했을 때, 마침맞게 '요행'이 가게로 들어왔다.

"아저씨, 안녕하세요."

"안녕하세요."

"안녕하세요."

한적한 분위기를 날려버리듯 시끌벅적하게 들어온 건 초등학교 남학생 세 명이었다.

아이들을 보고 단골손님이 피우던 담배를 재떨이에 비벼 껐다.

커피집에 어울리지 않는 어린 손님들은 제 집처럼 키운

터 앞 통로를 걸어갔다.

"앗, 혹시."

구스카타가 기대어린 목소리로 말했다.

세 남학생은 가게 안쪽에 있는 테이블석에 옆으로 늘어섰다. 정확하게 말하면 '테이블 형태 오락기'일까.

동전을 넣자 전자음향과 함께 도트 캐릭터가 꼬물꼬물 움직이기 시작했다.

이것이 바로 히사오가 말한 '고참 종업원'의 정체다.

"아직 가정용 게임기나 컴퓨터가 거의 없던 시절에는 이런 테이블형 오락기를 포함해서 게임 센터에나 있을 법한 오락기가 게임 업계의 주력 상품이었지. 그중에서도 '다이토'라는 회사에서 개발한 '스페이스 인베이더'가 대유행했어. 하늘에서 우르르 몰려오는 우주 생물을 대공포로 물리치는 아주 단순한 게임이었지만, 사회현상이 될 만큼 큰 인기를 끌었지."

히사오는 자랑스럽게 설명했다.

재미있게도 당시에는 게임 센터보다 음식점에서 오락기를 훨씬 많이 들여놓았다. 카페의 오락기 앞에 앉은 어른들이 바로바로 재도전할 수 있게 백 엔짜리 동전을 쌓아놓은 채 게임에 푹 빠져 있는 모습은 지금도 '쇼와시대의 인상적인 광경'으로 미디어에서 거론하곤 한다.

히사오도 당시 유행에 발맞춰 오락기를 들여놓았지만, 폭발적인 유행은 금세 사그라졌다. 한 판당 가격을 내렸지만 비용 대비 이윤을 따지면 기껏해야 본전을 뽑는 정도라, 그후의 불황에서 가게를 지켜줄 만큼 큰 수익을 가져다주지는 못했다. 테이블로 사용하기도 마땅치 않고 자리도 차지해서 처분할까 했지만 귀찮다는 이유로 가게 안쪽에 방치해뒀다.

그런데 몇 년 지났을 무렵, 아이를 데리고 온 손님이 잠들어 있던 오락기의 존재를 알아챘다. 오랜만에 전원을 켜주자, 아이가 그 자리에서 아버지에게 게임을 배워 해보더니 아주 기뻐했다. 그후로 그 아이는 친구를 데리고 놀러왔고, 아이들 사이에 입소문이 퍼졌는지 매년 새로운 아이가 동전을 움켜쥐고 카페를 찾아왔다······

"그러다 보니 하굣길에 들르는 아이가 늘어나서, 선생님들이 교대로 선도활동을 나오게 됐지. 덕분에 아는 선생님들이 많이 생겼고 학교와도 교류가 깊어졌어."

이제 방과후 선도활동은 없어졌지만, 등교를 거부하던 아이가 이 가게에서 같은 반 아이와 친해져서 다시 학교에 가거나, 선생님이 정년퇴직 후에도 가끔 찾아오는 등 감개

무량한 일화가 끊이지 않았다.

그리운 마음으로 이야기를 마쳤을 때 히사오는 구스카타가 손목시계를 슬며시 확인하는 걸 알아챘다.

"미안, 너무 오래 붙잡아뒀구나."

구스카타는 조금 안도한 듯했지만, 예의를 잃지 않고 고개를 숙였다.

"무슨 말씀을요. 귀중한 이야기를 들려주셔서 감사합니다. 그럼 앨범은 빌려갈게요."

"응, 그래. 여보, 계산."

히사오가 부르자 테이블석을 정리하던 아내 사토코가 입구 옆 카운터로 가서 계산한 후, 인사하고 나가는 구스카타를 배웅했다.

아까 화제에 오른 유메조노 빌딩은 원래 백화점으로 지어진 유서 깊은 건물이다. 여기서 150미터쯤 떨어져 있는데, 그 위풍당당한 모습을 돋보이게 하는 게 제 역할이라는 듯 바로 옆에 들러붙어 있는 꾀죄죄한 빌딩이 바로 어젯밤 선술집에서 화제가 된, 누리이에게 이천만 엔을 안겨주었다는 구닥다리 건물이었다.

어젯밤 집에 가서 사토코에게 이야기해주니 아내도 금시초문인 듯했다.

유메조노 빌딩이 팔렸다면 의문은 없다. 아니, 거기는 이천만 엔 정도로는 어림도 없으리라.

테이블석에서 커피를 마시던 중년 손님이 돌아가자 카페에는 게임하는 아이들이 "지금, 지금!" 하고 떠드는 소리와 전자음향만 울려퍼졌다.

아내가 한숨 돌리는 틈을 노려서 물었다.

"누리이 씨의 빌딩이 팔렸다고 했잖아. 혹시 주변 가게에도 땅을 매입하겠다는 말이 나온 거 아니려나."

목적이 구닥다리 건물 일대의 땅이라면, 파격적인 가격으로 사들인 것도 이해가 간다. 손톱만한 땅을 팔지 않겠다고 거부하는 바람에 개발계획에 차질이 생기는 건 자주 들리는 이야기다.

"그런 말이 나왔으면 상점가에 소문이 돌았겠지."

사토코는 요즘 피로가 자꾸 쌓인다는 허리를 쭉 펴며 부정했다.

"후미타 씨에게 들은 이야기잖아. 엉터리 아니야? 요전에도 아키바 씨 가게가 가택수색을 당했다며 호들갑을 떨었잖아. 알고 보니 가게 앞에서 꼼짝도 하지 않는 취객을 신고한 거였고."

"그런 일도 있었지……"

역시 신빙성이 낮은가.

"그리고 그 건물은 상점가를 확장할 때 생겼으니까, 우리 가게보다 조금 덜 오래됐어. 이천만에 사준다면 우리 가게도 꼭 부탁하고 싶네. 죽기 전에 한 번쯤은 해외여행을 가보고 싶으니까."

아내의 말에 어떻게 대답해야 할지 몰라서 히사오는 "으음" 하고 앓는 듯한 소리만 흘렸다.

섣불리 말을 계속했다간 평소 쌓인 울분이 폭발할지도 모른다.

하여튼 구닥다리 건물의 수수께끼에 생각을 집중했다.

현재 이 상점가는 1번지부터 4번지로 이루어져 있지만, 원래는 3번지까지였다. 히사오와 아내가 개업을 위해 적당한 건물을 찾고 있을 무렵 인근이 재개발돼, 주변 가게를 흡수하는 형태로 상점가 확장 공사가 진행됐다. 그 건물도 그 무렵에 새로 지어졌다.

즉, 구닥다리 건물과 조건이 비슷한 건물은 이 가게를 포함해 상점가 주변에 얼마든지 있다. 그중 누리이의 빌딩이 선택된 건 어째서일까.

"아저씨. 오락기 또 꺼졌어요!"

아이들이 부르는 소리가 들렸다.

확인하니 오락기 화면은 컴컴해진 채 전자음향만 흘러나왔다. 히사오는 설정 패널의 자물쇠를 열고 전원을 껐다가 다시 켜보았다. 대개는 이러면 고쳐지지만, 이번에는 화면이 원래대로 돌아오지 않았다. 이러면 히사오로서는 어쩔 도리도 없다.

조심조심 사용해왔지만 요 몇 년간 이런 말썽이 늘어났다.

"미안하구나. 고쳐놓을 테니 나중에 다시 오렴."

아이들에게 사과하고 돈을 돌려주며 방금 아내가 했던 말을 조금 진지하게 생각해보았다.

'죽기 전에 하고 싶은 일이라.'

3

"카페 '포피'. 찾았다, 찾았어."

"아케치 씨, 여기가 전에 말씀하신?"

"응. 수수께끼를 풀 열쇠가 분명 있을 거야. 가자."

월요일. '포피'의 영업시간은 아침 7시부터지만 히사오는 허둥대지 않고 커피를 내릴 준비만 마친 후, 7시가 조금

지나 가게 셔터를 올렸다.

아케이드 너머로 보이는 하늘은 아주 맑았다.

첫 손님은 7시 15분에 왔다. 근처에 사는 니시조노라는 노인인데, 늘 주간지를 읽으며 뜨거운 커피를 두 잔 마신다. 7시 반부터 8시 사이에는 모닝세트 주문이 들어온다. 사십 년쯤 장사하다보면 평일과 공휴일의 판매 경향이 몸에 익는 법이다.

이번 주는 기온이 높은 날이 이어질 거라는 일기예보가 있었다. 그러니 더위를 피하려는 손님으로 붐빌지도 모른다.

예상이 적중해서 평소보다 아이스커피가 많이 나갔다.

그리고 오후 2시가 지났을 즈음, 예상치도 못한 손님이 나타났다.

출입문이 열리는 벨소리와 함께 아내가 인사하는 소리가 들리기에 히사오는 무심코 시선을 주었다가 설거지하던 손을 멈췄다.

토요일에 선술집에서 본 청년이 서 있었다. 뒤에 후배인 듯한 사람을 데리고서.

청년은 카운터 안쪽에 히사오가 있는 걸 알아차리고 살짝 눈인사를 던진 후 카페 안을 빙 둘러보았다. 크고 작은 테이블 십여 개 중 벽 근처 테이블 두 개가 채워진 걸 보고,

중간 크기의 2인용 테이블에 자리를 잡았다.

선술집에서 만난 청년은 색깔은 다르지만 그날 밤처럼 알로하셔츠 차림이었다.

그냥 우연히 들어왔나 싶었지만 히사오는 바로 그 생각을 부정했다.

우연이라면 아까 자신을 보고 좀더 놀라지 않았을까. 히사오가 있다는 사실을 알고 있었기에 그런 반응을 보인 것이다.

선술집에서 카페 주인이라는 말은 꺼낸 적 없었다. 자신이 돌아간 후 다른 사람에게 물어본 걸까. 그런데 왜?

사토코가 물수건을 가져가려 했다. 작은 의심이 싹튼 히사오는 자기가 대신 가겠다고 하고 쟁반을 들었다.

"안녕하세요. 요전에는 정말 감사했습니다."

청년이 명랑하게 인사를 건네길래 히사오는 약간 딱딱한 웃음으로 답했다.

"학생, 요 부근에 살아?"

"신코 대학교에 다니는 아케치라고 합니다. 이쪽은 동아리 후배 하무라고요."

그렇게 말하며 명함을 내밀었다. 대학생인데 어떻게 명함이 있나 싶어 의아한 기분으로 받아들였다.

신코 대학교 미스터리 애호회 회장 아케치 교스케

동아리 활동용으로 만든 듯했다.

신코 대학교라면 어제 앨범을 빌려 간 예술학부 구스카타와 같은 학교다.

아케치 맞은편에 앉은 하무라라는 학생은 눈이 마주치자 고개를 꾸벅 숙였다. 행동거지에 풋풋함이 느껴지는 것이 올해 입학한 새내기 같은 인상이었다.

"이 가게에 대해서는 선술집 사장님께 물어봤습니다. 풀어내고 싶은 수수께끼가 있어서 꼭 한번 뵙고 싶었거든요."

"아아, 이천만 엔에 팔린 구닥다리 건물 말이야?"

한순간 아케치는 하무라와 얼굴을 마주본 후 물었다.

"뭔가 알아내셨습니까?"

히사오는 어제 아내와 이야기하면서 알아낸 내용을 설명해주었다. 주변 일대의 땅을 사들이는 것도 아니고, 그 구닥다리 건물이 특별한 조건을 갖춘 것도 아니라고.

"결국 매입자가 뭔가 착각한 게 아닐까 싶어. 예를 들면 실은 이웃한 유메조노 빌딩을 사고 싶었는데, 실수로 복덕방에 잘못된 주소를 문의했다든가."

"아무래도 그건 비현실적이겠죠."

아케치는 난감하다는 듯 눈초리를 내렸다.

"설령 잘못된 정보를 전달했더라도 부적합한 금액을 제시했다면 부동산 중개소에서 확인할 겁니다. 안 그러면 신용 문제로 발전할 테니까요. 무엇보다……"

아케치는 안경을 밀어올리고 말을 이었다.

"미스터리로서 재미가 없어요."

딱히 재미를 추구하는 건 아니었지만, 자기 의견을 부정당하자 히사오는 야단맞은 듯한 기분이었다. 옛날부터 자기 나름대로 상상을 늘어놓거나, 객관적인 시점에서 검토하는 데 능숙한 편은 아니었다. 가게 운영에 관해서도 우물쭈물 망설이다가 아내가 재촉하며 내놓은 의견에 순순히 따르고는 했다.

"그럼 어떻게 된 걸까?"

이번에도 자기 힘으로 해결하기를 포기한 듯한 말이 튀어나왔다.

아케치는 턱에 손을 대고 이렇게 제안했다.

"일단 구닥다리 건물에서 멀어지지 않으시겠습니까?"

"멀어지다니?"

"매입자 X씨의 목적이 구닥다리 건물이나 그 빌딩이 세워진 땅을 손에 넣는 게 아니라고 생각해보는 거예요. X 씨가 구닥다리 건물을 매입하기 전과 비교해 어떤 게 달라졌죠?"

이야기의 방향을 잡아주면 히사오도 자기 생각을 매끄럽게 말할 수 있다.

"누리이 씨가 양로원에 들어갔어. 지금까지는 고집스럽게 혼자 살았지만, 안심할 수 있는 생활로 옮겨간 거지."

그 말을 듣고 하무라라는 청년이 물었다.

"누리이 씨라는 분이 구닥다리 건물에서 혼자 지내길 고집한 이유는 뭔가요?"

"이사하기에는 금전적인 여유가 없었던데다, 딸과 사이가 좋지 않아서 같이 살자는 제안을 거절당했기 때문이었던 모양이야."

"혹시 사실은 따님이 아버지를 걱정했던 건 아닐까요? 그래서 구닥다리 건물을 매입해서 양로원에 들어갈 돈을 마련해준 거라면?"

과연 그건 말이 될 법했다. 게다가 눈물샘을 자극하는 미담 아닌가.

"하무라, 그 가설도 그다지 재미없어. 확 뒤집는 맛이 없잖아."

"그런 건 모르겠고요. 있을 법한 일부터 생각해봤을 뿐이에요."

'확 뒤집는 맛'이란 게 대체 뭘까 히사오가 궁금해하던 때였다……

"여보."

돌아보자 아내 사토코가 카운터에 앉아 이쪽을 노려보고 있었다. 그제야 자신이 아직 주문조차 받지 않았다는 게 떠올라 허둥지둥 "음료는 그쪽에서" 하고 테이블 위의 메뉴를 가리켰다.

아케치는 아이스커피, 하무라는 크림소다. 히사오가 재빨리 주방으로 돌아가려는데 사토코가 말했다.

"건물을 산 건 누리이 씨 딸이 아닐 거야."

히사오는 깜짝 놀라 아내를 보았다.

"누리이 씨 건물 맞은편에 고마바 씨의 담뱃가게가 있었잖아. 작년에 가게를 접었지만 예전에 고마바 씨한테 누리이 씨 딸에 대해 들은 적이 있어. 누리이 씨, 딸이 돌봐주지 않는다고 주변에 떠들어댔지만 실은 그렇지도 않았대. 매달 조금이나마 생활비를 보냈다더라고."

처음 듣는 소리였다.

"생활비라고 해도 만 엔, 이만 엔이라, 그거 가지고도 누리이 씨가 뻔뻔하게 불평을 늘어놨다는 이야기였어."

그 이야기를 들은 아케치가 어째선지 만족스럽게 고개를 끄덕였다.

"누리이 씨와 사이가 안 좋은데도 따님은 생활비를 보냈어요. 액수로 판단컨대 가정 형편이 넉넉하지는 않겠죠. 그런 따님이 이천만 엔이나 되는 큰돈을 들여 구닥다리 건물을 매입하기는 힘들 것 같군요."

히사오는 생각이 얕았던 스스로가 또 부끄러워졌다.

누리이의 연령상 손주가 있을 가능성이 크다. 딸에게 이천만 엔이라는 큰돈이 있다면 학비에 쓰는 등 자녀의 장래에 우선 투자할 것이다. 뭐가 아쉬워서 사이도 안 좋은데다가 늙은 부모의 헐어빠진 건물을 매입하겠는가? 자신이라면 절대로 안 그런다.

히사오가 주방에서 만든 음료를 아내가 계산서와 함께 두 사람에게 내갔다.

마침 다른 손님의 발길이 끊겨서 두 청년의 대화가 카운터 안쪽까지 들렸다.

"누리이 씨가 거짓말했을 가능성은 없을까요?"

하무라가 물었다.

"거짓말?" 아케치도 흥미를 보였다.

"X 씨는 누리이 씨에게 협박당해서 구닥다리 건물을 이천만 엔에 매입할 수밖에 없었던 거죠."

이야기가 갑자기 흉흉한 쪽으로 방향을 틀어서 히사오는 놀라는 한편으로 감탄했다. 젊으면 저렇게 대담한 발상도 나오는 건가.

이미 가게를 접었다고는 하나 상점가 이웃이 범죄에 손을 댔다고 의심하고 싶지는 않았다. 하지만 누리이가 고령에 이르러 인생의 벽을 느꼈다면…… 아예 말도 안 되는 소리는 아니었다.

"지금까지 나온 가설 중에서는 제일 재미있네."

"다른 사람 앞에서는 그런 말씀 하지 마세요."

하무라의 쓴소리에도 아랑곳 않고 아케치는 검토에 나섰다.

"협박이라면 한 번만으로 끝나지 않고 여러 번에 걸쳐 돈을 뜯어내려 할 거야. 한 번에 이천만은 너무 욕심부리는 것 아닐까. X 씨도 고발이 두려워서 돈을 내놓다가 파산하면 본전도 못 찾는 셈인데."

"X 씨가 그만한 요구를 감당할 수 있을 만큼 부자든가, 아무리 큰돈을 들여서라도 지키고 싶을 만큼 중대한 비밀이 있는 거겠죠. 예를 들어 X 씨에게 사랑하는 딸이 있는데, 딸의 혼삿길을 막을지도 모르는 비밀이라든가."

과연 그렇구나, 하고 히사오도 카운터 안쪽에서 감탄했다.

자신이 엄청난 자산가인데 같은 상황에 처했다면, 협박에 응할지도 모른다. 실제로 딸은 없지만.

그 대담한 설정에서 아케치는 오히려 부자연스러운 점을 발견한 듯했다.

"정말로 누리이 씨 위주의 설정이로군. 다만 그런 것치고는 그의 행동에 여유가 넘치는 것 같지 않아?"

"여유라니요?"

"너무 안정지향적이라는 거지. 요술 방망이같이 써먹을 수 있는 협박 상대가 있는데 일단 매각할 시기를 놓친 허름한 빌딩을 사게 하고, 자신은 양로원 입소 계약을 마치다니. 이렇게 말하면 미안하지만 누리이 씨는 앞으로 몇십 년이나 더 살 수 있는 나이가 아니잖아. 사치나 호화로운 유흥을 즐기려면 지금이 마지막 기회일 텐데."

"과연, 그렇게 볼 수도 있겠군요."

하무라도 동의했다.

히사오가 보기에 두 사람은 진상에 먼저 다다르기를 경쟁하기보다 다양한 가능성을 고려하는 걸 즐기는 듯했다.

어쨌거나 방금 아케치의 반론을 듣고 히사오도 한 가지

생각난 바가 있었다. 아까 아내 사토코의 이야기에도 나왔듯이, 누리이는 원래 뻔뻔하고 자기중심적인 성격이다. 그래서 장사도 망했고, 딸과도 관계가 어그러졌다.

그런 누리이가 자기 마음대로 할 수 있는 돈줄을 손에 넣었다면 과연 얌전히 양로원에 들어갈까. 상점가에서 여봐란듯이 돈을 흥청망청 쓰면서 구닥다리 건물의 어느 방에서 늘그막에 팔자를 고친 자신의 운수를 과시한다…… 어쩐지 그럴 것 같았다.

이번 가설도 부정하는 것에 가까운 형태로 보류되자, 아케치는 한숨 돌리듯 빨대를 입에 물었다.

"뭐, 아니면 X 씨의 목적이 누리이 씨를 구닥다리 건물에서 떼어내는 것이었다든가."

"완전히「빨간 머리 연맹」이로군요."

하무라도 크림소다를 마시며 웃었다. 히사오가 모르는 말이었다.

무슨 뜻인지 물어보려 했을 때, 학교가 끝났는지 초등학교 저학년으로 보이는 남자애 두 명이 가게 문을 열고 고개를 디밀었다.

"미안, 오락기가 고장났단다."

히사오가 미안해하며 알려주자 아이들은 "에이" 하고 입을 맞춰 귀엽게 투정을 부리더니, 카운터에 있던 사토코에게 알사탕을 받아들고 밖으로 뛰어나갔다.

그 모습을 보고 있던 아케치가 가게 안쪽으로 시선을 돌렸다. 그제야 테이블형 오락기가 떡 버티고 있다는 걸 알아차린 듯했다.

"오오, '인베이더' 게임이로군요."

하무라가 바로 정정했다.

"정확하게는 '스페이스 인베이더'죠."

"정식 명칭은 그렇겠지."

그 말을 듣고 히사오는 기쁜 마음에 그만 끼어들었다.

"정확하게는 '스페이스 인베이더'도 아니야."

두 사람이 어리둥절한 표정을 지었다. 아케치가 오락기 곁으로 다가가 안경에 검지를 대고 유심히 관찰했다. 히사오도 카운터 밖으로 나와 그 모습을 가까이에서 지켜보았다.

네모난 테이블 한복판에 새까만 브라운관 화면이 있고, 좌석 쪽 정면 조작판에 조작용 레버와 버튼, 그 오른쪽에 동전 투입구가 있다. 잘 모르는 사람 눈에는 텔레비전에 가끔 나오는 '스페이스 인베이더'로 보이겠지만, 아케치는 조작판에 인쇄된 글씨를 읽고 "아하" 하며 목소리를 높였다.

"해적판인가요?"

정답이다. 이 가게에 있는 오락기는 다이토의 '스페이스 인베이더'를 흉내내서 만든 소위 복제품이다.

히사오는 의기양양한 표정으로 설명했다.

1978년에 '스페이스 인베이더'가 발매된 직후에는 인기가 엄청나서 주문이 쇄도했으므로, 제조량이 수요량을 따라가지 못해 다이토가 게임 업계지에 사죄문을 실었을 정도였다. 물론 다른 회사가 다이토에서 라이센스를 구입해 오락기를 대신 제조 판매하는 시스템은 있었지만, 당시는 무허가로 프로그램을 모방해 복제품을 판매하는 행위가 기승을 부렸다. 일설에 따르면 출하된 정품이 약 십만 대인데 비해 복제품은 약 삼십만 대에 다다랐다고 한다.

"이것도 정품이 좀처럼 유통되지 않았을 때 나돈 물건이야. 당연히 판매처에서 애프터서비스를 해주지는 않으니까 알아서 수리하며 버텨왔지만, 어제 또 고장났어."

히사오가 설명을 마쳤는데도 아케치는 오락기 앞에 쪼그려 앉아 조작판을 바라보고 있었다.

"왜 그래?"

"……아니요. 한판 해보고 싶었는데 아쉽네요."

그때 출입문이 열리고 손님이 들어왔다. 단골이라 대뜸 "커피, 뜨거운 걸로" 하고 평소 마시는 음료를 주문한 후

자리에 앉았다.

히사오는 두 사람에게 머리를 숙이고 카운터로 돌아가려 했다.

"그럼 저희도 이만 실례하겠습니다."

아케치가 일어서서 테이블의 계산서를 들고 물었다.

"이 가게는 쭉 부인과 함께 꾸려오신 건가요?"

"응. 곧 사십 년째지."

"음료와 음식 만들기 및 오락기 관리는 가토 씨께서?"

"그렇지. 서로 자신 있는 부분을 맡아서 애쓰고 있어."

사토코도 음료와 음식은 만들 수 있지만 부부끼리 맛에 차이가 나면 싫다고 해서 영업을 시작하고 얼마 지나지 않아 이런 형태가 자리를 잡았다.

"그렇군요. 그거 멋지네요."

아케치는 만족스러워 보이는 웃음을 짓더니 후배 몫까지 자기가 계산하고 가게를 나섰다.

히사오는 마지막으로 나눈 대화에 의아함을 품고서, 역시 별난 청년이었다고 생각하며 주방 일로 돌아갔다.

그라피티 건도 그렇고, 구닥다리 건물 매입 건도 그렇고 일상에서 벗어난 일은 발맞춰서 찾아오는 법일까. 아무래도 그 청년에게는 자신과 대화하는 것 말고 다른 목적이 있었던 듯하다는 생각을 지울 수 없었다.

히사오는 아까 하무라가 했던 말이 떠올라서 사토코에게 물어보았다.

"「빨간 머리 연맹」이 뭔지 알아?"

일찍이 문학소녀였던 사토코가 이맛살을 찌푸리며 말했다.

"들어본 적 없어? 셜록 홈스의 단편인데."

"그 유명한 작가?"

"작가는 코넌 도일. 홈스는 주인공이야."

이번에야말로 완전히 어이없다는 표정이었다.

"어떤 이야기인데?"

아내도 이제는 책과 거리가 멀어졌지만, 미스터리의 결말을 밝히는 건 본인의 가치관에 어긋나는지 떨떠름한 표정을 지었다. 그래도 작품의 개요를 대강 설명해줬다.

그리고 마지막에 히사오의 눈을 보고 말했다.

"……즉, 은행에 숨어드는 계획이야."

4

오후 6시. 영업을 마치기 직전이 되자 손님은 한 명도 남아 있지 않았다. 히사오는 주방 정리에 나섰고, 사토코는 금전등록기 마감에 몰두했다.

"나, 왔어요."

아들이 그렇게 말하며 가게로 들어왔다. 손에는 공구함을 들었다.

"료헤이, 벌써 왔니? 서두르지 않아도 되는데."

"무슨 소리예요. '자랑스러운 종업원'이잖아요."

료헤이는 웃으며 그렇게 답했다. 올해 마흔 살인 료헤이는 전기제품을 제조하는 중소기업에 다닌다. 여기서 차로 삼십 분쯤 떨어진 연립주택에 사는데, 가게의 오락기가 고장날 때마다 수리하러 와준다. 부부는 기계에 문외한이라 히사오는 전원을 켜고 끄는 것과 투입된 동전을 회수하는 것밖에 할 줄 모르고, 사토코는 오락기를 건드리려고도 하지 않는다.

료헤이는 재빨리 오락기 전원을 켜고 상태를 확인했다. 히사오는 "커피 줄까?" 하고 물어본 다음 막 정리한 컵을 꺼냈다.

료헤이가 기계에 흥미를 보인 계기는 뭐였을까. 오래전, 크리스마스 선물이었던 고개를 흔드는 산타클로스 인형이 움직이지 않자 고장났다며 포기한 부모와는 달리 아들은 인형을 직접 분해해 톱니바퀴가 어긋난 것이 원인임을 알아낸 적이 있었다. 그게 계기였을까.

그후로 료헤이는 자명종이나 라디오 카세트같이 작은 가전제품이 고장날 때마다 자신의 연구 대상으로 삼았고, 이윽고 망가진 가전제품이 없는지 이웃에게 물어보고 다닐 정도가 됐다.

예상치 못한 아들의 특기에 부부는 기뻐했다. 가게 형편이 어려웠던 때에도 공업고등학교에 가서 취직하겠다는 아들을 설득해 어떻게든 대학까지 보냈었다. 그렇게라도 하지 않으면 장사에 매달릴 기력조차 없어질 것 같다는 불안감을 이겨내기 위해 부모로서 부린 오기였을지도 모른다.

따라서 이렇게 만신창이가 된 오락기를 고치러 와준 아들의 등을 바라보는 시간이 히사오는 즐겁고 기쁘기 그지없었다.

아까 가게에 들렀던 대학생 두 사람의 얼굴이 떠올랐다. 료헤이가 고장난 기계를 보고 그러했듯, 그들도 불명료한 상태로 눈앞에 굴러다니는 수수께끼를 내버려둘 수 없는 걸까. 어쩌면 수수께끼를 상대하면서 그들의 삶이 크게 달라질지도 모르겠다.

6시가 지났다. 이번에야말로 가게를 닫으려고 전기조명이 장식된 입간판을 정리하고, 출입구의 셔터를 반쯤 내렸다. 그리고 셔터 아래를 통해 가게로 들어갔을 때였다.

"가토!"

길에서 부르는 소리가 들렸다.

어중간하게 내린 셔터 아래로 들어온 건 선술집 술친구이기도 한 서예용품점 사장 후미타였다.

"나, 깜짝 놀랐어."

흥분한 기색으로 말을 꺼내길래 대체 무슨 일이냐고 되물었다. 후미타는 침을 꿀꺽 삼킨 후 대답했다.

"구닥다리 건물을 사들인 사람 말이야."

하루의 노동을 끝내고 느슨해졌던 기분이 팽팽해졌.

전표를 정리하던 사토코가 고개를 들었다. 료헤이도 무슨 일인지 궁금한 듯 수리하던 손을 멈추고 이쪽을 살피는 기척이 느껴졌다.

"오늘 아침에 평소처럼 5시 반에 산책하러 나가서 6시쯤 돌아왔거든. 그때쯤 되니 날도 꽤 밝아지더군. 그런데 웬 남자가 구닥다리 건물 앞에 서서 거길 올려다보고 있더라고. 평소 산책할 때는 보지 못한 사람이었어."

애당초 그렇게 이른 아침에 상점가를 지나가는 사람은 드문데다, 고작 이틀 전에 화제로 삼았던 건물이니 후미타가 관심을 보인 것도 이해는 간다.

"그 남자, 나이가 지긋한 건 뒷모습으로도 알 수 있었지만 영화배우같이 고급스러운 재킷을 입고, 중절모까지 써서 여기와는 완전히 동떨어진 분위기더라고. 내가 있는 걸 알았는지 그 사람은 고개를 살짝 숙여 인사하고 떠났어. 그때 남자의 이마에 있는 커다란 점이 한순간 눈에 들어왔지. 분명 어디선가 본 사람 같아서 잘 생각해보니……"

후미타 본인이 놀라움을 억누를 수 없는 것처럼 눈을 한층 크게 떴다.

"나카에즈 씨였어. 기억 안 나? 옛날에 유메조노 빌딩에 디자인 사무소를 차렸던 사람 있잖아."

원체 드문 이름이라 히사오가 아는 사람 중에 나카에즈는 한 명밖에 없다. 하지만 그 모습을 떠올리는 데는 시간이 좀 걸렸다.

돌아가는 후미타를 배웅하고 가게 셔터를 내렸다. 사토코가 2층에 올라가자, 침묵만이 아버지와 아들만 남은 가게를 채웠다.

료헤이가 멈췄던 수리 작업을 다시 시작하며 물었다.

"나카에즈 씨라는 사람이 뭐 어쨌길래요?"

히사오는 구닥다리 건물을 둘러싼 몇몇 정보와, 낮에 아케치와 하무라가 펼쳤던 추리를 들려줬다.

"우리 가게에도 자주 왔었는데, 그때 넌 어렸으니까 기억 안 날 거야. 나보다 열몇 살쯤 많은 사람인데, 유메조노 빌딩 2층에 디자인 사무소를 차려놓고 일했어."

아까 후미타의 이야기에 따르면 낮에 복덕방에 가서 물어보니, 입이 가벼운 다카시가 구닥다리 건물의 매입자 이름이 나카에즈라는 걸 자백했다고 한다. 료헤이 또래인 다카시와 약 이십 년 전에 상점가에 터를 잡은 누리이가 나카에즈를 몰랐던 것도 무리는 아니다.

"나카에즈 씨는 왜 상점가에서 사라졌는데요?"

"다른 곳으로 이사갔어. ……함께 일하던 부인이 교통사고로 세상을 떠난 후에."

히사오는 스스로 듣기에도 놀랄 만큼 울적한 목소리로 대답했다.

자신도 모르게 낮에 아케치와 하무라가 앉아 있었던 가게 한복판 테이블에 시선이 갔다.

삼십여 년 전, 나카에즈가 아내의 사고 소식을 들은 것이 바로 저 자리였다.

나카에즈는 일찍이 일했던 대형 디자인 사무소에서 아내와 만났고, 결혼을 계기로 독립해서 이 상점가로 왔다. 키가 크고, 늘 말쑥한 양복 차림이었다.

회사를 때려치우고 가게를 차린 히사오에게 동병상련을 느꼈는지, 부부가 자주 함께 점심을 먹으러 왔다. 이제 와 생각해보면 일 잘한다는 소문이 자자했으니 두 사람의 주머니 사정은 넉넉했을 것이다. 당시는 이 상점가 근처에도 공들인 요리를 내놓는 가게가 얼마든지 있었건만.

―맛이고 양이고 여기 스파게티가 점심으로 먹기에 딱 좋아.

그렇게 칭찬해줬다.

그때 2층에 올라갔던 사토코가 계단을 내려와서 말했다.

"한동안은 다른 회사에서 일하다가, 그후에 나고야에서 사무소를 새로 차렸어."

사토코가 가져온 건 연하장 다발이었다. 시판품이 아니라는 걸 한눈에 알 수 있을 만큼 독창적인 십이지신 동물 일러스트가 그려진 연하장에 자필로 근황이 짧게 적혀 있었다.

"연하장이 왔었나?"

"십오 년 전까지지만."

히사오는 머쓱한 기분으로 건네받은 연하장을 한 장씩 살펴보았다.

백중날과 연말연시 안부 인사는 물론 경사가 있는 지인에게 축하 인사하는 것도 옛날부터 사토코에게 도맡겼다. 아내 성격상 분명 연하장 내용을 매년 이야기해줬을 테지만 히사오는 조금도 기억나지 않았다.

료헤이가 연하장에 적힌 나고야의 디자인 사무소 이름을 스마트폰으로 검색해보더니 탄성을 질렀다.

"사무소가 꽤 크네. 대형 음료제조사의 포장지도 디자인했대요. 대표자 이름은 다르니까 은퇴한 건가."

"이제 여든 살 가까이 됐을 테니까. 아무튼 이만큼 성공했다면 이천만 엔을 척 내놓았어도 이상할 건 없겠네."

하지만 료헤이는 납득이 안 된다는 표정이었다.

"나카에즈 씨는 이제 와서 그 낡은 빌딩으로 뭘 어쩌려는 걸까요?"

히사오는 디자인에 오랜 세월 몸 바쳤을 나카에즈의 마음을 헤아려보았다. 일에 열정을 다 불사른 후, 조만간 다다를 인생의 종착역으로 향하며 미련이 남았던 일을 소화하는 단계 아닐까.

그런 과정에서 이 상점가를 찾을 이유가 있다면, 지난날 아내와 함께 차렸던 디자인 사무소밖에 없을 것이다.

"부인과 함께 독립해 처음으로 자신의 사무소를 차린 추억이 깃든 곳에서 남은 시간을 보내고 싶었던 건 아닐까. 그래서 이웃한 구닥다리 건물에 있던 가게가 폐업했다는 걸 알고 통째로 사들이기로 한 거야."

기억 속에 남아 있는 나카에즈는 다정다감한 성격이다. 그러면 그랬을 법도 하다고 히사오는 느꼈다.

구닥다리 건물에 어울리지 않는 거금으로 매입한 것도 여든 살 가까운 나이의 나카에즈가 서두르는 증거처럼 느껴졌다.

하지만 사토코는 생각이 다른 듯했다.

"추억이 깃든 곳에서 지내고 싶다면 이웃한 건물이 아니라 유메노조 빌딩을 선택하지 않겠어?"

"응?"

"나카에즈 씨의 사무소였던 2층은 수입잡화회사가 사용하고 있지만, 3층은 한동안 세입자가 없었을 거야. 바로 옆이라고는 해도 완전히 다른 빌딩을 사기보다, 같은 빌딩의 다른 층을 빌리는 편이 낫지 않을까? 옛날 사무소랑 방 구조도 똑같을 테고, 더 경제적일 테니까."

유메조노 빌딩에 공실이 있는 줄은 몰랐다.

그렇다면 왜?

사랑하는 아내를 잃은 나카에즈. 유메조노 빌딩의 공실. 옆에 있는 구닥다리 건물. 이천만 엔. 퇴거한 누리이.

지금까지 얻은 정보가 히사오의 머릿속을 맴돌았지만, 아케치와 하무라처럼 딱딱 들어맞게 추론을 쌓아올릴 수가 없어서 정보끼리 덜컥덜컥 부딪칠 뿐이었다. 그만 포기하려 했는데 눈앞에 있는 아내의 모습을 보고 낮에 한 대화가 떠올랐다.

―······즉, 은행에 숨어드는 계획이야.

다 함께 저녁을 먹은 후, 히사오는 료헤이를 근처 코인 주차장에 세워둔 차까지 바래다주려고 집을 나섰다.

오락기는 료헤이가 중고로 사서 쟁여둔 부품을 사용해 잘 작동되도록 고쳐줬다.

"또 고장나면 내부기판 자체를 갈아야 할 것 같아요. 그럼 완전히 다른 게임이 될 테니, 이왕 바꿀 거면 오락기를 새로 장만하는 편이 덜 번거롭겠네요."

료헤이도 게임을 하며 놀았고, 그 오락기가 가게에 다양한 인연을 안겨주었다는 사실을 잘 알기에 하는 말이리라. 하지만.

"그때가 물러날 때일지도 모르지."

히사오는 그렇게 말했다.

"가게, 그만두려고요?" 료헤이가 물었다.

사토코에게는 아직 상의도 하지 않았다. 그러나 누리이와 나카에즈를 보자 자신들의 노후를 진지하게 생각해야 할 시기가 찾아온 것 같았다.

"당장 어떻게 하겠다는 건 아니지만, 건물이 멀쩡할 때 매입자를 찾아두는 편이 좋을지도 몰라. 낡을수록 대대적인 보수가 필요할 테니까. 게다가 나도 너희 엄마도 직장인이었다면 이미 정년이 지난 나이야. 여한이 없도록 시간을 사용해야겠지."

연말연시를 제외하면 가게가 쉬는 날은 매주 수요일뿐이다. 부부끼리 다녀온 여행이라고는 신혼여행이 마지막이었다. 지금까지 가게를 지킨다는 이유로 사토코에게 얼마나 인내를 강요해왔던가.

"그런가. 물론 어머니가 열심히 떠받쳐줬다고 생각하지만, 그건 아버지도 마찬가지죠. 아버지도 변변한 용돈 한푼 없이 참아왔잖아요."

히사오는 그만 말문이 막혔다. 주말마다 한잔하러 나가는 것에 얽힌 비밀을 아들과 아내는 어디까지 알고 있을까.

히사오는 코인 주차장에서 요금을 치르고 차가 큰길로 나갈 때까지 지켜보았다.

떠나기 전에 료헤이가 운전석 창문을 내리고 말했다.

"아버지는 스스로를 미덥지 못하게 여기거나 어머니를 힘들게 했다고 생각할지도 모르지만, 어머니가 싫어하는 일은 절대로 안 했잖아요. 그런 점이 실은 대단하다는 걸 이 나이를 먹고서야 알았어요."

히사오가 말문이 막힌 사이에 차는 모퉁이를 돌아 시야에서 사라졌다.

어머니가 싫어하는 일은 절대로 하지 않았다.

예상외의 지적이었다.

지금까지 아내에게 잔뜩 재촉당하고, 어이없다는 눈빛을 받고, 등 떠밀리며 살아왔다. 그건 싫어하는 일을 한 게 아닌 걸까.

차곡차곡 작게 정리해서 안에 담긴 거라면 모르는 게 없는 줄 알았던 자신의 반생에서 숨겨진 낯선 상자를 찾아낸 기분이었다.

자신도 모르게 가게가 아니라 구닥다리 건물로 발길이

향했다. 오후 8시가 넘어서 가게는 대부분 영업을 마쳤다. 구닥다리 건물 옆에 있는 유메조노 빌딩 1층의 드러그스토어도 흰 가운을 입은 점원이 셔터를 내리는 참이었다.

유메조노 빌딩에서 삼십 센티미터쯤 떨어진 곳에 누리이가 넘긴 구닥다리 건물이 서 있다. 새로이 사용하기 위해 뭔가 손을 본 낌새는 아직 없었고, 길에 면한 창문도 인기척 없이 어둠에 잠겨 있었다.

원래는 백화점으로 지어진 커다란 유메조노 빌딩과 몸을 욱여넣듯 서 있는 구닥다리 건물. 두 건물 사이에서 올려다보자, 각 빌딩의 2층과 3층 창문은 거의 마주보는 높이에 있었다. 유메조노 빌딩이 완성된 후에 들어선 구닥다리 건물은 창문 크기가 사람이 간신히 통과할 정도밖에 안 된다. 환기만 되면 괜찮다는 건가.

히사오의 머릿속에서 꺼림칙한 상상이 고개를 쳐들었다.

만약 구닥다리 건물을 매입한 이유가 구닥다리 건물 말고 이웃한 유메조노 빌딩에 있다면 어떨까?

상점가의 상징이기도 한 유메조노 빌딩은 입점한 점포가 꽤 있는 만큼 평소 유지보수와 관리를 철저히 한다. 빌딩 출입구는 물론, 각 층의 문에도 방범 대책을 세워놨으리라.

하지만 구닥다리 건물의 벽에 달린 창문은 그렇지 않다.

유메조노 빌딩의 창문만 열거나 깨면 구닥다리 건물에서 옮겨가기는 간단할 듯했다.

어느 점포에 돈이 될 만한 물건, 예를 들어 무슨 권리서나 누군가를 협박할 만한 정보가 있다면 구닥다리 건물을 살 이유가 있는 셈이다. 유메조노 빌딩의 공실을 빌려서는 목표를 달성할 수 없으니까.

나카에즈는 상점가를 떠난 후에도 계속 디자이너로 일했고, 새로 차린 사무소도 궤도에 오르는 등 성공을 거둔 듯하다. 하지만 그건 어디까지나 인터넷에 올라온 표면상의 모습이다.

무슨 일에든 표면과 이면의 얼굴이 있는 법이다. 겉으로 위풍당당하고 화려하게 장사한다고 해서 속이 평안하다는 보장은 없다. 히사오는 상점가에서 다양한 인생사를 목격하며 살아왔다. 시류를 타고 번성했지만 고작 몇 년 만에 파리가 날린 가게. 장사를 계속하기 위해 땅값이 더 싼 곳으로 옮긴 이웃. 인품이 좋기로 상점가에 소문이 났지만, 궁핍한 형편 때문에 슈퍼에서 좀도둑질한 노인. 그리고 장사는 순조로웠지만 갑작스레 찾아온 불행에 가족을 잃은 사람……

언제 어디서 허방다리를 밟을지는 아무도 모르는 법이

다. 높은 뜻을 품고 특정한 분야의 꼭대기에 올라앉은 사람밖에 모르는 고뇌가 있다 해도 이상하지는 않다.

하지만 아무리 그래도 아내와 금실이 좋았던 나카에즈가 부부의 추억이 어린 장소 근처에서 범죄에 손댈 것 같지는 않았다.

문득 뒤쪽에서 인기척이 느껴졌다.

계속 우두커니 서 있어서 의심받았나 싶어 돌아보자 말쑥한 재킷을 입은 노신사가 서 있었다. 아케이드에 달린 조명이 밝아서 얼굴이 잘 보였다.

신사의 반듯한 자세와 후미타가 말했던 이마의 커다란 점을 보자 확신했다.

"……나카에즈 씨?"

머뭇머뭇 이름을 부르자 노신사는 경계하듯 이쪽을 바라보았지만, 잠시 후 눈이 동그래졌다.

"아아…… 혹시 커피집의?"

"가토입니다."

더는 기다리지 못하고 히사오가 이름을 대자 노신사의 얼굴에서 딱딱함이 사라졌다.

"반갑군요. 잘 지냈습니까?"

"그게, 네. 변함없죠, 뭐."

마치 드라마나 소설 같은 만남 앞에 히사오는 말을 제대로 이을 수가 없었다.

"나카에즈 씨는 왜 이런 시간에? 분명 지금은 나고야에서……"

"작년에 은퇴했어요. 지금은 후배들이 회사를 이끌고 있죠."

옛날 그대로 나지막하니 차분한 말투였다.

그리움이 솟구치는 것과 동시에, 나카에즈가 유메조노 빌딩에 침입해 뭔가 훔칠 목적이라는 건 역시 착각이었다고 히사오는 스스로를 타일렀다.

"나카에즈 씨." 그렇기에 확실히 부정해주길 바랐다. "이 상점가로 돌아오시는 건가요?"

나카에즈의 눈동자가 살짝 흔들렸다.

"소문으로 들었습니다. 나카에즈 씨가 이 허름한 빌딩을 매입하셨다고요. 정말입니까?"

잠깐의 침묵 후 나카에즈가 속내를 털어놓듯 말했다.

"제가 빌딩을 산 건 사실입니다. 하지만 장사를 하려는 건 아니고요."

"그럼 어째서."

"가슴 한구석에 남은 미련이 있습니다. 이대로 놔두면

분명 후회할 거예요."

더는 질문을 받지 않겠다는 듯 나카에즈는 고개를 깊이 숙였다.

"상점가 여러분께는 민폐가 되겠죠. 정말 부끄럽지만, 양해 부탁드립니다."

나카에즈는 허를 찔려 굳어버린 히사오를 남겨두고 발걸음을 돌렸다.

쫓아가기도 꺼려져서 그 모습이 사라지는 걸 지켜본 후, 히사오는 대화의 마지막 부분을 곱씹었다.

나카에즈는 '민폐가 되겠죠'라고 했다. 역시 그는 구닥다리 건물을 이용해 뭔가 하려는 작정이다. 하지만 '미련'이라는 말에서는 금전에 얽힌 말썽의 냄새가 나지 않았다.

히사오는 한숨을 쉬며 집으로 돌아갔다.

만약 정말로 나카에즈의 진의를 캐묻고 싶다면 나고야의 디자인 사무소를 통해 연락 정도는 해볼 수 있으리라. 그러나 뼛속 깊이 스며든 소심함 때문인지 그렇게까지 해서 남의 개인사를 파고들기가 망설여졌다.

기억 속 멋진 나카에즈로 남아 있었으면 했다. 쓰라린 경험을 딛고 일어서서 보상받은 인생을 살아왔길 바랐다.

'이봐, 너도 그렇지?'

히사오는 홀로 쓸쓸하게 상점가를 비추는 네온사인에 물었다.

5

다음 날 아침. 영업 준비를 하면서도 히사오의 머릿속에서는 어젯밤 만났던 나카에즈의 모습이 떠날 줄 몰랐다.

사토코에게는 나카에즈를 만난 걸 비밀로 했다. 나카에즈가 상점가에 뭔가 손해를 입힐 계획을 세웠을지도 모른다고 말하고 싶지 않았다. 만약 이것저것 물어본들 뭐라고 대답할 말도 없었다.

'오늘은 그 청년들이 안 오려나.'

히사오는 어제 왔던 아케치와 하무라의 모습을 떠올렸다.

구닥다리 건물에 관련된 수수께끼를 알고 눈을 반짝였던 그들은 나카에즈의 이야기를 바탕으로 어떤 지혜를 짜낼까?

"벌써 시간이 이렇게 됐나."

히사오는 시계를 보고 혼잣말했다. 생각보다 빨리 영업 시간이 다가왔다. 꾸물꾸물 생각에 빠진 바람에 영업을 준비하는 손까지 느려졌다.

"여보, 어제 이걸 찾아냈는데."

2층에서 내려온 사토코가 낡은 책자를 내밀었다. 가족사진이 담긴 앨범이었다. 사토코가 보여준 페이지에는 아들이 초등학교를 졸업한 무렵까지 봄철 상점가에서 열렸던 '등나무 축제' 사진이 있었다.

"예술학부 학생에게 빌려주는 게 좋을까?"

'등나무 축제'를 그릴지 말지는 모르지만, 미처 건네지 못한 자료가 있다니 마음에 걸렸다. 할 수 있는 만큼은 협력해야 한다고 마음먹었다.

"그게 좋겠지."

영업을 시작한 후, 짬을 내서 구스카타에게 전화했다. 구스카타는 오후에 시간이 있으니 가게에 들르겠다고 밝은 목소리로 대답했다.

오후 2시가 지났을 무렵, 수업을 마친 초등학생 두 명이 인베이더 게임을 하러 왔다. 아들이 수리해준 오락기는 아무 문제도 없이 작동했다. 두 아이가 게임을 마치고 나중에 온 아이 세 명이 오락기 앞에 섰을 즈음, 구스카타가 가게에 들어왔다.

"우와, 감사합니다."

삼십 년 전 '등나무 축제' 사진을 보고 구스카타가 두 손을 모으며 기뻐하자 히사오는 안도했다.

앨범이 긁히지 않도록 가방 속을 정리하기 위해 구스카타가 다른 물건을 꺼내놓았다. 그중 클리어 파일에 다른 가게에서 빌린 듯한 사진이 끼워져 있었다.

"그 사진은……"

히사오가 관심을 보인 건 전통 혼례복 차림으로 찍은 결혼사진이었기 때문이다. 색깔이 약간 바래기는 했지만 프로가 촬영한 것이 분명했다.

"사진관에서 제공해주셨어요. 이 상점가에 계시던 분이 결혼했을 때 의뢰를 받고 가게 앞에서 찍었대요. 워낙 잘 나와서 허락을 받고 한동안 견본 사진으로 전시해두셨다나."

구도는 약간 롱숏으로, 신랑신부가 크림색 빌딩 앞에 조금 비스듬히 서 있었다. 곳곳을 근대건축풍으로 디자인했고, 정면의 출입구와 측면 벽에 설치된 세련된 아치창에는 두 사람의 새로운 출발을 축하하는 꽃장식이 넘쳤다.

히사오는 어리둥절해 고개를 갸우뚱했다.

"이건…… 어느 건물이지?"

주말인 토요일. 오후 6시가 되자 부부는 마감 작업에 들어갔다. 히사오는 오늘도 아이들이 게임하며 놀았던 오락기 전원을 끄고, 일주일 치 매상을 회수해 전표를 정리하는 사토코에게 건넸다.

몇십 년 동안이나 반복해온 작업이지만, 오늘 히사오는 오랜만에 후련한 기분이었다.

"나갔다 올게."

히사오는 아내에게 그렇게 말하고 평소처럼 한잔하러 가려다가 발을 멈췄다.

"어디, 가고 싶은 데는 있어?"

갑작스러운 질문에 사토코는 의아한 표정을 지었다.

"뭐야, 갑자기?"

"해외여행 가고 싶다고 했잖아. 장사 시작하고 나서는 그럴 기회가 한 번도 없었고…… 그렇다고 자꾸 뒤로 미루기만 하다가 몸이 말을 안 들으면 그것도 문제고."

지금까지 당신 덕분에 가게를 계속 꾸려올 수 있었고, 아들도 번듯하게 잘 키웠으니까.

히사오는 그런 평범한 감사의 말조차 꺼내기가 쑥스러워서 우물쭈물 말을 얼버무렸다.

"어째 수상한데. 무슨 꿍꿍이야?"

"그런 게 아니라 호강은 못 시켜주고 고생만 시켰으니까."

"그건 당신도 마찬가지인데 뭘."

그건 아니다 싶어 히사오는 어깨를 움츠렸다.

오랜 세월 쌓아온 죄책감을 이 기회에 청산해야 한다.

"저기, 나 아주 옛날부터 토요일에 산책 가는 척하고 술 마시러 갔었어."

그 말을 듣고 사토코는 눈살을 잔뜩 찌푸리더니.

"그거야 알지."

이 양반이 무슨 소리를 하느냐는 듯 대꾸했다.

"설마 모르는 줄 알았어? 당신이 몰래 용돈을 가져다 쓴 것도? 아이고, 당신도 평생 나쁜 짓은 못 하겠네."

예상치 못한 사토코의 반응에 준비했던 말이 머릿속에서 싹 날아갔다.

사토코는 오른쪽 어깨를 돌리며 어이없다는 듯 말했다.

"나도 내가 하고 싶은 대로 살아왔고, 정 아니다 싶은 일이 있으면 그렇다고 말할 거야. 그리고 어떤 인생을 살든 고생스럽다는 말을 꺼내기 시작하면 한도 끝도 없는 법이잖아."

사토코답게 그야말로 대범한 말투였다.

"게다가 스스로는 어떻게 생각할지 모르지만 당신은 잘난 체도 엉뚱한 짓도 하지 않고, 한 달에 달랑 몇천 엔으로 기분 전환하고 오니까 내게는 '일등' 남편이야. 그러니까 빨리 다녀와."

마치 여우에게 홀린 듯한 기분으로 히사오는 가게를 나섰다.

"해외여행은 생각해볼게."

차곡차곡 작게 정리된, 별것 없는 인생이라고 생각했다. 하지만 아내와 아들에게 그리 나쁜 남편과 아버지가 아니었다면, 뭐가 그렇게 만들어준 걸까. 히사오는 지금까지 아내를 감쪽같이 속인 줄로만 알았다. 아내는 알면서도 암묵적인 규칙이라는 듯 눈감아주었다. 만약 지적했다면 소심한 히사오는 선술집에서 한잔하는 습관을 버렸을 테고, 그게 불만을 쌓는 원인이 됐을 수도 있다. 정답은 모른다. 아무튼, 요컨대 셋이 한 가족으로서 잘 지내왔다는 뜻이리라.

히사오는 그렇게 스스로를 이해시킨 후, 평소처럼 서점에 들렀다가 선술집으로 향했다.

"어서 옵쇼."

커튼을 걷고 들어가자 주인이 맞이하는 목소리가 들렸다.

"안녕하세요. 또 뵙는군요."

가게 안쪽에서 맥주잔을 기울이고 있던 알로하셔츠 차림의 청년이 인사했다. 아케치였다. 다른 손님은 없었다.

히사오도 어쩐지 아케치를 만나게 되지 않을까 싶은 느낌이었다. 세번째 만남에 동요하지 않고 차림표를 바라보다 330엔짜리 맥주와 250엔짜리 계란말이를 주문했다.

"하무라는 같이 안 왔어?"

"걔는 아직 미성년자라서요."

아케치의 대답에 요즘은 그런 면에 깐깐하구나, 하고 히사오는 생각했다.

맥주를 한 모금 마시며 한숨 돌린 후, 히사오는 이야기를 꺼냈다.

"너희가 쫓고 있던 수수께끼를 풀었어."

"오." 아케치의 눈이 동그래졌다. "그 구닥다리 건물 말씀이세요?"

"소설 속 주인공처럼 멋지게 활약한 건 아니지만, 몇 가지 우연 덕택에 알아냈지."

히사오는 이번주 월요일, 아케치와 하무라가 카페에 다녀간 후에 있었던 일을 순서대로 설명했다.

옛날에 나카에즈라는 사람이 유메조노 빌딩에서 디자인 사무소를 운영했었다는 것. 부인이 세상을 떠난 후 나카에즈는 상점가를 떠났다는 것. 구닥다리 건물과 유메조노 빌딩은 거의 닿을 만큼 거리가 가까워서 각 건물의 창문을 통해 침입할 수 있지 않을까 생각했다는 것. 그날 밤, 구닥다리 건물 근처에서 마주친 나카에즈에게 '민폐가 되겠죠'라는 말을 들었다는 것.

그리고 마지막으로 구스카타가 사진관에서 빌렸다는 신혼부부의 사진에 대해서도 말했다.

"신기하게도 처음에는 그 사진에 찍힌 건물이 어디인지 못 알아봤어."

"어째서요?"

아케치는 단도직입적으로 이야기를 재촉했다.

"건물 외관이 지금과는 너무나 달랐기 때문이야. 당시 확장공사가 막 시작된 곳에는 아케이드가 없어서, 건물 위로 파란 하늘이 드넓게 펼쳐져 있었지. 그리고 주변에 건물도 별로 없어서 이제는 보이지 않는 빌딩의 측면도 찍혔거든."

그걸 알아차렸을 때 히사오의 머릿속에 엉켜 있던 실이 술술 풀렸다.

"사진 속 건물은 유메조노 빌딩이었고, 신혼부부는 나카에즈 씨와 부인이었어. 두 사람은 그때까지 일했던 사무소에서 독립하는 것과 동시에 결혼식을 올렸고, 유메조노 빌딩에 자신들의 사무소를 차렸지. 그건 나카에즈 씨의 인생에서 최고로 행복했던 시간 중 하나를 담아낸 사진일 거야.

그러니 만년에 인생을 돌이켜보았을 때, 앞날은 불안했지만 즐거웠던 신혼시절의 광경을 한 번 더 눈에 새기고 싶었던 것 아닐까?"

"그렇다면 나카에즈 씨가 구닥다리 건물을 매입한 건 유메조노 빌딩에 침입하기 위해서가 아니라……"

"구닥다리 건물을 철거해서 유메조노 빌딩의 측면을 드러내 예전 모습에 가깝도록 만들기 위해서였던 거지. 나카에즈 씨는 오로지 철거하기 위해, 누리이 씨가 거처를 옮기도록 이천만 엔을 내놓은 거야."

아무리 쇠퇴한 상점가라도 점포에서 사람을 퇴거시키기는 쉽지 않다. 이번에도 금전으로 이야기를 매듭지은 건 오른쪽 옆에 있는 구닥다리 건물뿐이었다. 하지만 추억의 사진 속 광경을 재현하고 싶다면, 정면과 측면 양쪽이 보이는 걸로 충분하다.

"나카에즈 씨 말대로 민폐가 되겠지. 철거 작업에 들어가면 소음과 먼지가 발생해 신경에 거슬릴 테니까. 개인적인 욕심을 위해 평온한 상점가를 어지럽히는 것 같아서 나카에즈 씨 입장에서는 미안했겠지."

하물며 상점가를 떠난 지 삼십 년도 넘은 사람이 그런 짓을 하는 것이니, 나카에즈 씨는 더욱 양심의 가책을 느꼈으리라.

 설명이 끝나자 아케치는 맥주가 3분의 1쯤 남은 맥주잔을 흔들며 깊이 감동한 듯 고개를 끄덕였다.

 "일터나 침입 경로로 사용하는 게 아니라 그저 부수기 위해 큰돈을 들여 매입하다니. 소설에서도 좀처럼 보기 힘든 동기로군요. 그후에 나카에즈 씨와는?"

 "어제 나고야의 사무소를 통해 연락해봤어. 역시 내 추측이 들어맞았더군. 애당초 팔십 년쯤 전에 지어진 건물이 당시 모습 그대로 남아 있는 게 기적이니까. 나카에즈 씨는 번쩍 떠오른 이번 계획을 도저히 포기할 수가 없었대."

 나카에즈 부부가 다시 함께 사진을 찍는 건 이루어질 수 없는 일이고, 유메조노 빌딩도 이제는 남의 직장이다. 그래도 두 사람의 빛나는 생활이 시작됐을 때의 광경을 재현해 조금이라도 나카에즈에게 위안이 된다면 도움을 주고 싶었다. 상점가 조합에 유메조노 빌딩이 얼마나 가치 있는지 호소해, 더러워졌을 측면을 그라피티 기획의 일환으로 깨끗하게 정비하도록 유도한다든가. 나카에즈에게 은혜를 갚을 수 있다면 여기서 나이를 먹은 보람이 있다.

 잠자코 이야기를 듣던 선술집 주인이 감개무량한 듯한 목소리로 말했다.

"곧 구닥다리 건물이 없어지는 대신, 약 사십 년 만에 유메조노 빌딩의 측면을 볼 수 있는 건가. 그거 기대되는군."

"너희들도 신경쓰였던 모양이니, 이렇게 결과를 알려줄 수 있어서 다행이야."

말을 많이 한 탓인지 평소보다 맥주잔을 비우는 속도가 빨랐다. 히사오는 벽에 붙은 차림표를 보고 오늘은 수수께끼를 풀어낸 기념으로 420엔짜리 고구마 소주를 물에 희석해서 마시기로 했다.

"저기, 주문할게. 다음은……"

"고구마 소주인가요?"

갑자기 아케치의 목소리가 끼어들어 히사오는 무심코 그를 보았다. 술자리에서 만난 건 고작 두번째다. 뭘 주문할지 그가 알 리 없다.

"어떻게 알았느냐는 표정이시군요."

아케치가 의기양양하게 검지로 안경을 밀어올렸다.

"가토 씨, 착각하고 계신 게 하나 있어요. 저와 하무라가 구닥다리 건물의 수수께끼에 흥미를 품고 카페를 찾아갔다고 생각하시는 것 같은데, 저희의 목적은 전혀 다른 거였습니다."

"그게 대체……"

히사오는 술기운이 희미하게 올라오는 것도 잊어버릴 만큼 등골이 서늘해졌다.

"저희가 쫓고 있던 수수께끼는 가토 히사오 씨, 바로 당신입니다."

아케치의 뜬금없는 발언에 히사오도, 카운터 너머에 서 있던 선술집 주인도 어리벙벙한 표정으로 움직임을 멈췄다.

"내가 너희들이 쫓고 있던 수수께끼라고? 자랑은 아니지만 사십 년간 카페를 꾸려온 게 전부인 평범한 아저씨야. 특별한 능력도 없고, 나카에즈 씨처럼 돈이 많은 것도 아닌데."

"그렇기에 흥미로운 거죠. 가토 씨는 의도치 않게 저희 사이에서도 유명한 어떤 일상 수수께끼에 관여하셨어요. 바로 『오십 엔짜리 동전 스무 개의 수수께끼』죠."

처음 들어보는 문구였다. 하지만.

그 말을 들은 순간, 히사오의 머릿속에 '설마' 하고 뭔가 번쩍였다.

아케치는 아주 즐거운 듯 설명했다.

『오십 엔짜리 동전 스무 개의 수수께끼』라는 책은 작가 와카타케 나나미가 대학생 시절에 이케부쿠로의 서점에서 아르바이트하면서 경험한 일을 소재로 삼았다. 토요일 저녁이 되면 한 남자가 그 서점에 온다. 남자는 서가가 아니라 곧장 계산대로 가서 오십 엔짜리 동전 스무 개를 천 엔짜리 지폐로 바꿔달라고 부탁한다. 그런 일이 매주 계속됐다.

그 남자는 왜 매주 서점에서 오십 엔짜리 동전을 천 엔짜리 지폐로 바꾸는 걸까. 그리고 오십 엔짜리 동전은 왜 매주 모이는 걸까.

"책의 소재가 된 그 일은 1981년경에 일어났던 것으로 추정돼요. 그로부터 삼십 년 이상 지난 얼마 전, 이 상점가의 서점에서 아르바이트하는 학교 친구가 완전히 똑같은 이야기를 들려주더군요. 그것도 도쿄가 아니라 여기 간사이 지방에서 말이에요. 말할 것도 없이 우리 미스터리 애호회에서는 이 수수께끼를 중요한 주제로 삼고, 그 서점에 남자가 나타나길 기다렸습니다. 그리고 나타난 남자가 바로 가토 씨였죠."

즉, 지난주 선술집에 오기 전부터 히사오의 행동을 지켜봤던 셈이다.

"그럼 직접 물어보지 그랬어?"

"명색이 미스터리 애호회인데 그래서는 너무 재미가 없잖아요. 아무튼 이 수수께끼를 구성하는 요소 중 하나인

'왜 오십 엔짜리 동전을 천 엔짜리로 바꾸는가'에 관해서는 답을 금방 찾아냈어요."

아케치는 하시오 앞에 줄지은 차림표를 척 가리켰다.

"가토 씨는 지난번에 330엔짜리 맥주와 290엔짜리 감자샐러드, 90엔짜리 조미김과 280엔짜리 매실 사와를 주문하셨죠. 그리고 이번에는 330엔짜리 맥주, 250엔짜리 계란말이, 420엔짜리 고구마 소주였고요. 무슨 법칙이 있는지 바로 보이죠. 가토 씨는 매번 총합계가 천 엔이 될락 말락 하게 주문하세요. '천해롱'이라는 거죠."

아케치의 설명에 따르면 '천해롱'은 천 엔으로 해롱해롱 취할 수 있는 가게를 가리키는 속칭으로, 작가 나카지마 라모가 퍼뜨린 말이라는 설도 있다고 한다.

지적한 대로 히사오는 이 선술집에서 매주 천 엔만 쓰기로 정해놨지만, 한 가지 반론을 시도했다.

"그래도 아까 남은 돈 420엔으로 주문할 수 있는 메뉴는 여러 가지 있었어. 고구마 소주라는 걸 어떻게 알았지?"

"그야 계란말이는 절반 남았고, 맥주잔만 비었으니까요. 지난번에 감자샐러드를 드시는 모습을 보고 알았는데, 가토 씨는 술과 안주의 비율을 세세하게 따지는 유형이에요. 그래서 이번에는 남은 돈으로 술만 시키시지 않을까 싶었을 뿐입니다."

그리고 메뉴 맞히기는 해본 경험이 있어서요, 하고 아케치가 덧붙였다.

"오십 엔짜리 동전을 천 엔짜리로 바꾸는 이유는 밖에서 사용하기 쉬우니까. 그렇게 보는 게 타당하겠죠. 이 가게에서 매주 오십 엔짜리 동전을 스무 개나 건네는 건 아무래도 민폐예요. 거기에 비하면 다른 데서 바꿔 오는 편이 낫다고 생각하신 거겠죠."

물론 처음에는 그게 이유였다고, 히사오는 속으로 고개를 끄덕였다.

하지만 큰 이유가 하나 더 있다. 바로 이 선술집의 단골인 후미타다. 지난주에도 여기서 빌딩 매입 이야기를 꺼냈듯이, 그는 아케치가 생각하는 것 이상으로 소문을 좋아한다. 만약 오십 엔짜리 동전으로 계산하는 모습을 그가 보면 어떤 해괴한 소문이 상점가에 나돌지 모른다. 그래서 사전에 천 엔짜리 지폐로 바꿔 올 필요가 있었다.

아케치의 설명이 이어졌다.

"매주 오십 엔짜리 동전을 스무 개나 모으는 것도 장사하는 사람이라면 그렇게 어렵지는 않겠죠. 다만 그렇게 따지면 자기 가게에는 천 엔짜리 지폐도 있을 테고, 모은 오십 엔짜리 동전을 거스름돈으로 사용할 수도 있을 거예요. 왜 '굳이 서점에서' 바꾸는지 설명이 필요해집니다."

히사오는 아케치의 설명을 듣고서야 자기에게는 당연했던 행동이, 남에게는 아주 희한해 보였으리라는 것을 깨달았다.

"이유는 몇 가지 생각해볼 수 있는데, 하나는 상점가 영업시간입니다. 여기 후지마치 상점가에서 가토 씨의 카페가 문을 닫는 오후 6시 이후에도 영업하는 가게는 그리 많지 않아요. 게다가 술값으로 사용할 테니 이왕이면 선술집 근처에서 돈을 바꾸고 싶겠죠. 그러한 조건을 충족시키는 곳이 그 서점이었습니다."

아케치 말대로였다. 서점 주인과는 옛날부터 아는 사이고, 카페에 놓아두는 주간지와 패션잡지를 그 서점에서 구입하므로 매주 돈을 바꿔도 불평하지 않는다. 그래서 습관처럼 거기서 돈을 바꿨다.

아케치가 말을 이었다.

"또 하나의 이유는 가토 씨의 카페에 갔다가 알았습니다. 역시 추리하려면 현장에 직접 가봐야 한다니까요. 그 오십 엔짜리 동전은 오락기에 투입된 돈이었더군요."

히사오는 고개를 끄덕였다.

1978년에 스페이스 인베이더가 유행을 탔다가 하락세를 보이기 시작했을 무렵부터 히사오는 가게에 있는 복제 오락기의 한 판당 요금을 반값, 즉 오십 엔으로 내렸다. 그때부터 히사오의 수중에는 오십 엔짜리 동전이 많이 모였다.

 스페이스 인베이더의 전성기에는 못 미치지만 지금도 매일 초등학생 여러 명이 게임하러 온다. 그렇게 매주 이삼천 엔쯤이 오락기에 쌓인다. 거기서 천 엔을 빼내서 술값으로 쓰는 것이 삼십 년 넘게 계속되어온 히사오의 습관이었다.

 "여기서 중요했던 것이 부인의 존재입니다. 카페에서 일하시는 모습을 보니, 가토 씨는 주방에 계시고 계산은 반드시 부인이 하시더군요. 그렇다면 전표 정리도 부인이 담당하시겠죠? 거기에 오십 엔짜리 동전을 천 엔짜리 지폐로 바꾼 일을 더해서 생각하면 가설이 하나 떠오릅니다. 오락기에서 꺼낸 오십 엔짜리 동전으로 술값을 낸다는 사실을 부인께 들키고 싶지 않은 것 아닐까?"

 히사오의 입에서 힘없는 웃음이 새어나왔다. 설마 그런 것까지 꿰뚫어볼 줄이야.

 "맞아. 난 아내에게 대놓고 용돈을 요구할 용기가 없거든. 아내가 기계를 건드리지 않는 걸 좋은 기회 삼아 오락기 속 동전을 슬쩍해서 술을 사 먹게 됐지. 천 엔 빼고는 전부 넘겨주지만."

그게 아내에게 들통난 지 한참 됐다는 사실을 안 지금은 참으로 얕은 꼼수였다고 생각한다.

그래도 아케치가 말한 『오십 엔짜리 동전 스무 개의 수수께끼』의 소재로 쓰인 일이 도쿄에서 일어났다면, 멀리 떨어진 곳에도 자신과 처지가 비슷한 사람이 있었을지 모른다는 뜻이다. 그건 그것대로 유쾌한 기분이었다.

술기운이 몸에 퍼지자, 머리가 기분 좋게 알딸딸했다. 히사오는 아케치에게 물었다.

"진상이 이딴 식인 걸 알고 나니 매력적인 수수께끼로 놔둘 걸 그랬다 싶지 않아?"

"무슨 말씀을요. 수수께끼는 그 자체로도 매력적인 측면이 있지만, 그냥 놔둬서는 자신에게 보이지 않는 뭔가를 깨닫지 못해요. 가토 씨의 인생이 있었기에 나올 수 있었던 해답, 만끽했습니다."

그렇군, 하고 히사오는 중얼거렸다.

가슴속에 가득 차오른 감정의 정체가 뭔지 히사오는 잘 모른다. 다만 스스로는 큰 가치를 찾지 못했던 인생도, 남의 눈으로 보면 의외로 매력 있게 느껴질지도 모르겠구나 싶었다.

어느새 자신이 '일상 수수께끼'라는 이야기의 중심에 있었던 것처럼.

그때 아케치의 맥주잔이 비었다는 걸 눈치챘다.

"계산은 내가 할 테니까 이 학생한테 맥주 한 잔 더 줘."

아케치가 오늘 처음으로 놀란 표정을 지었다.

"괜찮으세요? 천 엔이 넘어가는데요."

히사오는 들뜬 목소리로 대답했다.

"괜찮아. 얼마 안 되지만, 자신도 모르게 일상 수수께끼의 중심에 있었던 출제자가 수여하는 상금이야."

지난 삼십 년간 상점가 외곽의 조그마한 선술집에서 보내왔던 짧은 휴식시간이 오늘만큼은 조금 길어질 듯했다.

만취 속옷 파손 사건

明 智 恭 介 の 奔 走

1

제일 먼저 느낀 건 귀에 거슬리는 진동음이었다.

이어서 미묘한 한기.

눈꺼풀 너머로 어렴풋한 빛을 감지했을 때 드디어 의식이 머릿속 깊은 곳에서 떠올랐다.

살짝 벌어진 커튼 틈으로 비쳐 든 햇빛이 눈을 정통으로 때리고 있었다.

진동음의 발원지가 스마트폰임은 바로 알아차렸지만, 길고 익숙지 않은 진동 패턴이 불안감을 자극해 잠기운이 가셨다.

문자메시지가 아니라 전화인가. 몽롱한 머리로 생각했

지만, 스마트폰은 책상 위에 있어서 손을 뻗어도 닿지 않는다. 일단 머리맡에 놓아둔 탁상시계의 화면에 시선을 옮겼다. 오전 9시가 지난 시각이었다. 다만 요일을 표시하는 'SAT'라는 글자를 보고 안심했다. 늦잠으로 강의에 늦은 건 아니구나 싶었다.

스마트폰이 나를 나무라듯 계속 울렸다. 어쩔 수 없이 침대에서 몸을 일으키자, 용수철처럼 뒤통수의 머리카락이 삐죽 튀어나오는 걸 알 수 있었다.

드디어 스마트폰을 집었다.

─아케치 씨

화면에 표시된 이름이다.

딱 잘라 말해 평소 같으면 성가신 일에 말려들 징조라 하겠지만, 어젯밤에도 아케치 씨 번호로 전화가 왔었다. 무슨 용건일지 짐작이 갔으므로 망설임 없이 전화를 받았다.

"나야" 하고 익숙한 목소리가 들렸다.

"안녕하세요. 어젯밤은 괜찮으셨나요?"

"그 일로 물어보고 싶은 게 있어."

놀랍게도 예상과는 다른 전개였다. 틀림없이 입을 열자마자 "어젯밤에는 나 때문에 힘들었지?" 하고 위로의 말을 건넬 줄 알았는데.

"아케치 씨, 혹시 어젯밤에 무슨 일이 있었는지 기억 안 나세요?"

"눈곱만큼도. 아까 동기한테 연락해서 네게 신세를 졌다는 이야기를 들었지. 그 점은 고마워."

아무래도 숙취가 심한지 목소리에 패기가 없었다.

"그래서요? 뭘 물어보시려고요?"

"아까 일어났는데 몹시 이해하기 어려운 상황이 벌어졌어. 왜 이렇게 됐는지 도무지 모르겠군."

"무슨 일이 생겼는데요?"

"설명하기보다 직접 와서 보는 게 빠르겠지. 미안하지만 당장 와줘."

이렇게 된 이상 아케치 씨는 자기 의견을 굽히지 않을 터였고, 나도 현장 상황이 어떨지 몹시 궁금해졌다.

전화를 끊고 재빨리 옷을 갈아입은 후 외출할 채비를 마치고 집을 나섰다. 아케치 씨가 사는 일인 가구 전용 맨션은 한 정거장 떨어진 전철역 쪽에 있으니 자전거로 십오 분쯤 걸린다.

나는 자전거 페달을 밟으며 어젯밤에 있었던 일을 정리했다.

어젯밤, 아케치 씨에게 전화가 왔다. 오전 중에 태풍이 지나가고 오후에는 전국적으로 푹푹 찌던 날의 자정쯤이었다.

나는 독서에 최적인 각도로 세팅한 비즈 쿠션에 몸을 묻고, 헌책방을 돌아다니다 손에 넣은 크레이그 라이스의 『멀론 죽이기』●를 읽다가 꾸벅꾸벅 졸고 있었다. 제습하려고 틀었던 에어컨을 깜박하고 끄지 않아서 실내 온도가 춥다고 느껴질 정도였다.

이런 시간에 웬일인가 싶어 전화를 받자 아케치 씨가 아니라 다른 사람 목소리가 들렸다.

"여보세요, 하무라 씨 맞으신가요?"

나와 나이 차가 크지 않을 듯한 남자의 목소리. 같은 대학 사람이겠다 싶어 물어보았다.

"그런데요. 누구시죠?"

"이학부 3학년 다다노라고 합니다. 한밤중에 미안해요. 이거 아케치 폰인데, 그 녀석 일로 부탁할 게 있어서요."

다다노의 설명에 따르면, 어떤 전공과목의 조별과제가 끝난 기념으로 아케치 씨를 포함해 조원 여섯 명이 다같이 한잔하러 갔다고 한다.

● 일본에서 출간된 제목으로, 원제는 'The Name is Malone'이다.

"아케치는 평소 학부 사람들이랑 술 마시러 안 가니까, 주량이 어느 정도고 취하면 어떻게 되는지 몰랐거든요. 오늘은 애주가가 많이 참석해서 분위기에 휩쓸렸는지 아케치도 과음한 것 같은데……"

기분좋게 술을 마시던 아케치 씨가 어느덧 만취해서 테이블에 푹 엎드렸는데, 헤어질 시간이 됐는데도 몸을 전혀 가누지 못하는 상태라고 했다.

그래도 말을 걸면 괜찮다고 대답하니까 급성알코올중독일 걱정은 없다고 판단했지만, 바래다주려고 해도 집이 어딘지 몰라서 다들 막막해하던 와중에 한 명이 아이디어를 내놓았다.

―아케치와 자주 함께 다니는 후배 같은 애 있잖아. 걔라면 알지 않을까?

잠든 아케치 씨의 손가락 지문으로 스마트폰 잠금을 해제하고 통화 이력을 살펴보니 아르바이트하는 곳으로 추정되는 탐정 사무소 외에 빈번히 연락하는 사람은 한 명뿐이었다. 이게 그 후배 번호겠거니 싶어서 전화를 걸었다고 한다.

두 학번이나 선배인 사람의 부탁을 거절할 수도 없는데다, 아케치 씨의 추태에 왠지 모를 미안함을 느꼈으므로 그들이 있는 가게까지 택시를 타고 가서 아케치 씨를 맨션까지 데려다주었다. 참고로 택시비는 선배들이 내주었다. 아케치 씨의 학부생활에는 수수께끼 같은 부분이 많지만, 동기들에게 미움받는 건 아닌 듯해서 안심했다.

그후 집으로 돌아온 나는 만약을 위해 오전 1시 반쯤에 아케치 씨에게 전화를 걸어보았다. 아케치 씨는 비몽사몽중에 전화를 받았는지, 뭐라고 웅얼웅얼하는 소리만 들리더니 전화가 뚝 끊겼다.

2

약 아홉 시간 전에 왔던 맨션에 도착하자 아케치 씨가 약간 혈색이 옅은 얼굴로 건물 앞에 서 있었다. 이마에 손등을 대고 있는 걸 보니 여전히 숙취가 가시지 않은 듯했다.

자전거를 세우는 도중에 아케치 씨의 옷차림이 어젯밤과 똑같다는 걸 알아챘다. 아케치 씨가 좋아하는 파란색 알로하셔츠와 베이지색 반바지다. 자세히 보니 머리도 헝클어졌다. 머리를 매만지고 옷을 갈아입을 기분도 들지 않을 만큼 특이한 사태에 직면한 걸까.

"안녕하세요. 몸은 좀 어떠세요?"

"지금껏 살면서 손에 꼽을 만큼 안 좋아. 청주는 이렇게까지 숙취가 심한 건가. 그리고 어젯밤 일은 사과할게."

평소 내 앞에서 술을 마시더라도 아케치 씨의 주종은 보통 맥주나 주하이•다. 내가 미성년자인 까닭도 있겠지만 '도수가 높은 술'을 즐기지 않는다. 오랜만에 친구와 마시느라 주량을 넘긴 걸까, 청주는 몸에 안 받는 걸까. 그렇게 될 만큼 즐거운 모임이었다면 다행이긴 하지만.

"그런데 무슨 일이 일어난 건가요?"

아케치 씨를 따라 도어록이 달린 출입문으로 향하려는데, 앞서가던 아케치 씨가 걸음을 멈추고 물었다.

"음, 있어봐. 한심하게도 하무라가 바래다준 일도 기억이 없어. 돌아오는 길에 내가 이상한 행동을 하지는 않았어?"

"행동이고 뭐고, 곤드레만드레 취해서 택시 안에서 말을 걸어도 거의 반응이 없었는데요."

그래도 택시에서 내리자 괜찮다며 제 발로 걸어가서 도어록을 열고 맨션에 들어갔으므로, 마음을 놓은 나는 그길로 택시를 타고 귀가했다.

• 소주에 탄산수와 과일향을 혼합해 만든 저알코올 음료.

그렇게 설명하자 아케치 씨는 출입문을 통과하며 말했다.

"알았어. 아무튼 일단 선입견 없이 현장을 살펴봐."

아케치 씨의 방은 7층짜리 맨션의 4층, 엘리베이터에서 내리면 바로 오른쪽 앞에 있다. 아케치 씨는 열쇠로 자물쇠를 열고 주의를 주었다.

"현장은 내가 일어났을 당시의 상태를 최대한 보존해놨어. 복장도 말이지. 그러니까 함부로 물건을 움직이지 말도록."

옷을 갈아입지 않은 것도 그래서인 듯했다.

문이 열리고 안을 들여다보았다.

얼핏 보기에도 현관은 어질러져 있었다.

발로 걷어찼는지 서로 엉뚱한 방향을 향한 슬리퍼와 한 짝이 뒤집힌 운동화. 현관 바닥에 쓰러진 우산 근처에 검은 천이 떨어져 있었다. 손수건일까.

"아침에 봤을 때는 열쇠도 여기에 떨어져 있었지."

아케치 씨는 그렇게 말하며 들고 있던 열쇠를, 현관문을 기준으로 오른편에 있는 신발장 앞에 내려놓았다.

둘 다 조심스레 신발을 벗고 짧은 복도를 나아갔다. 한 번 와봤으므로 1DK●가 어떤 구조인지는 안다. 복도에 있는 문 두 개 중 앞쪽은 세면실 겸 세탁실과 욕실이고 안쪽에 있는 문은 화장실이다. 복도가 끝나면 좁은 다이닝 키친이 나오는데, 왼쪽에는 싱크대와 가스레인지, 작은 냉장고가 있고 오른쪽에는 식기장, 밥솥과 토스터가 얹힌 주방용 선반이 있다. 깨끗하게 정리해놓은 모습은 지난번에 왔을 때와 똑같았다.

그다음이 약 세 평 크기의 방이다. 앞쪽의 책상에는 펼쳐진 노트북과 학교 교재가 놓여 있었다. 그 안쪽, 레이스 커튼을 친 창가에 자리한 침대 발치에는 걷어찬 것처럼 구겨진 이불이, 머리맡에는 반쯤 남은 오백 밀리리터짜리 차 페트병이 보였다. 방 왼쪽을 대부분 차지한 책장에는 미스터리 소설이 가득했고, 다 꽂지 못한 책은 바닥에 쌓아놓았다. 권수가 조금 늘어났을까. 입구 쪽 벽에는 옷장이 있었다.

"어떻게 생각해?"

나한테 물어봐도 난감할 따름이다. 현관은 어질러져 있었지만, 만취해서 돌아온 아케치 씨 짓인지 다른 사람 짓인지조차 모르겠다.

"뭔가 도둑맞은 물건이라도 있나요?"

● 숫자는 방의 개수, 그뒤에 붙는 LDK는 각각 거실, 식당, 부엌을 뜻한다. 즉 1DK는 분리된 방이 하나 있고, 식당 겸 부엌으로 쓸 수 있는 공간이 있는 구조를 말한다.

"아니."

"평소와 다른 냄새가 난다든가?"

"아니."

도착지가 보이지 않는 문답을 주고받고 있으려니 답답했다.

"저를 일부러 불러낼 만큼 이상한 곳이 있다면 말씀해주세요. 지금으로서는 현관이 좀 어질러졌을 뿐이잖아요."

"전혀 모르는군."

아케치 씨가 실망했다는 듯한 표정으로 고개를 저었다.

"넌 이미 중요한 걸 봐놓고도 그냥 넘어간 거야."

그리고 현관으로 돌아가 우산 곁에 떨어져 있는 검은 천을 감식관처럼 신중한 손놀림으로 주웠다.

다시 보니 면 원단이었다. 참 정성껏 가늘게 찢어놓아서 도중에 끊어진 부분도 있었지만, 원래는 손수건보다 더 클 듯했다.

"아주 너덜너덜해졌네요. 이건 아침에 일어났을 때 발견하셨나요?"

"응."

"무슨 천인데요?"

물어보자 아케치 씨는 잠깐 침묵을 지키더니 대답했다.

"……팬티야."

"네? 팬티?"

나도 모르게 되물었다.

고작 몇 발짝 앞에 세면실과 탈의실을 겸한 세탁실이 있다. 누군가 숨어들었다면 거기서 속옷을 꺼내기는 간단하리라. 아케치 씨에게 뭔가 집착을 품은 자의 소행일까.

"진지하게 드리는 말씀인데, 신고하는 편이 낫지 않을까요? 주거침입과 기물파손뿐만 아니라 스토킹 행위나 협박일 가능성도 있잖아요. 옷가지 중에서 하필 속옷을 꺼내서 이렇게 만들다니……"

"그런 게 아니고."

아케치 씨는 심각한 어조로 내 말을 막았다.

"이건 어제 내가 입고 나갔던 팬티야."

"……?"

"그러니까." 아케치 씨가 차근차근 설명했다. "아침에 일어나보니, 입고 있어야 할 팬티가 이런 상태로 현관에 떨어져 있었어."

"아케치 씨가 술김에 팬티를 벗어서 찢은 건……"

"아니. 바지는 입고 있었단 말이야!"

도무지 무슨 소린지 이해가 안 돼서 말을 잇지 못하자,

아케치 씨는 못 참겠다는 듯 말을 쏟아냈다.

"두통이 너무 심해서 깨어나보니 이불은 덮고 있지 않았지만 분명 침대에 누워 있었어. 보다시피 알로하셔츠도 반바지도 입은 채로! 볼일을 보려고 화장실에 가서 반바지를 내리고서야 이변이 발생했다는 걸 알았지. 정말 간이 철렁했다고!"

그야 뭐, 그렇겠지. 깜박 잃어버릴 만한 물건도 아니고.

"어젯밤의 기억이 없어서 일단 스마트폰을 봤는데 배터리가 다 떨어졌더라고. 그래서 충전기에 꽂아두고 나서 실내를 확인했어."

어젯밤 전화가 갑자기 끊어진 건 스마트폰 배터리가 다 됐기 때문이었나.

"현관 상태는 아까 본 대로였어. 게다가 현관문도 창문도 꼭 잠겨 있었지."

그제야 현관 문턱 앞에 너덜너덜해진 팬티가 널브러져 있다는 사실을 알아차렸다고 한다.

"어제 함께 있었던 다다노에게 아까 전화해서 물어봤는데, 내가 술집에서 옷을 훌렁훌렁 벗지는 않았다는군. 요컨대 하무라와 함께 택시에서 내린 후, 내 몸에 무슨 일이 생긴 셈이야. 실로 이해하기 어려운 이 수수께끼를 해명하는 것이 우리의 사명이겠지."

아케치 씨가 묵직한 목소리로 말했지만, 나는 당장이라도 몸을 돌려 돌아가고 싶은 기분이었다.

미스터리에는 일상 수수께끼라는 인기 장르가 있다. 하지만 이런 수수께끼를 거기에 추가하고 싶지는 않았다.

고주망태가 된 취객이 자기 팬티를 벗어서 찢어놓고, 기억을 잃었을 뿐이다.

형편없는 바카미스●다.

그리고 무엇보다 괴로운 건, 수수께끼를 풀어봤자 누굴 구할 수 있는 것도, 세상의 악이 멸망하는 것도, 내 휴일에 무슨 의의가 생기는 것도 아니라는 점이다. 무無에서 에너지가 생기지 않듯, 찢어진 팬티에서 생기는 가치 따위는 없다.

그렇기에 나는 단호하게 말했다.

"음주의 희생자는 아케치 씨만으로 충분해요. 이만 갈게요."

"어허, 들어봐."

설득은 힘들겠다고 느꼈는지 아케치 씨는 지금까지 본인

● '바보'라는 뜻의 '바카(ばか)'에 '미스터리'를 덧붙인 말. 설정, 트릭, 진상 등이 어처구니없는 미스터리를 가리킨다.

이 한 생각을 꺼내놓았다.

"단순히 생각하면 팬티를 벗은 것도, 찢은 것도 나겠지. 인사불성이 되도록 취했으니 옷을 벗어던지는 추태를 부릴 수도 있을 거야. 하지만 난 굳이 반바지를 다시 입었어. 보다시피 벨트까지 제대로 찼다고. 아무리 의식이 몽롱한들 그렇게 쓸데없는 짓을 할까?"

"팬티를 입고 싶지 않은 이유가 있었던 것 아닐까요? 그, 고상하지 못한 이야기지만 입은 채로 실례를 했다든가."

"그런 흔적이 없다는 건 확인했어."

"그렇겠죠."

그런 이유로 휴일에 불려 나왔다면 너무 허망하다.

나는 아케치 씨가 잠든 모습을 상상해보고자 침대가 있는 방으로 돌아갔다. 역시 현장보존을 위해서인지 칠월 날씨에도 에어컨을 켜지 않아서 방은 찜통이었다. 밤에 답답해서 옷을 벗을지언정, 일부러 입지는 않을 듯했다. 하물며 팬티가 아니라 바지만 입다니.

"아케치 씨 짓이 아니라면 다른 사람이 그랬다는 뜻인데요."

누군가 팬티만 벗겨낸다.

생각만 해도 기분 나쁘기는 했지만 가능성만 따지면 무

시할 수는 없다.

아케치 씨도 이 가설이 불쾌했는지, 아니면 방이 더워서 못 견디겠는지 리모컨을 집어서 에어컨을 켰다.

"어제 이 집은 창문을 포함해 정말 완벽하다 할 만큼 문단속이 완벽했어. 현관 자물쇠는 딤플 키라서 열쇠 없이 따기 힘들고, 여벌 열쇠를 남에게 빌려준 적도 없지. 따라서 누군가 외부에서 침입했을 가능성은 없어. 내가 혼자 맨션에 들어가는 모습은 다름 아닌 네가 목격했고. 그후로는 인터폰에 아무 기록도 남아 있지 않았어. 당연히 집 열쇠를 잃어버린 적도 없고, 이 맨션에는 관리인이 살지 않으니까 부탁한다고 바로 문을 열어주지도 않아."

하지만 그건 규정된 방법으로 맨션에 들어온 사람이 없다는 뜻에 지나지 않는다. 다른 세입자가 들어갈 때 같이 들어가면 누구나 맨션의 도어록을 돌파할 수 있다.

문제는 어떻게 이 집에 들어왔느냐다.

"정말로 집을 찾아온 사람이 없었나요?"

"내가 사람을 집에 들였다고? 아무리 취했어도 그랬다면 기억에 남아 있겠지. 게다가 술에 취해 곯아떨어진 인간이 초인종 소리 정도로 깨어날 것 같지도 않고."

아케치 씨가 흥, 하고 깔보듯이 콧방귀를 뀌었지만, 그

인간은 바로 당신이다.

"귀가 후가 아니라면 그전은요? 외출할 때 문을 제대로 잠그셨나요?"

"머리를 세팅하느라 시간을 잡아먹는 바람에 허둥지둥 집을 나서긴 했지만, 지금껏 단 한 번도 문단속을 까먹은 적은 없어. 현관이 어질러진 것도 어느 정도는 그때 서둘렀던 탓이야. 신발을 걷어찼고, 셔츠 소매에 우산이 걸렸는지 문을 닫은 후에 쓰러지는 소리가 들렸던 게 기억나."

이만큼 똑똑히 설명할 정도니까 외출할 때 문단속에 문제가 있었던 건 아닌 듯했다.

게다가 만에 하나 아케치 씨가 깜박하고 문을 잠그지 않았더라도, 그 우연을 이용해 집에 들어와서 내내 숨어 있었다고는 보기 힘들다.

침입한 것도, 맞아들인 것도 아니라면.

아케치 씨가 허공을 쳐다보며 중얼거렸다.

"나랑 같이 집에 들어온 건가?"

너무나 꺼림칙한 상상이었다. 무슨 목적으로 맨션 내부를 어슬렁거리던 누군가가 몹시 취해서 돌아온 아케치 씨를 우연히 발견했다. 그 기회를 놓치지 않고 인사불성 상태인 아케치 씨를 따라 집에 침입한 건가.

"그러고 보니."

나는 방에서 마음에 걸렸던 점을 하나 물어보았다.

"침대에 있던 페트병 차는 직접 사 오신 거예요? 아니면 미리 사두셨다든가?"

"뭐라고? 하무라가 준 거 아니었어?"

아케치 씨의 눈이 동그래졌다.

나는 그런 적 없고, 어젯밤 아케치 씨는 지갑과 스마트폰만 뒷주머니에 넣고 빈손으로 맨션에 들어갔다.

이건 집에 제삼자가 들어왔다는 증거라고 할 수 있지 않을까.

거기서 아까 아케치 씨가 한 말이 떠올랐다.

"하지만 아침에 보니까 현관문이 잠겨 있었잖아요."

침입했더라도 밖에서 문을 잠그려면 열쇠를 가지고 나가야 한다. 하지만 아케치 씨가 깨어났을 때 열쇠는 현관 바닥에 떨어져 있었다. 즉, 역시 침입자는 없었던 건가.

"응, 아주 엄중하게 잠겨 있었지."

아케치 씨가 마음에 걸리는 표현을 사용했다.

"아주 엄중하게, 라니 무슨 뜻인가요?"

"평소엔 사용하지 않는 안전 걸쇠까지 걸려 있었어."

다시 현관으로 이동해 실물을 확인했다.

안전 걸쇠는 안전 고리나 안전 체인 등으로도 불리는 간이 잠금장치로, 실내 쪽에서 금속 걸쇠나 체인을 거는 방식이다.

아케치 씨의 집 현관문은 문손잡이 조금 위에 U자형 걸쇠가 있었다. 그걸 바로 옆쪽 벽에 달린 금속 돌기에 걸면 문은 기껏해야 오 센티미터 정도만 열린다.

그 안전 걸쇠가 오늘 아침에만 걸려 있었다니, 어떻게 된 걸까.

아니, 잠깐만.

아케치 씨가 안전 걸쇠를 걸었다는 보장은 없잖은가.

"침입자가 문을 잠그고 안전 걸쇠를 건 것 아닐까요?"

"엥?"

"그리고 아케치 씨가 일어났을 때도 안전 걸쇠가 걸려 있었다면, 그자가 아직 실내에 있다는 뜻……"

"잠깐, 잠깐, 무서운 소리 하지 마!"

아케치 씨가 내 말을 막듯 손을 내밀었다.

"하지만 그렇잖아요. 침입자는 아케치 씨와 단둘이 있기 위해 자물쇠를 잠갔을 뿐만 아니라 안전 걸쇠까지 건 거예요. 그렇게 밤새 이 집에 머물렀고, 잠에서 깨어난 아케치 씨가 저를 마중하러 나간 틈에 도망친 거라고요."

"성급하게 결론 내리지 마! 기억 안 나? 우리 둘이 올라왔을 때, 내가 열쇠로 자물쇠를 열고 들어왔잖아."

확실히 그랬다. 너무 경솔하게 판단했구나 싶어 창피했다. 침입자가 도망쳤다면 자물쇠는 열려 있었을 것이다.

"……그럼 아직 집에 있는 것 아닐까요?"

둘이 얼굴을 마주보았다.

우리는 "서, 설마" "그렇겠죠?" 하고 불안해하며 사람이 숨을 만한 곳을 조심조심 확인했지만, 숨어 있는 사람은 없었다.

바로 돌아가려고 했는데 어쩌다 보니 아케치 씨의 수수께끼 풀이에 동참하고 말았다. 하지만 이대로 답을 찾지 못하는 것도 찜찜하다.

나는 새로운 마음가짐으로 논의를 재개했다.

"그래도 안전 걸쇠가 걸려 있었다는 건 이변이 생겼음을 나타내는 증거 아닐까요? 술에 취해 당장 침대에 푹 쓰러져야 마땅할 아케치 씨가 굳이 안전 걸쇠를 걸었으니까요."

"뭔가 신변에 위험을 느낄 만한 일이 있었다는 건가……"

기억을 잃는 건 무서운 일이다. 진지한 표정으로 기억을 더듬던 아케치 씨가 정신이 번쩍 든 것처럼 물었다.

"……만약 그렇다 해도, 그게 팬티만 벗을 이유가 될까?"

나한테 물어봐도 모른다니까.

누군가의 침입을 막기 위해 안전 걸쇠를 걸었다면 복도에서 무슨 말썽이 일어난 걸까. 그렇다면 이웃 주민이 무슨 소리를 들었을 가능성도 있다. 탐문 조사를 해야 하지 않겠느냐고 제안하자 아케치 씨는 고개를 끄덕였다.

"그럼 오른쪽 옆집의 오코라 씨에게 이야기를 들을 수 있을지도 모르겠군."

"오코라 씨요?"

"케냐에서 일본에 일하러 왔다는데, 일본 문화를 열심히 공부하는 사람이야. 이사왔을 때 인사하러 와서 안면을 텄지. 토요일 오전에는 분명 집에 있을 거야. 덧붙여 왼쪽 옆집은 공실이야."

아케치 씨는 그렇게 말하고 현관으로 향했다.

현관 문턱 앞에는 갈기갈기 찢어진 팬티가 널브러져 있었다.

그걸 보자 중대한 걱정이 솟구쳐서 앞에 있는 아케치 씨를 불러 세웠다.

"아케치 씨, 지금 바지 속에 입을 건 입으신 거죠?"

아케치 씨는 내 쪽으로 고개를 돌리고 당당히 말했다.

"일어났을 당시의 상태를 최대한 보존해놨다고 했잖아."

3

　복도에 나가 기다리고 있으니 아케치 씨가 옷을 갈아입고 집에서 나왔다.

　아까와 다른 바지를 입었고, 알로하셔츠도 파란색에서 노란색 야자 무늬로 바뀌었다.

　집안에서 세탁기 돌아가는 소리가 들렸다.

　"빨래 돌리신 거예요?"

　"알로하셔츠에는 이상한 점이 없었거든. 그건 좋아하는 옷이야. 땀냄새도 뱄으니 빨아야지."

　"실내복도 알로하셔츠인가요?"

　"티셔츠일 때도 있지만 알로하셔츠 한 장만 입고 있을 때가 쾌적하거든."

　"속옷은요?"

　"하와이 같은 데서는 입지 않는 게 보통이래. 일본은 습도가 높으니까 불쾌하게 느낄지도 모르지만, 난 안 입는 걸 좋아해."

　현관을 기준으로 오른쪽에 있는 집의 문 옆에 걸린 명판에는 '오코라'라고 쓴 종이가 끼워져 있었다. 아케치 씨가 초인종을 누르자 "네" 하고 대답이 들렸다.

"갑자기 죄송합니다. 옆집에 사는 아케치인데요."

다가오는 발소리가 들리더니 현관문이 열리고 티셔츠 차림의 호리호리한 남자가 얼굴을 내밀었다. 들었던 대로 아프리카계 얼굴이라 나로서는 몇 살인지 가늠이 되지 않았다. 반들반들하니 피부에 건강미가 넘치는 오코라는 아케치 씨를 보자마자 유창한 일본어로, 신경쓰이는 이야기를 꺼냈다.

"아케치 씨, 안녕하세요. 어젯밤엔 괜찮으셨나요? 걱정했어요!"

어젯밤 맨션에 들어온 후로 사람을 만난 건가. 우리는 놀란 표정으로 얼굴을 마주보았다.

아케치 씨는 오코라에게 나를 소개한 후 물었다.

"민망하지만 어젯밤에 무슨 일이 있었는지 기억이 안 나네요. 오코라 씨는 뭔가 아시는 거죠?"

"아아, 몹시 취하셨으니까요."

오코라는 딱하다는 듯한 표정으로 어젯밤에 있었던 일을 말해주었다.

밤 12시 반이 지났을 무렵, 오코라가 잠자리에 들기 전에 샤워를 하려는데 바깥 복도에서 덜컹덜컹하고 익숙지 않은 소리가 울렸다.

무슨 소린가 싶어 오코라가 현관문을 살며시 열고 밖을 내다보자 알로하셔츠 차림의 아케치 씨가 자기 집 현관문에 등을 기댄 자세로 웅크려 앉아 있었다고 한다.

뭘 물어봐도 아케치 씨는 고개를 숙인 채 괜찮다는 말만 연발했다. 술자리에서 친구들에게도 그랬고, 나랑 통화할 때도 그랬다. 오코라도 아케치 씨의 상태가 좋지 않다는 걸 쉽사리 눈치챘다.

"그래서 집에서 페트병에 든 차를 가져와서 드렸어요."

"그건 오코라 씨가 주신 거였군요."

의문점 가운데 하나가 빨리 해결돼서 안심했는지 아케치 씨는 가슴을 쓸어내렸다.

오코라의 말에 따르면 아케치 씨는 차를 조금 마신 후 일어나서 오코라에게 감사 인사를 했다. 걱정되기는 했지만 아케치 씨가 집 열쇠를 쥐고 있었으므로 오코라는 자기 집으로 돌아갔다.

"아케치 씨는 그후에 바로 집에 들어갔나요?"

"샤워하러 가서 저도 잘 몰라요. 다만 한동안 밖에서 소리가 들렸어요. 욕실에서 나왔을 때는 아무 소리도 안 들렸지만."

다른 사람을 보지도, 제삼자의 목소리를 듣지도 못했다

고 오코라는 말했지만, 자신이 들은 소리에서는 뭔가 말썽이 상상됐다고 한다.

"이 맨션은 둘 이상은 살 수 없지만, 어쩌면 아케치 씨가 몰래 동거중인 사람과 싸운 게 아닐까 싶었어요. 몹시 취해서 들어온 탓에 집에서 쫓겨난 건가 했죠."

그리고 나서 오코라가 닫힌 문을 흔들었다.

"맞다. 샤워할 때 들린 소리는 이 소리였을 거예요."

아케치 씨가 물었다.

"처음에 들렸던 덜컹덜컹하는 소리도 이 소리였나요?"

"음, 조금 다른 것 같은데. 좀더 컸어요."

나는 아까 아케치 씨와 나눈 대화에서 짚이는 점이 있었다.

"아케치 씨, 집에 들어가서 걸쇠를 걸어보시겠어요?"

안전 걸쇠가 걸린 상태로 다시 문을 열려고 했다. 그러자 금속 걸쇠가 돌기에 걸려서 큰 소리가 났다.

"이거! 이 소리예요!"

오코라가 반색하며 손뼉을 쳤다.

아케치 씨가 집에 들어가려 했을 때, 안전 걸쇠가 걸려 있었던 건 틀림없는 듯했다.

그러나 수수께끼의 불가해한 형태가 더욱 확실하게 드러

났다고 할 수도 있었다.

'……아케치 씨는 대체 누구한테 쫓겨난 걸까?'

"매력적인 수수께끼가 제시됐군."

아케치 씨가 대담하게 웃었다. 팬티에 대해서는 깔끔히 잊어버린 듯했다.

"당연하지만 난 다른 사람과 동거하지 않고, 손님이 찾아올 예정도 아니었어."

집으로 돌아오자 아케치 씨는 침대에 걸터앉아 그렇게 단언했다.

그렇다면 따져볼 수 있는 건 불청객의 존재다.

나는 책상 의자에 앉았다.

"스토킹을 할 만한 사람은 없나요? 아케치 씨, 겉모습만 떼어놓고 보면 충분히 잘생겼으니까요."

"여러모로 하고 싶은 말은 있다만, 그건 제쳐놓고 전혀 짐작이 안 가는군. 누군가 날 따라다닌 기억도 없고, 수상한 문자메시지가 온 적도 없어."

아케치 씨는 충전기에 연결해둔 스마트폰을 확인하며 그렇게 말했다.

"생각해보니 내가 이 맨션에 사는 걸 아는 사람은 부모님과 아르바이트하는 다누마 탐정 사무소 사람들, 그리고 하무라, 너뿐이야. 그러니까 다다노도 난처해서 네게 연락한 거겠지."

그러나 미행에 익숙한 사람일수록 미행당하는 데는 둔감하다는 말이 있다.

"왜곡된 호의가 원인이 아니라면, 원한은 어떤가요? 최근에 또 이상한 일에 참견해서 남을 화나게 한 적 없어요? 있죠?"

아케치 씨는 불만스러운 표정으로 팔짱을 꼈다.

"사람을 뭐로 보는 거야. 나도 경험을 쌓으며 배우는 중이야. 브레이크 역할인 네가 없는 곳에서는 조심해서 행동한다고. 이번에는 미스애 활동과는 관계없는 술자리라 방심했을 뿐이야."

정말로 그렇다면 좋으련만.

"경찰에 신고하려 해도 구체적인 피해가 있는 건 아니니까요."

마지막 방법으로 다누마 탐정 사무소에 부탁해 지문을 채취할 수는 있겠지만, 침입자가 누군지 짐작도 가지 않으니 지문을 대조할 방도가 없다.

"아케치 씨에게 짚이는 점이 없다면, 범인이라는 측면에서 추리를 진행하기는 무리겠네요. 또다른 수수께끼인 팬티를 벗긴 이유를 생각해보죠."

"좋아. 지금 '팬티를 벗겼다'고 했는데, 좀더 세밀하게 따져보자. 범인의 목적은 정말로 '벗기는' 거였을까?"

이만큼 내키지 않는 수수께끼 풀이가 일찍이 있었을까.

가령 범인에게 음흉한 목적이 있어서 아케치 씨의 옷을 벗겼다면 굳이 바지를 다시 입힌 이유가 설명이 안 된다. 그리고 팬티를 벗겨서 찢어버릴 만한 이유는 뭐란 말인가?

"아니, 잠깐만요. 혹시 팬티는 벗긴 후에 찢은 게 아니라, 벗기기 위해 찢은 것 아닐까요?"

만취해서 몸을 가누지 못하는 남자에게서 바지와 팬티를 벗겨내는 건 중노동이다. 그후에 바지를 다시 입히는 건 더더욱. 그렇다면 애초에 팬티를 찢어버리는 편이 간단하지 않을까.

"간단하기는 간단하겠지만." 아케치 씨는 고개를 갸웃했다. "그럴 경우, 목적은 역시 저속한 사진을 찍는다거나 그런 쪽이겠지? 그렇다면 굳이 벗기지 말고 그냥 젖히면 되잖아?"

"……솔직히 그런 변태적인 목적을 언급하면서 이렇게 하면 되지 않느냐고 물어봐도 난감할 따름인데요."

역시 범인의 목적은 팬티를 '벗기는' 게 아니라 '찢는' 거였을까?

하지만 아케치 씨의 소유물을 파손해서 충격을 주려 했다면……

"아케치 씨라면 책을 찢는 편이 더 충격일 것 같네요."

"응. 이 방을 보면 누구나 알겠지. 하지만 그러지 않았으니 범인도 나처럼 독서를 좋아한다든가……"

그렇더라도 파손할 대상을 팬티로 바꿀 당위성은 없다.

……그렇다. 그밖에 어떤 목적이 있었든 간에 '팬티에 손을 대야 할' 이유가 떠오르지 않는다.

"팬티가 없다는 사실을 **출발점** 삼아 범인의 목적이 달성됐다고 보는 건 어떨까요?"

"그게 무슨 소리야? 구체적으로 말해봐."

"잠에서 깬 후 감촉 등으로 팬티를 입지 않았다는 사실을 알아차렸다면 아케치 씨는 어떤 행동에 나설까요?"

아케치 씨는 허공을 올려다보며 대답했다.

"그야 일단 바지를 내려서 확인하겠지. 이번에는 떨어져 있던 팬티를 발견하기 전에 화장실에 갔으니까 알아차린 거지만."

즉, 팬티를 없앰으로써 잠에서 깬 다음 화장실에 가지 않더라도 아케치 씨가 바지를 만질 가능성을 높일 수 있다.

아케치 씨는 다음 말을 기다리는 눈치였다.

스스로도 생뚱맞다고 생각하지만 이야기하는 수밖에 없었다.

"……바지 단추 같은 데 독극물이 발라져 있지는 않았나요? 아케치 씨가 만졌을 때 범인의 알리바이가 확보되는 시간차 트릭을 사용한 거죠."

"아주 우회적이고 불확실한 트릭이로군."

당연하지만 아케치 씨는 내 의견을 일축했다.

"그렇게 성가신 짓을 할 바에야 페트병 차에 약이라도 타면 되잖아. 위험을 감수하고 늦은 밤에 맨션에 숨어들었으면서, 시간차 트릭을 사용한다는 것도 말이 안 돼. 누군가에게 목격당하면 모조리 물거품이 된다고."

"그렇게 철저히 논파하지 않아도 알아요."

역시 바지에 수를 씀으로써 아케치 씨에게 뭔가 변화가 있었던 것도 아니다.

"사고의 방향을 한번 바꿔보자."

내 추측이 벽에 부딪혔다고 느꼈는지 아케치 씨가 제안했다.

"방향이라니요?"

"지금은 가설의 앞뒤를 짜맞추기보다 좀더 자유롭게 발상할 필요가 있어. 미스터리에서도 종종 초반에 등장한 별것 아닌 정보가 진상으로 직결되곤 하지."

"아아, 등장인물의 직업이나 취미, 마침 라디오나 신문에 나온 사건 같은 거 말이군요."

미스터리를 읽어버릇하면 초반에 얻은 정보만으로도 나중에 어떻게 전개될지 가끔 짐작이 간다.

아케치 씨가 레이스 커튼을 걷고 밖을 바라보며 말했다.

"오늘은 쾌청한 날씨야. 어제까지 불던 태풍에 날려왔는지 전선에 비닐봉지가 걸려 있군."

"발상이라기보다 본 걸 그대로 말씀하시는 것 같은데요."

아케치 씨는 개의치 않고 말을 이었다.

"어제 오전 중에 비가 그쳐서 다행이었어. 우산도 말랐고. 습기는 종이의 천적이니까 바닥에 쌓아놓은 책도 한 번쯤 정리하는 편이 좋을지도 몰라. ……그러고 보니 하무라가 빌리고 싶다던 책이 있었던 것 같은데."

오히려 생각이 흩어지는 것 같기도 했지만, 나도 한번 흉내내볼까.

세면실 쪽에서 세탁기에서 울린 듯한 전자음이 들렸다. 빨래가 끝난 모양이다. 시간이 꽤 짧았던 것으로 보건대 빨래 양이 적었던 듯하다.

아니면 천이 상하지 않도록 신경써서 섬세한 의류 모드로 돌린 걸까. 아케치 씨는 그 파란 알로하셔츠를 좋아한다고 했으니까.

신경썼다고 하면, 그렇지. 그 팬티를 봤을 때도 참 정성껏 가늘게 찢어놓은 듯한 느낌이 들었다.

왜일까? 파손을 목적으로 팬티를 찢은 게 아닌 건가.

방향 전환에 효과가 없었는지 아케치 씨는 안 되겠다는 듯 고개를 내저었다.

"……전혀 모르겠군. 팬티만 노린 이유가 정말로 존재할까? 우리를 혼란에 빠뜨리기 위해 그랬다고 보는 편이 제일 그럴싸해."

우리라니. 그럴 경우, 이 심술궂은 행위의 진정한 목표물은 나 아닐까.

그때 아케치 씨가 움직임을 멈췄다.

뭔가 번쩍였나 싶어 지켜보고 있으니, 허공을 쳐다보던 눈동자가 순식간에 초점을 되찾고 나를 포착했다.

"왜요?"

"내 정신 좀 봐. 이렇게 간단한 가능성을 간과했을 줄이야."

불길한 예감이 성난 파도처럼 밀려왔다.

"하무라, 네가 범인이었구나."

4

예감 적중. 범인 취급당한 것보다 죄목이 팬티 벗기기라는 것에 폭풍 같은 불만이 가슴속에 휘몰아쳤다. 나는 불만을 애써 억누르며 물었다.

"어떤 식으로 그런 결론에 다다랐는지 궁금하네요."

"그럼 새겨듣도록 해. 이 사건의 제일 큰 수수께끼는 범인이 어떻게 맨션과 집에 침입했느냐야. 하지만 나를 바래다준 하무라라면 식은 죽 먹기지. 넌 내가 현관문을 열기를 기다렸다가 먼저 집으로 들어갔고, 나를 복도로 쫓아낸 후 안전 걸쇠를 걸었어. 이때 문을 사이에 두고 공방이 벌어지는 소리를 오코라 씨가 들은 거겠지."

"쫓아내다니, 뭣 때문에요?"

"물론 진짜 목적을 달성하기 위해서지만, 그건 나중에 설명할게. 목적을 달성한 후 넌 안전 걸쇠를 풀고 나를 집에 들였어. 이미 인사불성이 된 나는 비틀비틀 침대에 쓰러져 잠에 빠졌지. 그후에 네가 내 팬티만 찢어서 벗겨낸 거야."

거기다, 거기, 거기!

악령에 쐰 게 아니라면, 내가 그런 짓을 할 이유가 없다.

내가 그렇게 호소하자 아케치 씨가 삿대질했다.

"맞아, 하무라. '그런 짓을 할 이유가 없다', 그게 바로 팬티를 찢은 이유니까!"

이제 숙취에서 비롯된 두통도 느끼지 못하는지 아케치 씨는 의기양양한 표정으로 추리를 펼쳤다.

"뜻 모를 물증을 남긴 목적은 내게 쓸데없는 추리를 시켜서 진짜 목적을 감추기 위해서야. 팬티를 찢은 건 아무 의미도 없었어. 그야말로 내 머릿속을 누구보다도 잘 아는 왓슨이기에 가능한 악마적인 범행이야!"

……뜻밖에도 비교적 말이 되는 것처럼 느껴졌다.

수수께끼를 내서 아케치 씨의 주의를 돌리려고 하는 건 확실히 내가 떠올릴 법한 발상이다.

"그럼 진짜 목적은 뭔데요?"

"하무라, 꽤 지난 일인데, 크레이그 라이스의 『멀론 죽이기』를 읽고 싶다고 했었지?"

설마 거기로 이어지는 건가.

"난 그 책을 가지고 있지만 책장에 꽂을 자리가 없어서 상자에 담아 옷장에 넣어뒀지. 다만 어느 상자에 들어 있는지 몰라서 네게 못 빌려줬어. 내 집에 그 책이 있는 건 아는데 빌리지 못하고 시간만 흘러가서 넌 정말 답답해하지 않았을까. 그러던 어느 날, 내가 만취했다는 천재일우의 기회가 찾아오자 집에 침입해서 『멀론 죽이기』를 찾아낸 거야! 원래부터 어디 넣어뒀는지 잊어버린 책이니, 도둑맞은 것조차 알아차리지 못할 테니까."

"주인도 못 찾는 책을 제가 어떻게 찾아내겠어요? 더구나 그 책은 바로 어제 헌책방에서 샀다고요."

"뻔히 들여다보이는 변명은 그만. 게다가 그 책은 술에 취한 변호사 멀론이 말썽에 휘말리는 내용이야. 어젯밤 내 꼴을 빗대서 놀리기에도 안성맞춤인 물건이었던 셈이지."

아니라니까!

이게 바로 누명을 쓴 피의자의 심정일까.

『멀론 죽이기』는 그렇게까지 희귀한 책이 아니다. 그걸 차지하기 위해 팬티를 찢다니, 누명도 이런 누명이 또 없다. 이 탐정에게 정의감은 없는 건가.

"제가 집을 나선 후, 문은 어떻게 잠갔는데요? 안전 걸쇠도요."

"밤 1시 반경, 네가 전화한 기록이 남아 있었어. 문단속 단단히 하라고 전화로 내게 지시한 거겠지."

……엉망진창이다.

이 추리가 성립하는 이유는 유일한 당사자인 아케치 씨가 어젯밤에 있었던 일을 하나도 기억하지 못하기 때문이다. 누구의 모습을 봤는지, 집에서 무슨 일이 있었는지 조금이라도 기억한다면 이렇게 의심받지는 않을 텐데.

"자, 하무라. 이만 인정해. 네가 내 팬티를……"

"죄송한데요. 목소리 좀 낮추시면 안 될까요?"

남이 듣기라도 하면 이웃과 관계가 안 좋아지는 건 아케치 씨다.

나는 냉정하게 추리의 문제점을 지적하기로 했다.

"제가 계획을 세웠다면 아케치 씨가 기억을 잃을 가능성에 너무 의존한 것 같은데요. 아니, 몹시 취했으니까 옳다구나 싶어 얼른 범행에 나서기로 한 건가?"

나도 내가 무슨 소리를 하는지 모를 지경이었다.

"제가 그렇게 의심스러우면 옷장을 샅샅이 뒤져보시든가요. 『멀론 죽이기』가 나오면 지금 주장하는 가설이 틀린 거잖아요."

그러자 아케치 씨는 힘차게 가슴을 폈다.

"자신의 주장이 부정될 수도 있는데, 자청해서 찾을 수야 없지!"

글렀다, 이 사람.

그야말로 인생에서 제일 불명예스러운 의혹을 덮어쓴 상태로 일이 마무리될 듯했으므로, 나는 다시 현관으로 돌아가 문 근처를 꼼꼼히 조사했다. 현재 오코라는 제삼자가 확인해준 사실은 안전 걸쇠가 걸린 문을 열려고 시도하는 소리와 닫힌 문이 흔들리는 소리가 났다는 것뿐이다. 여기에 뭔가 돌파구가 될 만한 실마리가 없을까.

아케치 씨가 급하게 외출하면서 어질렀다는 현관에는 흐트러진 신발 외에 우산이 쓰러져 있었다. 주워서 살피자 우산은 천을 모아서 고정하는 끈이 풀려서 살짝 벌어진 상태였다. 그 아래쪽 바닥에는 물이 약간 고여 있었다.

……어제 오후에 지나간 태풍.

……말려놓은 우산.

"이거 어디 세워두셨던 건가요?"

물어보자 빨래를 꺼내러 갔는지 아케치 씨가 세면실에서 복도로 고개를 내밀었다.

"신발장 옆에" 하고 대답하다 중간에 말을 바꿨다.

"아차, 아니지. 공기가 잘 통하도록 안전 걸쇠에 손잡이를 걸어서 매달아놨어. 늘 그렇게 우산을 말리지."

여기서 안전 걸쇠라는 단어가 나온 게 우연이 아니라고 믿고 싶었다.

아케치 씨가 어제 외출하기 전에 그랬듯, 우산 손잡이를 안전 걸쇠의 U자형 막대에 걸어서 매달았다. 안전 걸쇠도 문손잡이도 문 오른편에 달려 있으므로, 우산은 문이 열리는 쪽에 매달린 형태다. 문을 살짝 열고 급하게 틈새로 빠져나가려고 하면 우산이 방해된다.

이다음에 무슨 일이 일어났을까.

나는 어제 상황을 재현하기 위해 문틈으로 부리나케 빠져나가보았고, 왼팔이 우산에 부딪쳤다. 그러자 우산은 문과 왼팔 사이에 끼인 형태로 살짝 끌려나왔다. 그리고 내 몸이 밖으로 나가자,

"앗."

끌려나온 우산이 크게 흔들려서 원래는 문에 붙은 형태로 접혀 있는 안전 걸쇠가 약간 펴졌다.

어제저녁에 아케치 씨가 지금보다 훨씬 빠르고 세차게 몸을 부딪쳤다면?

그 결과, 안전 걸쇠가 확 펴졌고, 그 기세를 못 이겨 걸려 있던 우산이 떨어졌다면?

만취 속옷 파손 사건

"아케치 씨가 밖으로 나간 후에 안전 걸쇠가 걸린 거구나!"

내가 크게 소리치자 아케치 씨도 세탁이 끝난 알로하셔츠를 손에 든 채 놀란 표정을 지었다.

"그럴 수가…… 만약 그게 사실이라면 우리 집에 침입한 사람은 없었던 셈이야."

아케치 씨는 자기 자신에게 내쫓긴 것이다.

오코라가 처음에 들었던 안전 걸쇠가 부딪치는 소리는, 만취한 아케치 씨가 안전 걸쇠가 걸린 줄 모르고 문을 열려고 했을 때 났던 소리였다.

"잠깐만. 그렇다면 이번에는 아무도 집에 들어갈 수가 없잖아. 열쇠가 있어도 안전 걸쇠는 밖에서 못 풀어."

문제는 그거다. 침입자가 없었다면, 아케치 씨를 집에 들여보내줄 사람도 없었다는 뜻이다.

게다가 평소의 아케치 씨가 아니라 만취한 아케치 씨다.

"문이 몇 센티미터는 열리니까 아케치 씨도 안전 걸쇠가 걸렸다는 사실은 이해했을 거예요. 문제는 거기서 어떻게 했느냐인데."

"평소 같으면 맨션 관리인에게 연락하든지 열쇠공을 부르겠지. 하지만 관리인은 여기 살지 않고, 연락처는 집에 보관해둔 서류를 봐야 알아. 열쇠공을 부르지 않은 건 열쇠공이 도착하기를 기다리는 시간이 아까웠거나, 아니면 현금이 없어서였나."

오코라에게 부탁하면 두 방법 다 가능했을 텐데, 역시 머리가 제대로 돌아가지 않은 건가. 대체 어떻게 자기 힘으로 해결했을까.

그러고 보니 어젯밤 전화를 걸었을 때, 통화하다 스마트폰 배터리가 다 됐다.

그 타이밍이 단서 아닐까.

"아케치 씨, 어제 술자리에서 스마트폰 배터리가 간당간당했나요?"

물어보자 아케치 씨는 단호하게 고개를 저었다.

"지금 사용하는 스마트폰은 대학교 들어올 때 산 거라 배터리 수명이 줄긴 했지만, 매일 밤 자는 동안 충전해서 평범하게 사용하면 하루는 너끈히 버텨. 술 마실 때는 스마트폰을 건드리지 않았으니 잠깐 통화한다고 배터리가 다 떨어지지는 않을 거야."

다다노가 연락을 줬을 때도 여기저기 전화했다는 말은 못 들었다. 그 타이밍에 배터리가 다 된 건 아무래도 부자연스럽다.

스마트폰을 사용해 뭔가 한 건 아닐까, 하며 아케치 씨가 앱을 차례대로 확인해보았다.

전화를 비롯해 메신저나 SNS에도 누군가에게 도움을 요청한 듯한 흔적은 없었다.

별로 기대는 되지 않았지만 지도, 전자머니, 인터넷 쇼핑몰 등 다양한 앱을 확인한 후 이어서 어떤 앱을 열어본 아케치 씨가 목소리를 높였다.

"아하, 그런 거였구나."

스마트폰에는 누구나 다 아는 유명한 영상 시청 앱이 떠 있었다.

아케치 씨의 시청 기록에는 같은 종류의 영상이 줄지은 채였다.

"'안전 걸쇠 여는 방법'을 이렇게 조사한 건가. 배터리가 많이 닳은 건 오랜 시간 영상을 봤기 때문이야."

더는 의심할 여지가 없었다. 아케치 씨는 우연히 걸린 안전 걸쇠를, 동영상을 참고해 풀고 집에 들어간 것이다. 그러고 나서 평소 걸지 않는 안전 걸쇠를 건 것도, 고생해서 문을 열고 난 뒤 도리어 방범 의식이 강해져서 원래대로 해놓았기 때문이리라.

마지막으로 남은 수수께끼는 왜 팬티가 벗겨지고 찢어졌

느냐인데, 그것도 제일 마지막으로 시청한 영상을 보자 답이 나왔다.

그 영상에서는 살짝 벌어진 문틈으로 가느다란 끈을 넣어 안전 걸쇠의 U자 막대 사이를 통과시킨 후, 끈을 닫힌 문 위쪽을 통해 밖으로 꺼내서 잡아당김으로써 돌기에 걸린 안전 걸쇠를 푸는 방법을 보여주었다.

"이 방법을 사용하려면 나름대로 길고 가느다란 끈이 필요해. 하지만 난 그런 걸 가지고 있지 않았지. 그래서⋯⋯ 팬티를 가늘게 찢어서 끈 대신 사용한 거야. 도중에 끊어진 건, 안전 걸쇠가 돌기에서 빠져나온 후에 약한 부분이 뜯어져서겠지."

너덜너덜해진 팬티를 확인했을 때 의도적으로 찢은 듯 보인 것도 그래서다.

안전 걸쇠의 U자 사이로 통과시킨 후 문 위쪽으로 꺼내려면 적어도 길이가 일 미터는 돼야 하므로, 아주 신중하게 팬티를 찢었을 것이다. 만취한 상태로 그 작업에 성공했다니 순순히 감탄할 수밖에 없었다.

오코라가 샤워하다 들었다는 문 흔드는 소리도, 이 방법으로 안전 걸쇠를 풀려고 시행착오를 거칠 때 난 소리였으리라.

그러나 나는 여기서 이의를 제기했다.

"그럼 알로하셔츠를 사용하면 되잖아요. 상반신을 벌거 벗는 것 정도는 참을 수 있을 텐데요?"

아케치 씨는 어깨를 움츠리더니, 아직 널지 않고 들고 있던 파란색 알로하셔츠를 내 앞에 펼쳤다.

"이건 내가 좋아하는 옷이라고 했잖아. 어떤 이유로든 갈기갈기 찢을 수는 없지. 인사불성 상태로도 그 정신만큼은 잃지 않았다는 뜻이야."

아케치 씨의 얼굴에는 자랑스러운 웃음이 맺혀 있었지만, 그런 정신보다 더 잃지 말아야 할 것이 많지 않았을까 싶다.

"그래도 역시 팬티를 고르는 건 이상하지 않나요?"

"아니, 오히려 그 외의 선택지는 없었다고 봐야겠지. 벨트는 너무 짧고, 손수건은 일 미터를 확보할 만큼 찢기가 어려워. 내구성 측면에서도 안전 걸쇠를 잡아당길 때 끊어지지 않을까 불안하고 말이야. 그렇다고 바지를 쓰려니 두꺼워서 닫힌 문틈을 통과하지 않을 테고, 찢기도 힘들어. 그리고 오코라 씨처럼 다른 세입자가 살펴보러 나올 가능성도 있으니 팬티 바람이 되기는 불안했을 거야."

하긴 팬티는 안 입어도 얼핏 봐서는 들키지 않겠지.

그런데 팬티를 벗을 때 사람이 지나가면 어쩔 작정이었을까. 몇 초 정도는 괜찮다는 자신감이 있었던 걸까, 아니면 주정뱅이 특유의 이상한 행동력이 발휘된 걸까.

진상을 아는 건 범인이자 피해자이기도 하고 탐정 역할까지 맡은 눈앞의 이 사람뿐이겠지만, 안타깝게도 당시 기억을 깔끔하게 잃었다.

오코라에게 걱정을 끼친 것 빼고는 맨션 안에서 소동이 벌어지지 않았으니 그나마 다행이라고 받아들여야 하리라.

손목시계를 보자 시곗바늘이 딱 정오를 가리켰다.

내 귀중한 토요일 오전이 주정뱅이가 연출한 원맨쇼 때문에 날아가고 말았다.

"자, 난 샤워하고 다시 자야겠어. 마음이 놓이니까 또 머리가 지끈지끈 아프네. 고생 많았어. 사과하는 뜻이라고 하기엔 뭐 하지만, 읽고 싶은 책이 있으면 적당히 가져가."

말과는 달리 흡족해하는 표정으로 알로하셔츠를 베란다에 널러 간 아케치 씨에게 한마디 꼬집어주고 싶었다.

"부럽네요. 진탕 취하면 흥미진진한 수수께끼를 만들어낼 수 있으니, 앞으로도 심심하지는 않겠어요."

"그런 말 하지 마. 밖에서 안전 걸쇠를 푸는 지식이 나중에 어디선가 도움이 될지도 모르잖아."

기분 나빠하는 낌새 하나 없이 여름 햇살처럼 상쾌한 웃음소리가 울려퍼졌다.

 나는 한숨을 푹 내쉰 후, 역광 속에 서 있는 아케치 씨에게 등을 돌려 집을 나섰다.

 이날 사건을 누군가에게 말할 날이 온다면, 최대한 꼴사나운 이름을 붙이기로 마음먹고서.

종교학 시험문제 유출 사건

明智恭介の奔走

1

 칠월 중순 목요일. 더위가 절정에 이르는 한편, 의류매장에는 벌써부터 가을옷이 보이기 시작하는 계절이다. 또한 대학생에게 중요한 이벤트인, 이 주에 걸친 기말시험이 다음 주로 다가와 긴장이 고조되는 시기이기도 하다. 내가 다니는 신코 대학교에서도 시험 대책을 논의하는 이들과 예전 기출문제 정보를 교환하는 모습이 여기저기서 눈에 띄었다.
 ……그렇건만.
 이마에서 땀이 뚝 떨어졌다. 처음에는 일일이 손수건으로 닦았지만, 끝이 없다는 걸 깨달은 뒤로는 그냥 흐르는 대로 놔뒀다.

여기에 몸을 숨긴 지 벌써 삼십 분. 하다못해 직사광선이라도 피하려고 가정집 콘크리트 담장 뒤편에 자리를 잡았지만, 체감온도는 낮아질 줄을 몰랐다.

'……난 왜 잠복을 하고 있는 걸까.'

오늘 몇 번이나 떠올랐는지 모르겠는 의문이 머리를 스쳤을 때, 옆에 있는 남자가 속삭였다.

"이럴 때야말로 「보이지 않는 사람」이 되면 편할 텐데."

투명인간으로 변신하고 싶어하는 것이 아니다. 이 남자, 아케치 고스케가 미스터리만 지나치게 좋아한다는 사실을 안다면 무슨 뜻인지 바로 감이 올 것이다.

"체스터턴 말씀인가요?"

"착실히 읽고 있는 것 같아서 안심이야."

아케치 씨는 안경알을 닦으며 고개를 끄덕였다. 영국 소설가 G. K. 체스터턴의 '브라운 신부' 시리즈에 그런 제목의 단편소설이 있다.

"독자들 사이에서도 찬반이 갈리는 작품인데, 하무라는 그걸 읽고 어떤 생각이 들었어?"

"죄송해요. 실은 소설을 읽기 전에 인터넷에서 스포일러를 봐버렸거든요. 신선하다 생각하며 읽지는 못했어요."

"그거 안 됐군."

작품이 유명하면 그럴 때도 있다.

자세한 설명은 피하겠지만 「보이지 않는 사람」은 말 그대로 범인이 사건 현장에 어떻게 드나들었는지 모르는 상황에서, 그 방법이 큰 핵심으로 작용하는 작품이다.

아무것도 모르고 읽었으면 어땠을까 싶기도 하지만, 트릭을 설치한 저자의 노력에 주목하며 읽을 수 있었으니까 나쁘지만은 않았다.

"그 트릭, 아무래도 현실에서는 무리겠지만 반대로 말하면 소설의 이점을 잘 활용했다고 할 수도 있겠죠."

"그런 논의가 벌어지는 것 자체가 좋은 작품이라는, 앗, 왔다."

아케치 씨의 시선을 좇자 어느 주택의 담장 위로 형체가 하나 나타났다. 주택가의 한적한 분위기 속을 누비듯 유연한 몸놀림으로 땅에 착지했다.

"……사진과 비슷한 것 같은데요."

"서두르지 마. 상대는 상습범이야. 경계하지 않도록 조심해야 해."

말소리가 들린 걸까. 형체는 숙였던 고개를 들고 우리에게 시선을 두었다.

우리는 잠시 눈싸움을 벌였다.

멀리서 매미 소리가 들렸다.

먼저 긴장을 푼 건 옆에 있던 아케치 씨였다.

"아니네. 몸 색깔은 비슷하지만 코에 반점이 없어. 목표물이 아니야."

그러면서 일어서서 호주머니에서 꺼낸 갈색 덩어리를 던졌다.

상대는 야옹, 하고 울면서 덩어리에 달려들었다.

의뢰를 받은 지 사흘째. 아직도 집 나간 고양이를 찾지 못했다.

신코 대학교에는 운동 계열과 문화 계열을 가리지 않고 수많은 공인 동아리가 존재한다. 미스터리를 좋아하는 사람들이 모인 미스터리 연구회, 통칭 미스연도 그중 하나다. 발족한 지 십 년도 채 되지 않았지만, 매년 적어도 다섯 명 이상이 가입하는 안정된 인기 동아리라고 해도 되리라.

나도 미스터리에 품은 열의와 독서 경험에는 나름대로 자신이 있다. 그렇지만 뭘 실수했는지, 내가 소속된 곳은 미스연이 아니라 미스터리 애호회라는 학교 비공인 조직이었다.

나 외의 멤버는 설립자이자 회장인 3학년 아케치 고스케 한 명뿐이니까 조직이라기보다 이인조라고 하는 편이 나을지도 모르겠다.

아케치 씨는 미스터리를 사랑하고 좋아하지만, 그 이상으로 작품 속에 등장하는 명탐정과 기괴한 사건에 대한 애정이 크다. 평소 학교 관계자나 경찰에게 명함을 돌리고 근처 탐정 사무소에서 아르바이트하는 등 사건을 감지하기 위해 안테나를 활짝 펼치고 있지만, 그가 다루는 사건은 대부분 불륜 조사나 반려동물 찾기다.

안타깝게도 학교에서 역시 아케치 씨의 활동은 탐정이라기보다 대행업자로 인식되는 경향이 있다.

이번 의뢰인은 이학부 수학과의 사토나카 교수다. 학교 캠퍼스에서 도보로 십 분쯤 걸리는 주택가에서 혼자 산다. 그래서 오늘은 강의를 마친 후 그 집 인근에서 고양이를 찾고 있었다.

사토나카 교수는 고양이를 찾아달라는 의뢰를 자주 하는 단골이다. 아케치 씨는 지금까지 네 번이나 그 집 고양이를 찾아다녔다나.

"그 정도면 고양이가 교수님을 싫어해서 도망치는 거 아닌가요?"

"그런 건 아니야. 교수님에게 돌려드릴 때마다 기쁜 듯이 애교를 부리니까 관계는 양호하겠지. 아마도 주인이 매일 나가는 바깥세상이 궁금한 게 아닐까. 사토나카 교수님 댁은 출입문이 미닫이문이라 잠가놓지 않으면 고양이라도 열 수 있어. 호기심 왕성한 성격이라 다른 고양이나 개와 놀기도 하고, 뭔가 물고 돌아오는 버릇도 있지. 그런 만큼 목격되기 쉬우니까 다음에는 좀더 범위를 넓혀서 탐문하는 편이 좋을지도 모르겠네."

그렇게 말하며 검지로 밀어올린 안경이 번쩍 빛났다.

입학한 후로 크고 작은 걸 합쳐서 열 손가락으로는 모자랄 만큼 많은 사건을 아케치 씨와 함께 파헤쳤지만, 그가 믿음직스러워 보이는 건 누가 뭐래도 고양이를 찾을 때다.

우리는 오늘의 수색 결과를 보고하기 위해 일단 학교로 돌아가서 교수 연구실이 있는 연구동으로 향했다.

자동문을 통과해 바로 옆쪽 안내 창구에 놓인 출입자 명부에 이름을 썼다. 살펴보니 오늘 자 페이지에 우리 말고 다른 이름은 없었다. 평소 드나드는 교수들은 물론, 연구실을 방문하는 학생들도 일일이 이름을 적지 않는 걸까. 창문 너머에 있는 여직원도 딱히 이쪽에 주의를 기울이지 않는 걸 보니, 이 시스템은 그저 형식적인 게 분명했다.

사월에 '옛 박스'라 불리는 동아리 건물에 절도범이 침입하는 사건이 일어났는데도 우리 학교의 보안 의식은 여전히 느슨한 측면이 있다.

연구실로 가려는데 마침 눈앞에서 엘리베이터 문이 닫혔으므로 계단으로 올라갔다. 3층에 도착하자 엘리베이터 홀에서부터 쭉 뻗은 복도 양쪽에 무미건조한 느낌의 문이 늘어서 있었다. 여기 오는 건 오늘로 세번째인데 늘 고요하다. 3층은 전부 전문적인 설비가 필요 없는 분야의 교수들에게 배정된 방이다.

연구실에 들어서자 사토나카 교수는 회전의자에 앉아 다리를 쫙 펴서 접이의자에 올려둔 채로 $4 \times 4 \times 4$ 큐브를 만지작거리며 늘어지는 목소리로 말했다.

"그래? 오늘도 없었나. 뭐, 어쩔 수 없지."

연구실 앞쪽에는 우리가 앉은 작은 응접용 테이블과 소파가 있고, 왼쪽 벽에는 서가, 안쪽에는 출입구를 바라보도록 놓인 교수 책상이 있다. 책상 위는 서류와 논문 같은 종이 다발 그리고 수식을 휘갈겨 쓴 프린트물로 넘쳐났다. 책상 옆에는 밥을 시켜 먹은 듯한 배달 용기와 대형 인터넷 쇼핑몰의 빈 골판지상자가 놓여 있었는데, 상자 속에 설명서 같은 종이가 보였다. 교수 책상 뒤쪽 창문에는 블라인드를 쳐놓았다. 오른쪽에 있는 작은 캐비닛 위에는 전기포트와 자질구레한 물건이 아무렇게나 얹혀 있고, 그 아래쪽 공간에는 작은 금고가 있었다.

내가 상상한 대로 수학자답게 난잡한 방이었다.

"가우스도 참, 이렇게 더운 계절에 잘도 밖에 나가는군. 집에 있는 게 훨씬 쾌적할 텐데."

'가우스'는 교수가 기르는 고양이의 이름이다. 이제는 익숙한지 사토나카 교수는 절박해하는 눈치가 아니었다.

"예전에 관심을 보였다던 근처 암고양이의 집과 가우스가 즐겨 돌아다니는 코스라고 말씀하신 곳에 잠복해봤지만 아직 발견하지 못했습니다. 목격자도 못 찾았고요."

"알았어, 알았어. 오늘 일당은 거기 놔뒀어. 조금만 더 수색을 계속해봐."

테이블 위에는 꼬깃꼬깃한 천 엔짜리가 세 장 놓여 있었다. 성과에 무관하게 일당 삼천 엔을 받기로 교수와 계약했다고 한다.

아케치 씨는 두 손가락 사이에 끼운 돈을 과장된 몸짓으로 흔들었다.

"그럼 실례하겠습니다. 다음번에는 긍정적인 보고를 드릴 수 있도록 노력하겠습니다."

연구실을 나서자 아케치 씨는 천 엔짜리 지폐 한 장과 자기 지갑에서 꺼낸 오백 엔짜리 동전을 내게 주었다. 두 시간 수색에 천오백 엔. 요즘 아르바이트비에 비하면 싸지만, 성과 없이 손에 들어온 돈이라고 하면 이 정도가 타당할지도 모르겠다.

"이쪽이 농땡이를 부려도 알 방법이 없을 텐데, 사토나카 교수님은 그런 걸 신경쓰지 않으시는 분인가요?"

"과거 네 번의 의뢰 중, 세 번은 제대로 찾아냈거든. 신뢰는 실적으로 얻는 수밖에 없지."

아케치 씨에게는 이 아르바이트도 남의 신뢰를 얻기 위한 밑받침이라는 건가.

하기야 그 노력이 보답받기 위해서는 언젠가 아케치 씨를 만족시킬 만한 의뢰가 들어와야겠지만.

"갑자기 웬 한숨이야, 하무라? 그러면 복 나간다."

"복이 나가면 사건이 들어올까요?"

"무슨 연약한 소리를. 조수라는 사람이 그러면 어떻게 해? 아, 더위 먹었나? 그 수입으로 원기 보충이라도……"

대화를 나누며 계단을 내려갈 때였다.

2층 복도에서 여자가 한 명 뛰쳐나왔다.

우리와 부딪치지는 않았지만 여자는 호흡이 거칠었고 안

색도 창백했다.

여자는 우리를 보자마자 대뜸 물었다.

"이쪽으로 누가 안 왔나요?"

"저희는 방금 내려왔는데. 무슨 일 있었습니까?"

여자는 밝은 금색인 중단발머리를 오른쪽 한 줌 정도만 보라색으로 물들였다. 걸쳐 입은 얇은 카디건 아래는 록밴드 티셔츠와 핫팬츠로 화려했다. 흰색과 검은색 가로줄무늬 양말도 한몫해서 외래종 거미를 방불케 했다. 녹색 토트백을 든 손이 살짝 떨렸다.

"시험문제가……"

여자는 금방이라도 매달릴 듯 간절한 목소리로 외쳤다.

"금고가 열렸고, 기말시험문제를 도둑맞았어요!"

아케치 씨가 고개만 돌려 뒤쪽에 있던 나를 보았다.

"……해냈구나, 하무라. 앞으로도 한숨을 실컷 쉬도록 해."

여학생에게는 보이지 않을 그 표정은 아무래도 상황에 어울리지 않게 들떠 보였다.

2

아케치 씨의 행동은 신속했다.

도난 사건이 발생한 지 얼마 되지 않았다는 걸 여학생에게 확인한 후, 일단 바로 옆에 있는 엘리베이터 표시등이 두 층 위인 4층을 나타내고 있다는 걸 확인했다. 이어서 나를 그 자리에 남겨놓고 긴 복도 반대쪽에 있는 다른 계단 쪽으로 달려갔다. 그쪽 1층에는 직원용 뒷문이 있다.

그사이에 나는 여학생에게 이야기를 들었다.

여학생의 이름은 구모리 미노리, 이학부 2학년. 시험문제가 든 USB는 종교학과 야나기 교수의 연구실에 있었다고 한다. 자세한 사정을 듣고 싶었지만 구모리는 안절부절못하며 "빨리 교수님께 알려야 해……" 하고 아래층으로 향하려 했다.

그때 아케치 씨가 돌아왔다.

"저쪽은 교직원 두 명이 계단 아래에 서서 이야기를 나누고 있었어. 약 십 분 동안은 지나간 사람이 없었대."

그렇다면 우리보다 먼저 범인이 이쪽 계단을 통해 달아났을 가능성이 크다.

"도둑이 든 건 어느 방이지?"

아케치 씨가 워낙 당당한 태도로 이야기를 주도하자 의심할 생각도 들지 않는지, 구모리는 복도 중간쯤까지 우리를 데려가서 어느 방 앞에 멈춰 섰다. 문에는 '야나기 소스케'라는 명판이 붙어 있었다.

아케치 씨는 문을 열려는 구모리를 제지하고, 호주머니에서 손수건을 꺼내 문손잡이를 잡고 돌렸다. 문이 열리자 서늘한 냉기와 함께 희미한 방향제 냄새가 콧구멍을 간질였다.

"이거, 이거……"

눈앞에 나타난 참상에 아케치 씨는 내디디려던 발을 멈췄다. 아케치 씨의 어깨 너머로 누군가가 닥치는 대로 휘저은 실내가 보였다.

학교 지급품일 테이블과 서가는 사토나카 교수의 방과 동일한 위치에 있었지만, 책은 대부분 바닥에 떨어졌고 책상 안쪽도 뒤졌는지 서류와 파일이 바닥에 어지러이 널려 있었다.

구모리가 가리키는 방향으로 눈을 돌리자, 책상 오른쪽 옆 캐비닛 아래쪽 공간에 놓인 작은 금고가 열린 채 내부를 훤히 드러내고 있었다.

"제가 화장실에 간 사이에 당했어요."

"그때 문 안 잠갔어?"

구모리는 고개를 저었다.

"그게, 열쇠가 없었고, 설마 도둑이 들 줄은 몰랐는걸요!"

그때 왼쪽에 이웃한 연구실 문이 열리고 나이가 지긋한 남자 교수가 나왔다. 그는 우리 모습을 보고 눈살을 찌푸렸다.

"무슨 일인가?"

"빈집털이를 당한 것 같습니다."

괜스레 일이 커지는 걸 피하기 위해서인지 아케치 씨는 시험문제가 없어졌다는 사실은 덮어놓았다.

"지난 몇 분간, 시끌벅적한 소리가 들리지는 않았나요?"

"어, 미안하지만 난 귀가 좀 어두운데다 계속 통화하고 있었는지라……"

노교수는 겸연쩍은 듯 대머리를 긁적였다. 지금도 우리가 소란을 떨어서 나온 게 아니라, 마침 볼일이 있어서 나왔을 뿐인 듯했다.

"야나기 교수님을 급히 부르고 싶은데, 연락처 아시나요?"

"아, 스마트폰에 번호가 있어. 잠깐만 기다리게."

노교수의 연구실 문에는 '우타가와 고테쓰'라는 명판이 붙어 있었다. 우타가와 교수는 신중한 손놀림으로 스마트폰 화면을 두드리더니 큰 소리로 말했다.

"아, 야나기 교수? 나 우타가와인데. 댁의 연구실에 도둑이 들었다면서 학생이 찾아."

"뭐라고요? 대체 무슨…… 아무튼 당장 돌아가겠습니다!"

평소 통화음량을 크게 설정해놓는지 이쪽에도 말소리가 똑똑히 들렸다.

전화를 끊은 지 일 분도 지나기 전에 사십대로 보이는 왜소한 체격의 교수가 남학생을 한 명 데리고 나타났다.

"우타가와 교수님, 도둑이 들었다니 그게 무슨 말씀이십니까?"

이 사람이 야나기 교수인가. 머리는 대충 오대오 가르마를 탔고, 전체적으로 선이 가늘어서 버드나무●가 연상됐다. 야나기 교수는 눈과 코가 조그맣게 자리잡은 얼굴을 붉으락푸르락하며 언성을 높였다.

"구모리, 네가 방에 있었잖아!"

구모리가 사정을 설명했다.

"뭐야, 그게. 정말로?"

● 일본어로 '야나기'는 버드나무라는 뜻이다.

교수와 함께 나타난 남학생이 그렇게 말하더니, 호기심 넘치는 표정으로 방을 들여다보았다. 슬립 진에 헐렁헐렁한 티셔츠, 오래 쓴 빗자루처럼 부스스하게 흩어진 머리. 칠칠치 못한 분위기를 풍기는 사람이었다.

한편 야나기 교수는 구모리를 다그쳤다.

"금고가? 그럼 아까 넣었던 USB는?"

"없었어요! 그래서 지나가던 이 사람들에게……"

"그 녀석들이 범인이구나!"

"그게 아니라……"

구모리는 금방이라도 울음을 터뜨릴 듯한 상태였고 야나기 교수는 감정이 격해져서 이야기가 원활하게 진행되지 않았다.

그러는 사이에 노교수에게 연락받은 직원이 나타났다. 직원은 어디 가서 이번 일을 말하지 말라고 우리에게 신신당부했고, 현장을 보존한다는 이유로 연구실 출입을 금지했다.

자초지종을 확인하기 위해 야나기 교수와 두 학생은 직원과 함께 본부동에 있는 교무과로 향했다. 아케치 씨가 그 모습을 바라보며 말했다.

"기말시험은 다음 주부터, 빠르면 나흘 후에 시작돼. 시험문제가 준비됐을 타이밍을 노리고 범행에 나선 건가."

"데이터를 백업해놓지는 않았을까요?"

"백업해놨어도 문제가 유출된 이상 그대로 출제할 수는 없겠지."

그렇다면 종교학 시험은 일정대로 진행되지 못할지도 모른다. 범인의 고생도 물거품이 된 셈인가.

기분이 개운치는 않았지만 이만 돌아가려고 연구동을 나서려는데, 아케치 씨가 정문과는 반대 방향으로 걸어갔다.

"어디 가세요?"

"눈앞에서 사건이 벌어졌는데, 너야말로 어디 가?"

불길한 예감이 들었다.

"사람들이 이야기를 마치고 돌아오기를 기다릴 거야. 너도 이리 와."

"에이……"

땡볕 아래에서 고양이를 찾느라 당장이라도 푹 쓰러져 잠들고 싶을 만큼 체력이 소진됐다. 시험문제를 도둑맞은 것도 중대한 일이기는 하지만, 솔직히 말해 미스터리에서 맛볼 수 있는 아름다움과는 거리가 멀어서 내 취향은 아니었다.

하지만 아케치 씨는 고양이를 찾아다닐 때와는 딴판으로

어린애처럼 눈을 반짝였다.

……어휴. 나는 미스터리 못지않게, 이 사람이 사건과 직면했을 때 보여주는 행동에 끌리는 듯하다.

"알았어요. 내버려두면 아케치 씨가 일을 크게 만들 것 같으니까요."

"흘려넘길 수 없는 말이지만 그렇다고 치자. 그럼 오늘 두번째로 잠복에 나서볼까."

매점에서 산 빵과 주스를 먹으며 본부동 밖에서 기다리길 삼십 분. 오후 5시가 거의 다 됐을 무렵 겉모습이 화려한 구모리가 피로에 찌든 모습으로 출구에 나타났다. 남학생도 바로 뒤따라 나왔지만, 얼굴도 마주치지 않고 구모리를 앞질러갔다.

"어떻게 할까요? 둘 다 붙잡을까요?"

"따로따로 물어보는 편이 바람직하겠지. 오늘은 구모리에 초점을 맞추자. 쟤가 현장 상황을 제일 잘 알 거야."

우리가 다가가자 구모리는 고개를 들었다.

"피곤할 텐데 미안해. 아까 그 사건에 대해 우리에게도 이야기를 들려줄 수 있을까? 일단 네가 그 연구실에 있었던 경위 말인데."

아케치 씨가 대화의 단계를 무시하고 본론을 진행하려

하길래 허둥지둥 끼어들었다.

"저는 경제학부 1학년 하무라예요. 이쪽은 이학부 3학년 아케치고요. 저희는 미스터리 애호회라는 동아리 소속인데요."

그러자 구모리가 눈을 크게 떴다.

"혹시 그 대행업자?"

"아니야." "맞아요."

180도 다른 대답이 나왔지만 둘 다 '오오, 알고 계셨습니까?'라는 뜻이니까 문제없다.

구모리의 얼굴에 활력이 약간 돌아왔다.

"제 친구도 예전에 도움을 받았어요. SNS에서 익명으로 말썽을 일으킨 사람이 누군지 SNS에 올린 글로 알아내셨다나."

"아아, 작년의 '판권 일러스트 대량 투하 사건'이로군."

그건 또 뭐냐 싶었지만, 결과적으로 일단 구모리에게 신뢰를 얻은 듯했으므로 나는 개의치 않고 말을 이었다.

"이번 사건에 대해 구모리 씨가 아는 바를 알려주실 수 없을까요?"

구모리는 응어리를 토해내듯 무거운 한숨을 내쉬었지만, 잠시 후 고개를 끄덕였다.

우리는 미스애 활동에 사용하는 학교 근처 카페로 자리를 옮겼다. 그리고 손님이 있는 카운터석에서 멀리 떨어진 테이블에 자리를 잡았다.

아케치 씨와 구모리는 아이스커피, 나는 크림소다를 주문했다. 셋 다 한숨 돌렸을 즈음을 노려 아케치 씨가 이야기를 꺼냈다.

"교무과에서 나눈 이야기도 포함해서 들려줬으면 하는데, 혹시 다른 사람에게는 말하지 말래?"

"함부로 떠들고 다니지만 않으면 괜찮지 않을까요? 그리고 저한테 너무 불리한 상황인데다 상담할 만한 사람도 없어서 눈앞이 캄캄했었어요."

구모리는 그렇게 서론을 깔고 나서 설명했다.

계기는 오늘 4교시 종교학 시간이었다.

강의가 끝나고 교수가 나가기만을 기다리고 있는데, 야나기 교수가 갑자기 출석 일수를 언급했다고 한다.

신코 대학교에서는 보통 열다섯 번 강의 중에 다섯 번까지는 결석이 허용된다. 하지만 여섯 번 이상 결석하면 아무리 성적이 좋아도 학점을 인정해주지 않는다. 당연히 학생들은 그걸 계산에 넣고서 사정이 있을 때, 또는 단순히 쉬고 싶을 때 결석한다.

야나기 교수는 원래 출석 일수가 모자라는데도 비겁한 방법으로 속여넘기는 방법, 즉 대리출석에 대해 규탄했다.

야나기 교수는 강의실 제일 앞자리에 출석부를 놓아두고, 강의를 시작하기 전에 학생들이 직접 체크 표시를 하는 방식으로 출석을 확인한다. 수강 인원이 많아서 대리출석이 쉬운 것으로 유명하기에 학생들 대부분 대리출석을 한 경험이 있었다.

야나기 교수는 출석 일수가 학점 취득의 조건인 이상, 대리출석은 커닝에 맞먹는 악행이라고 따끔하게 야단친 후 이렇게 말했다.

"그렇지만 기말시험 직전에 교칙을 적용해 학점을 인정하지 않는 건 잔인한 짓이지. 따라서 특별히 구제 조치를 시행한다. 지금부터 해당자를 호명할 테니 교탁 앞으로 나오도록."

그리고 구모리 미노리와 데라마쓰 소의 이름을 불렀다고 한다.

아까 야나기 교수와 함께 나타난 남학생이 바로 데라마쓰다.

구모리의 말투에서 처음으로 짜증이 묻어났다.

"아무래도 이상해요. 그야 대리출석을 몇 번 하긴 했죠.

하지만 종교학을 듣는 학생 중에 안 그러는 사람이 어디 있다고. 왜 우리만 혼내는 거람."

"같이 불려 간 데라마쓰와는 원래 아는 사이야?"

구모리는 고개를 옆으로 흔들었다.

"오늘 처음 대화해봤어요. 하긴, 그쪽은 강의 시간에 자주 코를 골면서 자니까 어떤 의미에서는 유명인이지만요."

데라마쓰는 야나기 교수에게 찍힐 만한 이유가 있었던 셈이다. 구모리 본인은 소행에 이렇다 할 문제가 없는 듯하니, 눈에 띄는 겉모습 때문에 기억에 잘 남았을 뿐인지도 모르겠다.

강의가 끝난 후 두 사람은 야나기 교수를 따라 연구동으로 향했다. 연구실에 들어가자 야나기 교수는 두 사람을 응접용 소파에 앉히고 복사용지를 나누어주었다.

"대리출석이라는 부정행위로 학점을 취득하려 해서 죄송하다고 자필로 반성문을 써. 그럼 기말시험을 치게 해주마."

"집에서 써 오면 안 되나요?"

데라마쓰가 불만을 꺼내자 야나기 교수는 불쾌한 듯 콧방귀를 뀌었다.

"인터넷에서 그럴싸한 글을 찾아서 베낄 작정이겠지. 본인의 마음을 담아야 반성문을 쓰는 의미가 있는 거야."

구모리는 지금까지 살면서 반성문을 써본 적이 없었다. 가끔 친구에게 과제를 보여달라고 하거나 수업을 땡땡이치기도 하지만, 나쁜 의미에서 눈에 띄지 않도록 요령 있게 살아가는 것이 신조라고 한다.

구모리가 고생스레 반성문을 쓰는 동안에도 야나기 교수는 옆에 서서 지겹게 설교를 늘어놓았다고 한다. 뭣 때문에 등록금을 내고 학교에 오느냐, 우리가 얼마나 고생하며 강의를 준비하는지 아느냐 등등.

"학점 취득 상황은 취업 활동에도 영향을 주곤 하지. 그렇기에 학생들에게 공정하고 의의 있는 시험이 되도록 매번 고민해서 문제를 준비하는데 말이야."

그렇게 말하며 야나기 교수가 쳐든 오른손에는 검은색 USB가 쥐어져 있었다. 거기에 시험문제가 저장돼 있다는 뜻이리라.

구모리와 데라마쓰가 USB에 시선을 던지자, 교수는 몸을 휙 돌려 캐비닛 아래에 있는 금고에 USB를 넣은 다음 문을 닫고 단단히 잠갔다.

"저희에게 손이 보이지 않도록 노골적으로 감추면서 자물쇠를 잠가서 열받았어요."

구모리가 커피잔을 쥔 손에 힘을 주었을 때, 가게의 도어

벨이 울렸다. 카운터석에 앉은 손님도 돌아가서 가게에 남은 손님은 우리뿐이었다.

　문제는 이다음이라며 구모리는 설명을 계속했다.

　야나기 교수의 스마트폰이 울렸다.

　"여보세요. ······뭐?"

　전화를 받은 교수가 당혹스러워하는 표정을 지었다. 두세 마디 말을 더 나눈 후 전화를 끊었다.

　"잠깐 나가야 할 일이 생겼으니까, 반성문 다 쓰면 돌아가도 돼."

　교수는 그런 말을 남기고 연구실을 나섰다.

　놀랍게도 그로부터 채 일 분도 지나기 전에 데라마쓰가 펜을 놓고 일어섰다.

　"그럼 먼저 갈게. 반성문은 여기 놔두면 되겠지?"

　종이를 슬쩍 보자 초등학생 같은 어휘력으로 지저분한 글씨를 석 줄쯤 써놓았다. 도저히 반성문이라 할 만한 결과물이 아니었지만, 데라마쓰는 전혀 개의치 않고 연구실을 나섰다. 이런 인간과 똑같이 취급당했구나 싶어 구모리는 더욱 침울해졌다고 한다.

　"저는 좀더 그럴싸하게 쓰려고 했는데, 냉방이 세서 몸이 식은 탓인지 얼마 지나지 않아 화장실에 가고 싶었어요."

"화장실은 복도 안쪽 계단 앞에 있지?"

아케치 씨 말에 구모리는 고개를 끄덕였다.

"겨우 삼 분 정도 지나서 돌아왔을 거예요. 그런데 연구실이 아까 보신 것처럼 난장판이더라고요. 처음에는 그저 얼떨떨했지만, 열린 금고가 텅 비었다는 걸 알아차리고 야나기 교수님에게 알려야겠다 싶어 밖으로 나갔어요."

그때 우리와 딱 마주친 것이다.

시각으로 따지면 오후 4시 10분에서 20분 사이에 생긴 일이리라.

그 직후, 아케치 씨가 안쪽 계단 아래쪽에서 이야기를 나누던 두 교직원에게 아무도 지나가지 않았다는 증언을 얻었다. 하지만 우리가 있던 쪽 계단은 누가 지나갔는지 모르고, 엘리베이터를 사용했을 가능성도 있다. 지나간 사람을 찾아내고 그중에서 용의자를 추려내기는 거의 불가능하리라.

"그거, 저희랑 만났을 때도 가지고 계셨죠. 화장실에도 들고 가셨나요?"

옆자리에 놓아둔 녹색 토트백을 가리키자 구모리는 뭐가 들었는지 보이도록 토트백을 벌렸다.

"교무과 사람이 제가 USB를 훔친 거 아니냐고 의심해서 호주머니까지 뒤졌지만, 당연히 아무것도 나오지 않았어요."

A4 크기의 노트가 들어갈 정도인 토트백에는 미니 파우치, 장지갑, 스마트폰, 핸드타월, 노트와 필기도구 등 최소한의 학습용품이 들어 있었다.

"하지만 상식적으로 금고는 그렇게 쉽게 열 수 있는 물건이 아니잖아. 방에 혼자 남아 있었다는 이유만으로 구모리를 의심하는 건 부자연스러운데."

구모리는 고개를 끄덕였다.

"금고는 네 자리 숫자를 다이얼로 조합하는 종류였어요. 교무과 사람 말로는 비밀번호는 잠그는 사람이 마음대로 설정할 수 있대요."

"호텔 객실에도 있는 그거로군."

"네. 물론 야나기 교수님은 저희에게 보이지 않도록 주의해서 금고를 잠갔고, 어디 적어둔 것도 아니래요. 생일처럼 추측할 수 있는 번호도 아니었대요."

"무작정 열려고 하면 만 번까지도 시도해야 하는 건가."

"제가 혼자 남은 후에 열려고 해도 도저히 불가능한 일인데…… 아무래도 겉모습이 나쁜 인상을 준 것 같네요."

구모리는 긴 앞머리를 아무렇게나 쓸어올렸다. 금색과

보라색으로 염색한 머리와 풀 메이크업한 얼굴, 핑크 계열 패션만 보면 확실히 껄렁하게 느껴질 수도 있을 듯했다. 하지만 이야기를 들어보니, 구모리는 어디까지나 상식적인 범주에서 요령 있게 생활하는 평범한 학생이었다.

현재까지 나온 이야기로 보면 구모리는 무죄 아닐까 싶었다.

"방이 어질러진 걸 보면 범인은 닥치는 대로 뒤진 것 같아요. 구모리 씨는 USB를 금고에 넣는 모습을 봤으니까 그럴 필요 없겠죠."

아케치 씨는 내 의견을 일소에 부쳤다.

"그거야 용의선상에서 벗어나기 위해 일부러 방을 어질렀다고 하면 그만이지."

"야나기 교수님이 언제 돌아올지 모르는데, 굳이 시간을 들여서요?"

"그렇게 따지기 시작하면, 애당초 도둑질 자체가 위험성 높은 짓이야."

우리 대화를 듣던 구모리가 불만스럽다는 듯이 끼어들었다.

"어쨌거나 저는 시험문제를 훔칠 필요가 없는데요. 종교학에서 낙제하더라도 계산상 학점이 모자라지 않고, 이래

봬도 지금까지 학점을 못 받은 적도 없거든요."

구모리의 주장을 믿는다면 용의자로 부각되는 사람은 또 다른 당사자인 데라마쓰다.

"반성문조차 제대로 쓰지 않는 성격이고, 강의 시간에도 자주 잔다면서요. 그 사람이라면 시험문제를 훔칠 수도 있지 않을까요?"

"약간 편향된 추리지만 확실히 데라마쓰도 금고에 USB가 든 걸 알고 있었으니까."

그런데 구모리가 내 의견을 부정했다.

"아까 들었는데 먼저 연구실을 나선 데라마쓰는 연구동 출입구에서 야나기 교수님과 마주쳤대요. 우타가와 교수님에게 도둑이 들었다는 연락을 받을 때까지 이삼 분쯤 이야기를 나눴다나."

구모리가 방을 비운 시간은 삼 분. 그전에 방에서 나간 데라마쓰가 1층으로 내려가 출입구에서 이삼 분쯤 이야기를 나눴다면.

"데라마쓰에게는 연구실로 돌아와서 도둑질할 시간이 없었다는 건가."

하물며 방을 어지럽힐 여유까지는 절대로 없었으리라.

출입구에는 방범카메라가 있으므로 교무과에서 영상을

확인했다고 한다. 구모리에게는 보여주지 않았지만, 야나기 교수와 데라마쓰가 의심받지 않은 걸로 보건대 그들의 모습이 방범카메라에 찍혔다고 받아들여야 하리라. 덧붙여 안내 창구의 출입자 명부는 역시 유명무실한지라 그걸로 출입한 사람을 파악하기는 불가능하다.

이렇게 되면 화장실에 갔다는 구모리가 의심받는 것도 수긍이 간다.

"그밖에 뭔가, 방에 있으면서 알아차린 점은 없어?"

"그렇게 주의를 기울이지는……"

구모리가 난처한 표정으로 머리를 끌어안았다.

"방에서 방향제 냄새가 나서 의외였어요. 평소 보던 모습과는 어울리지 않는달까. 하지만 방을 잘 정리해놨으니 깔끔한 걸 좋아하는지도 모르죠. 반성문을 쓸 종이와 펜은 교수님이 준비했어요. 서가는…… 기억이 잘 안 나네요. 전문서적을 꽂아놨는데 빽빽하지 않았고 빈칸도 있었어요. 어질러진 후에는 그런 책들이 바닥에 흩어져서…… 그렇지, 화장실에서 돌아왔을 때도 방이 춥더라고요."

팔짱을 낀 채 귀를 기울이는 아케치 씨 옆에서 나는 구모리의 증언을 빠뜨리지 않도록 열심히 메모했다.

"예를 들어 너희가 연구실에 처음 들어갔을 때부터 안에 누군가 숨어 있었을 가능성은?"

"네?" 구모리의 얼굴이 굳어졌다. "실내에 숨을 만한 곳은 없을 텐데요."

"창문으로 누군가 드나든 흔적은?"

"블라인드를 내려놔서 뭐라 말하기가……"

확실히 그랬다. 냉방 효과를 높이기 위해 햇빛을 막은 것이리라.

그때 드디어 구모리가 중요한 사실을 말했다.

"아까 교무과에 갔을 때 야나기 교수님이 마음에 걸리는 이야기를 했어요. 교수님이 방을 나서는 계기가 됐던 전화의 발신번호 표시가 제한되어 있었대요. 상대가 아들이라면서 중요한 볼일이 있어서 왔으니 연구동 앞까지 나와달라고 했다나."

참으로 수상쩍은 냄새가 풍겼다.

"그런데 지정된 장소에서 기다려도 아들의 모습은 보이지 않았다?"

"교무과에서 교수님이 아들에게 전화를 걸어서 확인했더니 그런 전화는 안 했대요."

가족을 사칭해 불러내는 건 사기 범죄 수법이다.

"아들의 목소리인지 아닌지도 몰랐다는 건가요?"

"가족을 사칭하는 보이스피싱의 피해 건수만 봐도 알 수 있지. 전화로 부모라고 하면 나도 깜박 속을지도 몰라. 애당초 목소리 파형을 그대로 전달하는 유선전화와 달리 스마트폰 같은 무선전화에서 들리는 건 본인의 목소리와 유사한 합성음성이거든."

이런 깨알 지식은 아케치 씨의 특기다. 아르바이트하는 탐정 사무소의 소장이 잡학을 좋아해서, 이야기 상대를 하며 익혔다고 한다.

"어쨌거나 이번 범행은 계획적인 것 같네요."

"하지만 구모리와 데라마쓰가 반성문을 쓸 건 예상하지 못했을 텐데. 어쩌면 둘 다 범인과 딱 마주쳤을지도 몰라."

하지만 구모리는 근본적인 부분에서 의문을 느끼는 듯했다.

"이렇게까지 해서 종교학 시험문제를 먼저 확인하려는 사람이 있을까요? 시험을 망쳐도 기껏해야 한 과목 학점을 날리는 것뿐이잖아요. 일반교양 과목이고, 아직 1학기니까 얼마든지 만회할 수 있는데."

이게 대학교 입시 문제라면 훔쳐서라도 손에 넣고 싶어 하는 사람이 있을 것이다. 하지만 기껏해야 기말시험 한 과목인데……

"다음 주부터 시험 기간이 시작되는데 종교학은 언제인가요?"

"딱 일주일 후인 목요일. 시험문제를 도둑맞았으니 이대로 강행하지는 못하겠죠."

"범인의 목적은 그걸지도 모르겠네요. 학점은 둘째치고 시험을 중지, 또는 연기하고 싶었다든가."

"어쨌거나 정말 민폐예요."

구모리는 어두운 표정으로 투덜거렸다.

"교무과 사람들, 대놓고 저를 의심했어요. 종교학은 그냥 포기할래요. 시험을 쳐봤자 분명 속임수를 썼다고 생각할 테니까. 학점을 날리는 것보다 저지르지도 않은 죄로 입에 오르내리는 게 더 싫어요."

구모리가 먼저 카페를 나선 후, 아케치 씨가 스마트폰을 꺼냈다. 잠시 화면을 들여다보더니 "음" 하고 나지막하게 소리를 내며 스마트폰을 테이블에 내려놓았다.

"이학부 후배에게 구모리에 대해 물어봤는데, 딱히 눈에 띄는 정보는 없군. 성적이 좋고 친구도 많아. 본인도 말했듯이 유급과는 인연이 없는 학생인 것 같아. 이 후배도 종교학 강의를 듣거든. 학생들 대부분 대리출석을 했는데 왜 그 두 명만 호출당했는지는 의문이래."

"구모리 씨는 시선을 끄는 외모라 교실에 없으면 바로 알 것 같은데요. 대리출석도 들통나기 쉬웠겠죠."

구모리가 오늘 연구실로 불려갈 걸 예상하지 못했고, 시험문제를 훔칠 필요가 없다면 그저 운이 나빴던 제삼자로 보는 것이 타당하리라.

"극단적으로 나눠서 동기는 없지만 범행이 가능했던 인물과, 동기는 있지만 범행이 불가능했던 인물이 있다면 하무라는 누구를 의심할 거야?"

"현실을 기준으로 한다면 전자겠지만, 미스터리를 기준으로 한다면 후자겠죠."

"맞아. 이건 실제로 벌어진 사건이지만 우리는 미스터리를 사랑하니까…… 이 흐름이라면 어느 쪽을 의심해야 하는 거지?"

진지한 표정으로 생각에 잠긴 아케치 씨를 본체만체하며 나는 유리잔 바닥에 남은 녹색 소다를 후루룩 빨아마셨다.

"어쨌거나 관계자 모두를 의심하고, 범행이 불가능한 사람을 제외해나가는 수밖에 없겠죠."

"그러게. 그 유명한 홈스도 그런 말을 했었지."

아케치 씨는 천연덕스럽게 태도를 바꿨다.

현재 시점에서 구모리가 의심받는 건 방에 혼자 남겨진 시간이 있는데다, 마침맞게도 화장실에 간 사이에 사건이 일어났기 때문이다. 하지만 반대로 말하면 그렇게 노골적으로 의심받을 만한 상황에서 도둑질하는 것도, 스스로 첫 번째 발견자가 돼서 소란을 떠는 것도 부자연스럽다.

한편 데라마쓰와 야나기 교수는 건물 출입구에서 대화를 나누었기 때문에 알리바이가 증명된 것처럼 보인다. 앞으로 수사를 진행하며 그 상황이 뒤집힐 수도 있을까.

우리가 사랑하는 미스터리처럼.

3

다음 날인 금요일, 아케치 씨는 지인을 통해 데라마쓰가 수강하는 과목을 알아낸 다음 강의실 앞에서 그를 기다리기로 했다. 당연히 나도 불러내길래 은근히 거절했다.

"대학교 입학하고 첫 기말시험을 앞두고 있는데요."

"반드시 학점을 받아야 하는 전공과목 시험은 다음 주 끄트머리잖아. 아직 여유로워."

참 꼼꼼하게도 조사했다.

물론 아케치 씨가 파악하고 있는 건 내 일정만이 아니다. 강의실 앞 복도에서 데라마쓰를 기다리는 동안 아케치 씨는 사건 관계자의 정보를 알려줬다.

"야나기 교수는 교육에 열정이 있다기보다는 교수라는 직함을 유지하는 게 더 중요하다고 생각하는 사람 같아. 연구실 학생에게 물어보니 가까이하기 어렵고, 지도다운 지도도 해주지 않는다고 하는군. 술을 좋아해서 퇴근 후에는 요 부근 술집에서 자주 눈에 띈대. 하지만 학교나 학생과 말썽을 빚었다는 소문은 없었어."

사건이 발생한 당시에도, 아직 상황이 정리되지 않았는데 구모리를 다그치는 등 성격이 급하다는 인상을 받았다.

"데라마쓰는 공학부 2학년이야. 본가가 절이라 엄격한 부모님에게서 달아나기 위해 대학교에 진학한 것 같더군. 학비는 본가에서 내주지만 이미 일 년 유급해서 용돈이 끊길 것 같다고 친구에게 푸념했다나봐. 테니스 동아리에 가입했지만, 연습에 거의 참여하지 않다가 그만뒀어. 아르바이트도 한군데를 오래 다니지 못하는 걸 보면 뭐든지 금방 질리는 성격인 듯한데, 낙천적이기도 해서 일이 안 풀린다고 침울해하지는 않는대. 말버릇은 '일체개고'."

"……무슨 뜻인가요?"

"대강 풀이하면 '세상만사 마음대로 안 풀리지만 어쩔 수 없지' 정도려나."

거기서 불교 신자다운 면모를 드러낼 것까지야.

강의가 끝나고 데라마쓰가 강의실에서 나왔다.

아케치 씨가 이야기 좀 하자고 요청하자 처음에는 내키지 않은 듯했지만, 밥을 사겠다고 하자 선선히 태도를 바꿔서 근처 닭꼬치구이집에 가자고 했다.

"여기 와보고 싶었거든요."

"유명한 가게야?"

"그건 아니지만, 어제 야나기 교수님한테 들었습니다."

사건이 일어났을 때 그런 이야기를 나눈 건가. 테이블에 앉은 데라마쓰는 맥주와 제일 비싼 모둠 닭꼬치구이를 주문했다.

"어제 있었던 일 때문이죠?"

그러더니 시키지도 않았는데 기분좋게 이야기를 시작했다. 자신이 의심받는다고는 눈곱만큼도 생각지 않는 눈치였다.

아케치 씨와 나는 우롱차만 마시며 이야기를 들었다.

데라마쓰도 대리출석 때문에 불려나간 건 예상외였다고 한다.

"저는 이 과목 학점이 날아가면 정말 위험하거든요."

"구모리 이야기로는 너희가 반성문을 쓰는 도중에 야나기 교수가 전화를 받고 방에서 나갔다던데."

"맞아요. 아들인 줄 알았는데 장난전화였대요."

"통화 내용은 들었어?"

데라마쓰는 기억해내려는 듯 비스듬히 위쪽을 봤지만, 바로 "아니요" 하고 고개를 저었다.

"그저 야나기 교수님이 자리를 비워서 다행이다 싶었죠."

"넌 아주 빨리 반성문을 쓰고 나갔다면서?"

"짧지만 '잘못했습니다. 죄송합니다'라고 똑똑히 썼으니까 괜찮을 거예요."

주눅드는 기색 하나 없이 웃어넘기더니 마침 나온 닭꼬치구이에 손을 뻗었다. 꼬치에 꿴 닭고기가 전부 큼지막하니 맛있어 보였다. 그만큼 가격도 비싸겠지만.

"교무과 사람에게도 말했는데, 연구동을 나서기까지 누구와도 마주치지 않았어요."

"출입구에서는 야나기 교수님과 마주쳤고."

"네. 전화를 건 사람을 찾는지 주변을 두리번거리다가 나랑 눈이 마주치자 '벌써 다 썼나?' 하고 노려보더군요. 큰일났다 싶어 근처 술집 이야기로 화제를 돌렸죠. 야나기 교수님이 술을 좋아한다는 이야기를 들었거든요. 아, 이 가게에 대해서도 그때 들었습니다."

그리고 연구실에 도둑이 들었다는 연락을 받을 때까지, 두 사람은 최근에 가본 괜찮은 술집에 대해 이야기를 나누었다고 한다.

방범카메라에 찍혔으므로 데라마쓰는 알리바이에 자신이 있는 듯했다.

"게다가 제가 시험문제를 훔치려고 했으면 오히려 방에 머무르면서 구모리 씨가 사라지기를 기다렸겠죠."

"혹시나 해서 묻는 건데." 아케치 씨가 목소리를 낮췄다. "연구실에 있는 동안 구모리가 화장실에 가려는 듯한 낌새는 보이지 않았어?"

이 말에는 데라마쓰도 질색하는 표정을 지었다.

"그런 걸 내가 어떻게 압니까. 추워하는 것 같길래 연구실을 나서면서 에어컨 온도를 좀 올려줬을 뿐이에요."

"연구실에 들어간 후에 뭘 좀 아셨어?"

"안 마셨는데요."

아케치 씨는 음료에 이뇨제 등을 타서 화장실에 가도록 유도했을 가능성을 고려한 건지도 모른다.

질문이 끊기자 데라마쓰는 종업원에게 맥주를 한 잔 더

주문했다. 이미 얼굴이 새빨갰다.

나는 아케치 씨의 말을 떠올렸다. 동기는 없지만 범행이 가능했던 인물과, 동기는 있지만 범행이 불가능했던 인물. 둘 중 어느 쪽을 의심해야 할까.

동기라는 점에서 보면 구모리보다는 학점을 꼭 받아야 하는 데라마쓰가 의심스럽지만, 그에게는 방을 어지르고 시험문제를 훔쳐낼 시간이 없었다.

그때 데라마쓰의 입에서 예상치 못한 말이 튀어나왔다.

"의심받는 구모리 씨도 불쌍하네. 걔가 범인이라면 내 스마트폰을 가져갈 리 없는걸요."

"네 스마트폰?"

처음 듣는 이야기에 우리는 얼굴을 마주보았다.

"못 들었어요? 테이블에 스마트폰을 놔둔 걸 깜박하고 나왔어요. 출입구에서 야나기 교수님과 이야기하다가 생각났죠. 가지러 가야겠다 싶었는데 마침 그때 도난당했다는 소식을 전해받은 거예요."

"그 스마트폰을 도둑맞았다고?"

"네. 연구실에는 못 들어갔지만, 연구실을 살펴본 교무과 사람이 스마트폰은 없었다고 했어요."

"구모리 씨는 그런 이야기 안 했는데요."

그렇게 말하자 데라마쓰는 내게 손가락을 척 들이댔다.

"그럴 만도 하지. 구모리 씨는 내가 스마트폰을 깜박한 건 알아차린 듯하지만, 절도 사건이 벌어진 뒤로는 혼란스러운 상태였으니까. 일체개고."

그 말, 그렇게 쓰는 거 맞나?

아무튼 그의 말대로다. 텅 빈 금고가 눈앞에 있는데 다른 것에 시선을 줄 여유는 없을 것이다.

"범인은 분명 내 스마트폰을 교수님 것으로 착각하고, USB를 훔치는 김에 가져간 거예요. 구모리 씨라면 그런 착각 안 하겠죠."

"스마트폰을 찾아보기는 했어?"

"2층 복도에도 화장실에도 없어서 교무과에서 조사받을 때 전화를 걸어봐달라고 했는데, 야나기 교수님과 구모리 씨 옷이나 짐에서 벨소리는 들리지 않았어요. 그러니까 그 두 사람은 범인이 아니고, 밖에서 온 누군가가 가져간 거겠도."

'거겠도'? 겨우 맥주 두 잔에 너무 취했다.

"하지만 갠차나요. 경찰을 불러서 일을 크게 만들고 싶찌는 않으니 학교에서 스맛퐁을 변상해주겠때요."

데라마쓰는 예상외로 술에 너무 약해서, 그후로는 뭘 물어도 횡설수설할 뿐이었다. 더이상은 소용없다는 걸 깨달았는지 아케치 씨는 이만 조사를 마치기로 했다.

미덥지 못한 걸음걸이로 멀어지는 데라마쓰를 바라보며, 자기 자신을 다스릴 수 있는 사람인지 아닌지는 이런 형태로 남들 앞에 드러나는 법이라는 걸 배웠다. 술이란 참 무섭다.

"시험문제가 저장된 USB뿐만 아니라 데라마쓰 씨의 스마트폰도 도둑맞았다니. 이건 중요한 정보네요."

데라마쓰가 이야기한 대로 구모리가 범인이라면 스마트폰에 손을 대지 않을 것이라고 나는 의견을 제시했다.

"구모리가 의혹에서 벗어나기 위해 일부러 훔쳤을 가능성도 있겠지. 방을 어지르고 스마트폰도 훔치면 USB가 어디 있는지 몰랐던 인물의 범행이라는 인상이 강해질 테니까."

아케치 씨는 어디까지나 신중한 추리를 펼쳤다.

"훔치고 나서는 어떻게 했는데요? 결국 스마트폰은 어디서도 발견되지 않았잖아요."

아케치 씨는 생각을 정리하듯 걸음을 옮겼다. 나도 따라갔다.

"그럼 데라마쓰 말처럼 외부에서 들어온 누군가를 범인으로 본다면, 그자는 구체적으로 어떻게 행동했을까? 구모리와 데라마쓰가 야나기 교수의 연구실로 불려가는 건 범인의 계획에 없었다고 치자."

"범인은 야나기 교수님만 전화로 꾀어내면 연구실이 텅 빌 거라고 생각했겠네요."

"범인이 연구실을 찾아갔을 때, 구모리는 토트백을 들고 화장실에 갔었어. 그런 줄은 꿈에도 모르고 범인은 교수가 돌아오기 전에 일을 마치려고 사방을 뒤졌겠지. 금고는 네 자리 숫자를 조합해야 하는 자물쇠로 잠겨 있었지만, 운좋게 이삼 분 안에 금고를 여는 데 성공하고 USB와 테이블 위에 있던 스마트폰을 가져갔어."

범행 타이밍도 그렇고, 금고를 여는 속도도 그렇고, 운이 좋아도 너무 좋다. 가능성이 아예 없다고 하지는 않겠지만, 미스터리로 따지면 재미가 부족한 진상이다.

그때 아이디어 하나가 번쩍 떠올랐다.

"아."

"왜?"

"야나기 교수님은 범인의 전화를 받고 연구동 출입구로 내려갔고, 도둑이 들었다는 연락을 받을 때까지 거기서 데라마쓰 씨와 이야기를 나눴잖아요."

"그랬지."

"그사이에 똑같은 인물이 출입구를 드나들었다면 반드시 눈에 띌 거예요. 하지만 그런 이야기는 나오지 않았고, 방범카메라에도 찍히지 않았잖아요. 그렇다면."

내 말이 무슨 뜻인지 아케치 씨에게도 전해진 듯했다.

"이미 연구동 내부에 있던 인물이 범인이라는 건가."

4

그다음 날인 토요일, 우리는 야나기 교수에게 이야기를 듣기 위해 다시 연구동을 방문했다. 도난 사건이 발생한 뒤라 건물 출입을 금지했으면 어쩌나 싶었지만, 괜한 걱정으로 끝났다. 지난번처럼 안내 창구에서 출입자 명부에 이름만 적으면 들여보내줬다. 학교측에서 보안을 철저히 하라고 지시했는지, 오늘은 명부 맨 위쪽부터 학생과 배달업자로 추정되는 이름이 죽 적혀 있었다.

2층 복도에는 아무도 없었지만, 여기도 출입 금지는 아니었다.

"데라마쓰 씨 말처럼 경찰에 신고하지 않은 걸까요?"

"요즘 학교 내부에서 벌어진 사건이 잇달아 신문에 나고 있잖아. 더이상 학교 평판을 떨어뜨리고 싶지는 않은 거겠지."

그 사건들 대부분에 관여했다는 사실을 떠올려보면, 아케치 씨는 의외로 탐정 일에 소질이 있는지도 모르겠다.

아케치 씨는 복도를 나아가 야나기 교수의 연구실 문을 서슴없이 두드렸다. 토요일은 강의가 없으니까 연구실에 나오지 않았을지도 모르겠다 싶었는데, 바로 대답이 들렸다.

"네?"

"이학부 3학년 아케치입니다."

그건 그렇지만 교수 입장에서는 아무 의미도 없는 대답이다. 아니나 다를까 야나기 교수가 의아한 표정으로 문을 열었다.

그저께처럼 방향제 냄새와 함께 시원한 공기가 문틈으로 흘러나왔다.

"너희는 분명……"

"그저께 구모리 씨와 함께 있었던 학생입니다. 수사가 어떻게 진행되고 있는지 여쭤보고 싶어서요." 내가 얼른 대답했다.

야나기 교수는 성가시다는 듯 콧김을 내뿜었다.

"어떻게고 저떻게고 학교 내부에서 처리하겠대. 나도 보안 의식이 약했다고 야단맞았어. 보안 의식이 약하다니, USB는 금고에 넣어놨고 연구실에는 학생을 남겨뒀잖아. 더이상 뭘 어쩌라는 건지, 원."

"교수님이 돌아오실 때까지 자리를 비우지 말라고 두 사람에게 당부하지 않으셨어요?"

아케치 씨가 꼬집듯이 말했다.

"그 학생이 화장실만 가지 않았으면 아무 문제도 없었어! 애당초 정황상 USB를 훔칠 수 있었던 건 걔뿐이잖아."

역시 아주 짜증이 난 듯했다.

"설마 구모리가 정학이나 퇴학 처분을 받는 건가요?"

교수는 못마땅하다는 표정으로 고개를 저었다.

"지금은 증거가 없다는 이유로 학교측은 어정쩡한 태도를 보이고 있어. 괜히 걔를 자극해서 경찰이나 변호사가 나서면 귀찮아서 그렇겠지. 정말 더러워서 못 해먹겠네. 아무튼 그런 줄 알고, 이만 가봐."

야나기 교수가 우리를 쫓아내려 하자 아케치 씨는 짐짓 심각한 목소리로 말했다.

"저희는 의뢰를 받고 이번 사건의 진상을 규명하기 위해 움직이고 있는데요. 아무래도 일이 쉽게 풀리지는 않겠는 걸요."

물론 누구에게도 의뢰를 받은 적은 없다.

"그게 무슨 소리야?"

"교수님도 아시겠지만, 범인은 데라마쓰가 깜박한 스마트폰도 같이 가져갔습니다. 구모리는 그게 데라마쓰 물건이라는 걸 아니까 훔칠 이유가 없고, 가져가봤자 꼬리가 잡힐 위험성만 커집니다. 이건 구모리가 범인일 가능성을 부정하는 근거가 될 수 있어요."

아케치 씨는 교수의 불안감을 부추겨 정보를 끌어낼 작정인 듯했다. 의도한 대로 야나기 교수의 얼굴에서 분노한 기색이 사라지고 눈이 흔들리기 시작했다.

결정타를 날리듯 아케치 씨는 어제 돌아가는 길에 우리가 나눈 추리를 정리해서 설명함으로써, 범인이 구모리 말고 연구동에 있었던 다른 인물일 가능성을 제시했다.

"확인하겠습니다만, 외부인이 드나들 수 있는 건 정면 출입구뿐이죠?"

"음, 뒷문으로 들어오려면 IC칩이 내장된 허가증이 필요해. 그리고 내가 전화를 받고 나가기 전후에 누군가 뒷문으로 들어온 기록은 없는 걸로 확인됐어……"

"역시 생각했던 것보다 심각한 사태 같군요. 이번 사건의 범인은 가까이 있는지도 모르겠습니다."

아케치 씨는 아주 친밀한 태도로 교수를 안으로 밀어넣고, 자기도 연구실에 발을 들여놓았다. 나도 장단을 맞춰 고개를 끄덕끄덕하며 따라 들어가서 문을 닫았다. 물건을 강매하는 외판원 저리 가라다.

우리는 사건의 흔적이 사라진 실내를 둘러보았다. 이를테면 구모리와 데라마쓰가 반성문을 쓰러 왔을 당시의 상태로 돌아간 셈이다.

"교수님을 불러낸 전화 말씀인데요. 상대의 목소리를 듣고 누군지 짐작 가는 사람은 없습니까?"

"그게, 처음에는 아들 목소리로 착각했을 정도니까……"

방금까지의 기세는 어디로 갔는지 교수는 어물어물 대답했다.

"그런데 아드님이 사전에 아무 말도 없이 찾아와서 밖으로 불러내다니, 이상하다고 생각지는 않으셨나요?"

"전처가 아들의 친권을 가지고 있거든. 못 본 지 몇 년은 됐어. 십여 년 전에 이혼했는데 부끄럽게도 당시 여러모로 말썽이 있어서 말이야."

이야기를 들어보니 아들이 성인이 될 때까지 양육비를 지급하기로 했지만, 양육비 지급이 밀린 시기가 있어서 아들을 만나게 해달라는 요청을 거부당했다. 그 때문에 아들이 전처 몰래 만나러 왔다고 믿고 밖으로 나갔다고 한다.

"여쭙고 싶은 게 하나 더 있습니다. 시험문제 데이터 말씀인데요. 그 USB에만 저장되어 있습니까?"

"아니. 집의 컴퓨터랑 인쇄 데이터로 넘기려고 교무과 컴퓨터에도 저장해놨지."

"다음 주 시험은 어쩌실 건가요?"

"윗선과 상의한 결과, 다른 문제를 만들어서 대체하기로 했어."

그 말을 듣고 아케치 씨가 무테안경 안쪽의 눈을 가늘게 떴다.

"내내 걸렸던 점이 바로 그겁니다. 범인 입장에서는 시험문제를 훔쳐갔다는 사실이 드러나면 안 돼요. 드러나면 다른 문제로 대체할 테니까요."

그렇다. 이번 사건처럼 연구실을 어지럽혀서 범행이 발각되면 고생해서 훔친 시험문제가 무용지물이 된다. 가족을 사칭한 전화로 교수를 꾀어내는 등 치밀한 전략을 사용한 것에 비해, 계획이 전체적으로 어설프다.

"그렇다면 아마도 범인에게는 다른 목적이 있었던 거겠죠. USB는 금고에 들어 있었으니까 중요한 물건이라고 추측하고서 가져갔을 뿐이고요."

"하지만 그밖에 노릴 만한 물건이 뭘지 나로서는 짚이는 데가 없는데……"

야나기 교수는 완전히 차분함을 잃은 기색으로 실내를 돌아다녔다.

나는 범인의 정체와는 별개로 궁금했던 점을 물어보았다.

"그 두 사람은 결국 어떤 처분을 받았나요?"

"처분?"

"대리출석에 관련해서요. 특히 구모리 씨는 반성문을 쓰는 도중이었을 텐데, 다음 주에 시험은 칠 수 있나요?"

야나기 교수는 드디어 생각났다는 듯 "아아!" 하고 목소리를 높였다.

"시험은 치게 해도 되겠지. 나도 시험문제를 새로 만들어야 하고, 반성문에서도 두 사람이 반성하는 마음이 전해졌으니까."

나는 속으로 고개를 갸우뚱했다.

구모리는 둘째치고, 데라마쓰의 반성문에서는 성의가 전혀 보이지 않았을 텐데. 혹시 반성문을 제대로 안 읽은 걸까. 그저 대리출석한 학생들에게 본보기를 보여주고 싶었을 뿐일까.

"교수님, 괜찮으시다면 이 방을 조사하도록 허락해주시

겠습니까? 이래 보여도 저희는 수많은 사건을 해결한 실적이 있습니다. 비밀 엄수 의무가 있어서 자세히 말씀드릴 수는 없지만, 교내 질서 유지에 꼭 협력하고 싶습니다."

아케치 씨는 이제는 익숙해진 명함을 꺼내서 교수에게 내밀었다. 그 사건들이 대부분 불륜 조사와 반려동물 찾기라고는 도저히 말 못 하지만, 거짓말은 아니다.

"범인을 잡을 수만 있다면야 얼마든지. 보다시피 어질러진 것들은 치웠지만 직성이 풀릴 때까지 보고 가."

야나기 교수도 아케치 씨의 언변에 넘어간 듯 태도가 완전히 부드러워졌다.

"아케치 씨, 지문 같은 거 채취할 수 있어요?"

"할 줄은 아는데, 여기서 채취한 지문과 대조할 관계자의 지문을 확보하기가 더 어렵겠지."

아마추어 탐정이 그런 짓까지 했다가 발각되면 학교측에 찍힐지도 모른다.

아케치 씨는 연구실 안쪽 창문으로 다가가 햇빛 차단용 블라인드를 올렸다.

"사건이 발생했을 때, 창문은 닫혀 있었습니까?"

"그건 교무과도 확인했어. 단단히 잠겨 있었지."

창밖은 주차장이고, 주차장 너머로는 가정집의 화려한

빨간색 지붕이 보인다. 이 건물은 학교 부지의 가장자리에 있다.

실내로 눈을 되돌리자 구모리가 말했던 것처럼 서가 여기저기에 듬성듬성 빈틈이 생겨서 책이 기울어져 있었다. 고양이 찾기를 의뢰한 사토나카 교수의 연구실과 달리 아주 멀끔한 인상이었다. 아케치 씨는 금고 앞에 쪼그려 앉았다. 문을 당기자 잠겨 있지 않아서 바로 열렸다.

"말해두겠는데, 당일은 다이얼 자물쇠로 단단히 잠가놨었어."

야나기 교수가 못을 박았지만, 아케치 씨는 아무 대답 없이 바닥을 내려다보았다.

"왜 그러세요?"

"금고 모양대로 바닥에 남은 먼지 자국이 금고 위치와 조금 달라."

나도 들여다보자 확실히 금고 오른쪽, 문의 경첩 아래쪽 리놀륨 바닥에 생긴 거무스름한 자국이 금고에서 벗어나서 바닥의 깨끗한 부분이 드러났다. 금고가 왼쪽으로 약간 이동한 것 같았다.

"방이 심하게 어질러졌었잖나. 금고를 난폭하게 열어서 그런 것 아닐까."

교수는 별로 중요하게 여기지 않는 듯했다.

시험 삼아 금고를 양손으로 잡아당겨보자, 그렇게까지 무겁지는 않아서 혼자서 움직일 수 있었다.

그걸 보고 야나기 교수는 알겠다는 표정을 지었다.

"이 정도면 여자도 어떻게든 움직일 수 있겠군."

아케치 씨가 어이없다는 듯 타일렀다.

"교수님, 아까도 말씀드렸지만 구모리가 범인이라면 행동에 의아한 점이 너무 많아요."

그러자 오히려 교수는 반론했다.

"의아한 점? 그렇게 나온다면 나도 너희 추리에 지적하고 싶은 부분이 있어. 만약 구모리가 범인이 아니라면 내가 USB를 금고에 넣은 직후에 도둑맞은 건 우연인가? 마치 보고 있었던 것처럼 타이밍이 딱 맞잖아."

아케치 씨는 "으으" 하고 할말이 없다는 듯 입을 다물었다.

자기 말이 옳다고 주장하려면 남이 옳은 말을 했을 때도 인정해야 한다. 그것이 아케치 씨의 신조다.

그럼 그 적절한 타이밍까지도 범인의 계획 중 일부였다면 어떨까.

요컨대 범인이 실내 상황을 파악했다면.

"이 방에 도청기나 몰카가 설치된 건 아닐까요?"

내가 질문한 의도를 아케치 씨는 금방 알아차렸다.

"장치를 사용해 연구실 상황을 살폈다는 건가."

우리는 분담해서 연구실을 수색했다. 물건이 별로 없어서 수색은 금방 끝났지만, 그럴싸한 물건은 찾지 못했다.

이미 범인이 회수했나 싶기도 했지만, 사건이 발생하고 나서 연구실에 들어간 사람은 구모리와 교수, 그리고 교무과 직원뿐이니 그랬을 가능성은 낮으리라.

"옆방에 있던 사람이라면 장치를 사용하지 않고도 이쪽 상황을 알 수 있지 않을까?"

아케치 씨가 양쪽 벽에 시선을 주자 야나기 교수가 말했다.

"도둑이 든 시간대에 왼쪽 방의 우타가와 교수님은 안에 계셨어. 오른쪽 방은 아무도 사용하지 않는 빈방이고. 덧붙여 오늘까지 조사한 바에 따르면 2층을 사용하는 다른 교수들은 강의나 다른 볼일로 연구실에 없었다는 사실이 밝혀졌지."

5

 아케치 씨와 찾아간 옆방에는 우타가와 교수가 있었다.

 물건이 적은 야나기 교수의 연구실과는 딴판이었다. 굳이 비교하자면 고양이 찾기를 의뢰한 사토나카 교수의 연구실과 비슷해서 서가에서 넘쳐난 책들이 바닥과 책상에 발 디딜 틈 없이 쌓여 있었다.

 "미안해, 금방 치울게."

 "아니요, 서서 이야기해도 괜찮습니다."

 교수가 소파까지 점령한 책더미를 치우려 하자 아케치 씨는 얼른 제지하고 본론에 들어갔다.

 "도둑이 들었다고 추정되는 시간에 야나기 교수님의 연구실이 어땠는지 뭔가 알아차리신 점이 있으면 듣고 싶습니다만."

 우타가와 교수는 이쪽이 뭘 떠보려는지 다 안다는 듯 크게 고개를 끄덕이더니, 강의하는 것처럼 힘찬 어조로 말을 꺼냈다.

 "뭐, 옆방에 있었으니 의심받아도 어쩔 수 없지. 다만 전에도 말했듯이 도둑이 든 시간에는 집사람과 통화하느라 아무것도 알아채지 못했어."

대화하기에는 약간 큰 목소리도 본인에게는 일상적이리라.

"이런 건 모호하게 넘어가는 게 제일 안 좋으니까, 통화기록도 보여줬고 집사람이 교무과에 직접 증언도 했어. 내가 방을 뒤졌다면 전화를 받는 사람에게도 시끄러운 소리가 고스란히 들리겠지? 안 그런가?"

금고를 열 뿐이라면 몰라도, 서가의 책을 바닥에 내동댕이치면 꽤 큰 소리가 난다. 도둑이 들었다고 야나기 교수에게 연락했을 때도, 통화음량이 커서 무슨 내용인지 다 들렸다. 아무 소리도 내지 않고 그 상황을 만들려면 시간이 꽤 걸리리라. 하물며 우타가와 교수는 이렇게 목소리가 크다. 이야기하면서 도둑질하는 건 너무 대담한 짓이다.

"통화한 시간과 도둑이 든 시간이 겹친다는 건 증명됐나요?"

"물론이야. 내가 야나기 교수에게 도둑이 들었다고 알리는 통화기록도 남아 있거든. 거기서 거꾸로 계산하면 되지."

우타가와 교수가 스마트폰을 보여주었다.

—오후 4:00 요시코 15분 10초

—오후 4:17 종교학 야나기 30초

그런 기록이 남아 있었다. 아내와 통화를 마친 시간이 오후 4시 15분이니까 그뒤로 이 분 차이가 나지만, 이 사이에 화장실에서 돌아온 구모리가 도둑이 들었다는 걸 알아차리고 계단에서 나랑 아케치 씨와 마주쳐 연구실에 돌아갔으니까 우타가와 교수가 빈집털이를 저지를 여유는 거의 없다.

우리가 생각에 잠기거나 말거나 우타가와 교수는 물고기의 한자 이름이 빽빽하게 박힌 찻잔을 책상에서 집어들고 또랑또랑하게 말을 이었다.

"건물 출입구에는 야나기 교수와 학생이 한 명 더 있었고, 명색뿐이나마 안내 창구도 있으니까 외부인이 드나들었으면 눈에 띄겠지. 그렇기에 내부인이 의심받는 거겠지만…… 내 생각에는 그것도 앞뒤가 안 맞는 것 같아."

"앞뒤가 안 맞는다니요? 그게 무슨 말씀이시죠?"

우타가와 교수가 차를 한 모금 마신 후, 우리 사이를 지나 문으로 가서 손짓했다.

"보게. 연구실 문에 달린 자물쇠는 단순한 실린더 자물쇠야. 전문가가 아니라도 큰 고생 없이 열 수 있겠지."

"네. 저라도 오 분이면 열 겁니다."

아케치 씨, 그렇게 당당하게 말하지 마.

"그럼 다들 돌아간 후에 자물쇠를 열고 들어오는 편이

덜 성가실 거야. 왜 가족을 사칭해서 밖으로 불러내고, 남에게 들킬 위험을 감수하면서까지 도둑질을 하는 거지?"

이해하기 어려운 행동이라는 논점이 또 제시됐다.

건물 출입이라는 관점에서 보면 내부인의 소행 같지만, 그렇다면 훨씬 위험성이 낮은 방법이 있다. 즉, 범인은 그때밖에 기회가 없었기에 행동에 나섰을 것이다.

단서가 늘기는커녕 수수께끼가 점점 깊어져서 우리는 무거운 발걸음으로 우타가와 교수의 연구실을 나섰다.

"정보를 다시 정리해보자."

연구동에서 나오자 아케치 씨는 제일 가까운 자판기에서 음료수를 사서 하나를 내게 던져줬다.

"제일 큰 문제는 범인이 몹시 제한된 시간에 방을 어지르고, 금고를 열었다는 거야. 구모리가 방을 떠났던 삼 분 이내에 전부 끝내기는 아주 어렵겠지."

"구모리 씨가 범인이라면 그 이상 시간을 들일 수 있었을 테니, 구모리 씨의 혐의가 짙어진 거로군요."

"그래도 금고를 열기 어렵다는 건 변함없지만."

이 시점에 먼저 방을 떠나서 방범카메라에 찍혔다는 야나기 교수와 데라마쓰는 범행이 불가능하다.

"한편 데라마쓰는 구모리의 범행이 아닐 거라고 했어.

모든 관계자 중에서 구모리만큼은 테이블에 두고 간 스마트폰이 데라마쓰 물건이라는 걸 알고 있었으니 착각해서 훔칠 리 없다는 이유였지. 실제로 구모리 주변과 구모리의 소지품에서 스마트폰은 발견되지 않았어."

"우타가와 교수님도 아까 설명에 따라 제외해도 되겠죠."

이것으로 우리가 이야기를 들은 인물 중에 용의자는 없어지고 말았다.

"그럼 우리와도 안면이 없는 외부인이 인해전술로 단시간에 일을 마쳤다고 보면 어떨까."

구모리가 화장실에 간 틈에 복면을 쓴 집단이 우르르 몰려들어 연구실을 어지르고 폭풍처럼 떠나가는 광경이 머릿속에 떠올랐다. 완전히 코미디다.

나는 고개를 저었다.

"출입구에 있던 야나기 교수님과 데라마쓰 씨, 그리고 접수창구 직원이 알아차릴 테고, 방범카메라에도 찍히겠죠."

그렇다고 내부인의 소행이라고 치면 우타가와 교수 말처럼 이렇게 수작을 부리지 않더라도 간단히 도둑질할 기회가 있는데……

"……모르겠네."

우리는 호흡을 맞춘 것처럼 하늘을 올려다보았다.

단서가 서로 맞물리지 않아 초조함이 쌓이는 것과 동시에, 미스터리 속 사건과 현실의 사건은 사정이 다르다는 사실을 실감했다.

인간은 감정으로 움직이는 생물이다. 조금만 생각하면 비논리적이라는 걸 알 텐데도 순간적으로 행동에 나서기도 한다. 범인조차 예상하지 못한 우연이 숨어 있거나, 각 인물이 생각지도 못한 거짓말을 할 때도 있으리라. 모든 조건이 완벽하게 합리성을 갖추기를 기대하는 것은 과욕일지도 모른다.

"뭐랄까, 아마추어가 쓴 미스터리 같군. 만만해 보이는 단편을 쓰기 시작했지만, 범행이 몹시 복잡한 것 치고는 상황을 설명할 필력이 없고, 독자가 범인을 맞힐까봐 두려워서 시종일관 애매모호한 묘사에 열중하는 듯해."

"……"

"작가 본인의 편의를 위해 구구절절한 설명에 너무 무게를 둬서 독자의 시점을 상상하지 못하지. 그래서 독자 입장에서는 뭘 추리의 디딤돌로 삼아야 할지 전혀 짐작이 가지 않는데다 열띤 해결편에서는 오히려 김이 확 새지. 작품 속 탐정 역할이 아마추어 미스터리 작가와 사고방식이 똑같다는 걸 과시하듯 드러내니까."

나는 머뭇머뭇 물어보았다.

"……혹시 아케치 씨도 미스터리를 써보신 적 있나요?"

내 경험에 비춰봐도 짚이는 점이 너무 많았다.

중학교 2학년 겨울방학 때 분발해서 단편소설을 한 편 써냈다. 아버지의 오래된 컴퓨터를 사용해 고작 닷새 만에 완성한 그 소설은 마지막으로 엔터키를 누른 순간, 이 세상 그 어떤 예술 작품보다 눈부시게 빛나 보였지만, 다음 날 아침에 다시 읽어보자 참으로 추해서 꼴 보기도 싫을 정도였다.

내 낌새가 이상하다는 걸 눈치챈 여동생이 그 단편소설을 찾아내서 까발린 후, 나는 문서 데이터를 USB에 봉인해 벽장 깊은 곳에 처박았다. 오랫동안 돌이켜보지도 않을 만큼 창피한 추억이었지만, 그 이듬해 지진이 난 후 가재도구를 옮길 때 USB가 굴러 나오자 신기하게도 안도했던 기억이 난다.

마치 같은 기억을 공유한 것처럼 아케치 씨의 눈빛이 한순간 아련해지더니, 불쾌한 듯한 표정으로 이쪽을 노려보았다.

"……무슨 이야기야."

"창작의 실패는 부끄러워할 일이 아니라고 생각합니다만."

"무슨 소리인지 도무지 모르겠네!"

누구나 가슴속에 꼭꼭 감춰두고 싶은 과거가 있는 법이다. 이야기를 되돌리고자 나는 다 마신 캔을 들고 쓰레기통으로 걸어갔다.

"아무튼 모든 상황에 들어맞게 설명하려면 범인의 모습이 보이지 않아요. 저로서는 누가 범인인지 입증하지는 못하더라도, 범인의 목적은 확실히 하고 싶은데요."

만약 범인이 학점을 목적으로 시험문제를 노렸다면 야나기 교수가 시험 전까지 문제를 새로 만들 테니 아무 의미도 없어진다.

야나기 교수의 연구실에 있었던 다른 물건을 훔쳤을 가능성도 있지만, 아직까지는 교수 본인이 피해를 호소하지 않았다.

데라마쓰의 스마트폰이 어디로 갔는지도 수수께끼지만, 그건 우연히 깜박한 것이다. 범인의 원래 목적은 아니리라.

그렇다면 가장 피해를 입은 사람은……

"구모리 씨가 의심을 받도록 하는 것이 범인의 목적 아니었을까요? 누명이라는 게 밝혀져도 사람 입에 자물쇠는 채울 수 없으니까 구모리 씨를 나쁘게 보는 사람이 많아질 거예요. 그러니까……"

"잠깐."

갑자기 아케치 씨가 내 말을 막았다.

"방금 뭐라고 했어?"

"창작의 실패는 부끄러워할 일이 아니라고……"

"그거 말고. 알면서 그러는 거지!"

그게 아니라는 건 알지만, 어떤 말을 가리키는 건지는 정말로 모르겠다.

아케치 씨는 스스로 답을 꺼냈다.

"범인의 모습이 보이지 않는다."

"네, 뭐."

"그게 정답이었어, 하무라."

아케치 씨는 자신만만한 웃음을 지었다.

6

아케치 씨가 사건의 진상을 알았다고 단언한 다음이 몹시 골치 아팠다.

몇 번이나 설명을 부탁했지만, 아케치 씨는 "해결편은 관계자를 모아놓고 공개하는 게 상식이잖아" 하고 떼를 쓰며 물러서지 않았다.

나는 "남들 앞에서 범인을 지목하면 범인의 장래에 큰 영향이 있을 거예요" 하고 충고해보았다. 경찰에 신고도 하지 않았으니, 자칫하면 사적제재에 나선 셈이 되고 만다.

하지만 아케치 씨는 가슴을 쭉 폈다.

"안심해. 분명 아무도 상처 입지 않을 테니까."

그리하여 주말이 끝나고 월요일 오후, 우리는 사건 현장인 야나기 교수의 연구실로 구모리와 데라마쓰를 불러냈다. 야나기 교수는 자신의 책상 의자에, 구모리와 데라마쓰는 사건 당일처럼 소파에 마주앉았다. 우리 두 사람은 서 있었다.

"왜 또 불러낸 거죠? 지난번에 할말 다 했는데요."

기말시험 첫날이라 그런지 구모리가 언짢은 말투로 항의했다. 한편 데라마쓰는 이제부터 무슨 일이 시작될지 흥미진진해하는 눈치였다.

"오늘 이 자리에 오시라고 한 건, 다름이 아니라 얼마 전 발생한 종교학 시험문제 도난 사건의 진상을 밝히기 위해서입니다."

아케치 씨는 말하고 싶어서 입이 근질근질했을 대사를 꺼내며 과장된 몸짓으로 사람들 앞을 천천히 가로질렀다.

하지만 연구실이 좁아서 바로 되돌아와야 했으므로 그냥 차분하지 못한 사람으로 보였다.

야나기 교수는 더이상 못 기다리겠다는 표정이었다.

"정말로 범인을 알아낸 건가?"

"네. 이번 사건은 관계자들에게 자세한 내용을 들으면 들을수록 기묘했습니다. 알리바이, 동기, 그리고 우연성. 그 모든 요소를 고려했을 때 여기 있는 사람 각자에게 설명이 안 되는 부분이 남았기 때문이죠."

아케치 씨와 내가 정리한 각 관계자의 범행이라고 가정했을 때 생기는 모순을 알려주고, 내부인과 외부인 어느 쪽 범행이라고 해도 부자연스럽다고 설명하자 세 사람은 수긍하면서도 여우에 홀린 것 같은 표정을 지었다.

"모르겠네. 지금 설명대로라면 역시 범인은 없는 거잖아요."

불만스러워하는 데라마쓰에게 아케치 씨가 말했다.

"그런데 간과한 점이 하나 있었습니다. 내부인과 외부인의 경계에 위치한 인물이 존재했던 거죠. 네, 그야말로 '보이지 않는 사람'이요."

요전에도 화제에 올랐던, 미스터리 애호가라면 알고 있을 체스터턴의 유명한 단편 제목에서 따온 표현이다.

"일단 범인은 연구실에 계신 야나기 교수님을 전화로 불러냈습니다. 당연히 범인은 그 틈에 연구실에 침입을 시도했을 테고, 그때 마침 데라마쓰와 구모리가 없었던 건 단순한 우연이겠죠."

"정말로 그런 우연이 일어날 수 있을까?"

야나기 교수는 아직도 구모리가 의심스러운지 미심쩍어하는 투로 물었다.

"순서를 틀리면 안 됩니다. 애당초 그날 두 사람이 연구실로 불려오리라는 것 자체를 교수님 말고는 아무도 예측하지 못하겠죠. 그 두 사람이 우연히 자리를 비웠다고 해서 하늘이 범인을 편들어준 건 아니에요."

범인은 연구실에 아무도 없다는 걸 전제로 행동에 나섰을 것이다.

"이번 범행에서 가장 어려운 부분은 구모리가 방을 비운 고작 삼 분 사이에 금고를 연 겁니다. 어쩌면 야나기 교수님이 전화를 수상쩍게 여기고 좀더 빨리 방에 돌아올지도 모르죠. 설령 그렇더라도 범인은 자신의 목적을 달성할 수 있는 방법을 고안했을 겁니다."

"전에도 말했지만." 구모리는 납득이 안 된다는 표정이었다. "방송에서 자물쇠 전문가가 오래된 금고를 여는 내용을 본 적 있는데, 삼 분 만에 연 적은 거의 없어요."

"열 수 없다면 금고를 통째로 훔치면 되죠."

얼떨떨한 표정으로 굳어버린 세 사람에게 아케치 씨가 쐐기를 박았다.

"범인은 모양이 똑같은 금고를 미리 준비해서 진짜와 바꿔친 겁니다. 여는 거야 밖으로 가지고 나가서 천천히 열면 돼요. 바꿔칠 뿐이라면 삼 분이 아니라 몇십 초 만에도 가능합니다. 소리도 나지 않고요."

"설마 금고를 움직인 흔적이 있었던 건……"

야나기 교수가 멍하니 중얼거렸다.

"바꿔치기했다는 증거입니다. 보십시오."

아케치 씨는 금고 아래를 가리켰다.

"이 자국은 금고 위치가 왼쪽으로 어긋났다는 걸 보여줍니다. 하지만 이 금고의 문은 오른쪽으로 열리는 방식이에요. 난폭하게 열어서 금고가 움직였다면, 당연히 오른쪽으로 어긋나겠죠."

"아니, 아니, 아니, 잠깐 있어봐요."

소파에서 일어난 데라마쓰가 아케치 씨를 밀어내고 금고에 손을 댔다.

"이 정도로 큰 금고라면 이목을 끌 텐데요. 무게도 꽤 나갈 테고요. 밖으로 가지고 나가려고 하면 분명 남의 눈에 띌걸요?"

"골판지상자에 넣어서 옮기면 설마 금고인 줄은 모르겠죠. 운반도 밀차를 사용하면 되고요. 요즘 세상은 참 편리합니다. 여기 연구동에서도 그런 모습이 자주 보이지 않습니까, 교수님?"

"설마." 야나기 교수의 눈이 동그래졌다. "인터넷 쇼핑몰 택배 기사……라는 건가?"

다른 두 사람도 탄성을 내질렀다.

아케치 씨가 밝혀낸 진상은 그야말로 '보이지 않는 사람'의 파생형이라 할 수 있었다.

생각해보면 고양이 찾기의 의뢰인인 사토나카 교수에게 보고하기 위해 연구실을 방문했을 때 이미 실마리를 목격한 셈이다. 배달 용기와 쌓아놓은 대형 인터넷 쇼핑몰의 골판지상자. 둘 다 택배 기사가 자주 드나든다는 증거다. 연구동은 보안이 철저하지 않으니까 안내 창구에 용건만 말하면 확인도 하지 않고 들여보내줬으리라.

내부관계자에 비하면 범행 기회에 제약이 있고, 외부인이라고는 생각할 수 없을 만큼 연구동의 일상에 녹아든 직업. 택배 기사야말로 양쪽 조건을 다 갖춘 존재였다.

범인은 분명 야나기 교수에게 전화를 걸기 전에 배달하러 온 척하며 연구동에 들어왔으리라. 그래야 전화를 걸고 나서 시간 낭비 없이 도둑질할 수 있다. 가령 범인이 연구실에서 구모리와 마주치더라도 방을 착각했다고 둘러대면 된다. 범행 후에는 다른 방에 배달 가는 척하며 현장을 벗어나 달아날 기회를 찾는다. 돌이켜보면 우리가 구모리와 마주쳤을 때, 엘리베이터는 4층에 있었다. 범인은 밀차를 밀고 위로 도망친 것이다.

"그런데 금고 모델명은 어떻게 알아냈지?"

"범인은 분명 지금까지도 택배 기사로서 이 건물에 들어와본 적이 있을 겁니다. 무거운 짐을 실내까지 들여놓은 적도 있겠죠. 가구와 금고는 학교 비품이라 어느 연구실이나 똑같은 물건을 쓸 테니 알아내기 어렵지는 않아요. 실제로 인터넷에서 쉽게 구입할 수 있을 겁니다."

"그렇게 거창한 짓을 하는 사람이 있다니……"

아케치 씨의 대담한 추리에 구모리도 어안이 벙벙해질 만큼 놀란 듯했다.

"셜록 홈스는 이런 명언을 남겼죠. '불가능한 것을 모두 제거하고 남아 있는 것은 아무리 믿기지 않더라도 진실이다.'"

야나기 교수가 정리된 방을 둘러보며 물었다.

"어딘가 범행 증거가 남아 있지 않을까?"

"건물의 방범카메라 영상을 살펴보면 배달원이 사건 전후에 드나들었다는 증거는 나오겠지만…… 그 이상은 경찰의 힘 없이는 어렵겠죠."

경찰이 개입하면 이번 일이 세상에 알려질 우려가 있다. 학교에서 그런 사태를 피하고 싶어 한다는 건 누구보다도 야나기 교수가 제일 잘 알 것이다. 그는 난처한 듯 이마에 손을 대고 탄식했다.

"만약 범인이 정말로 택배 기사라면 내 전화번호를 알 기회도 있었겠지. 그렇군. 범행 동기를 몰라서 찜찜했는데, 범인이 전화번호를 파악하고 있었던 사람이 마침 나였고 목적은 USB가 아니라 금고 자체였을 가능성도 있는 건가."

"그렇게 해석하는 게 타당하겠죠. 그리고 야나기 교수님의 연구실은 다른 교수님의 연구실에 비해 잘 정리돼 있어서 뒤지기 쉬우니까 눈독을 들였다고 볼 수도 있겠습니다. 금품은 물론이고 개인정보가 손에 들어오면 나중에 협박 등에 사용할 작정이었는지도 모르죠."

불행 중 다행이랄까, 시험은 다른 문제로 대체해서 치르기로 했다. 남은 문제는 데라마쓰의 스마트폰인데……

"뭐, 대단한 정보는 없으니 괜찮겠죠. 오히려 학교 돈으로 스마트폰을 바꿨으니 운좋았던 셈이네요."

데라마쓰는 낙관적으로 말했지만 그런 문제가 아니다.

한편 소파에 앉아 있는 구모리 혼자 시무룩한 표정이라 걱정됐다.

구모리의 혐의는 풀렸지만, 학교 직원이나 이번 사건을 아는 일부 사람들 사이에 퍼진 나쁜 이미지가 씻겨나갈 것 같지는 않았다. 어디까지나 구모리는 '의심받은 학생'으로 남는다.

여기서 나는 탐정의 한계를 느꼈다. 아무리 수수께끼를 해명해도 그것은 혐의가 풀리는 데 일조할 뿐, 의심받았다는 사실은 지울 수 없다.

지금까지도 몇 번 경험한 일이지만, 사건이 해결돼도 소설 같은 상쾌함은 느껴지지 않는 법이다. 해결이라는 말의 무게야말로 창작물과 현실의 차이일지도 모르겠다.

그렇다면 나는 고양이를 찾는 쪽이 적성에 맞을 것 같았다.

7

기말시험 첫번째 주가 끝난 토요일.

내내 성과가 없었던 고양이 찾기에 예상치 못한 진전이 있었다. 얼마 전부터 동물병원에서 가우스를 보호하고 있었다고 한다.

밖에서 다쳐서 약해진 가우스를 누군가 발견하고 동물병원에 데려가서 치료를 부탁했다. 그런데 주인이 누군지 몰라서 난감했던 모양이다. 그런데 우연히 병원을 방문한 사토나카 교수의 지인이 가우스를 알아보고 연락을 줬다고 한다.

"열흘이나 전에 입원했대. 자네들에게 괜히 헛고생을 시켰군. 미안해."

한창 고양이를 찾는 중에 연락을 받고 집으로 가자 교수는 그렇게 사과했다.

아케치 씨는 볼일이 있어서 오늘은 나 혼자였다.

"고양이…… 가우스의 몸 상태는 어떤가요?"

"무슨 동물에게 공격당했는지 다리에 큰 상처가 났지만, 잘 치료받고 순조롭게 회복하는 중이야."

교수가 두꺼운 종이를 바른 문을 열자 옆방의 보라색 방석 위에 동그랗게 몸을 말고 누운 고양이가 보였다. 고생을 직접 보상받은 건 아니지만 뒷맛이 좋은 결말이라 다행이었다.

아케치 씨에게 들은 바에 따르면 구모리는 역시 종교학 시험을 치지 않았다고 한다. 진급에는 문제없겠지만 안타까운 기분이 들었다.

"그럼 이번 일은 이걸로 해결된 셈이로군요."

이만 실례하려는데 사토나카 교수가 불러 세웠다.

"이건 다른 일인데, 신경쓰이는 일이 있어서."

교수가 손짓하길래 정원을 면한 툇마루로 따라갔다. 교수는 "어이구" 하며 허리를 구부려 툇마루 아래를 들여다보았다.

"우리 집 고양이는 밖에 나가면 다양한 물건을 물어 오는 버릇이 있는데, 아무래도 이건 주인을 찾아주는 편이 낫겠다 싶어서. 자."

교수가 건네준 물건을 보고 '혹시나' 하는 생각이 솟아올랐다.

그건 아케치 씨의 추리가 틀렸다는 예감이기도 했다.

"정년퇴직해서 일을 그만두면 남는 시간을 주체하지 못하는 건지, 친구들이 차례차례 소설을 쓰기 시작하더라고."

책과 짐이 어지러이 널린 연구실에 우타가와 교수의 목소리가 크게 울려퍼졌다. 나와 아케치 씨는 짐이 잔뜩 쌓인 테이블 앞의 소파에 앉아 그 이야기를 들었다. 슬슬 점심시간이 다 끝나갈 무렵이었다.

"내가 대학에서 문학을 가르친다는 걸 아니까 첨삭을 해달라며 작품을 보여주곤 하는데 엉망진창이야. 게다가 마치 짠 것처럼 일하는 남자의 반생을 그려낸 자서전 같은 내용뿐이지. 나이를 먹으면 자기 이야기를 들어줬으면 하는 심정이 강해지는 걸까. 심지어는 그런 작품으로 신인상에 응모하고 싶다고 하니까 듣는 내가 다 민망할 지경이야."

우타가와 교수는 그렇게 말하고 찻잔을 들어 차를 홀짝였다. 에어컨을 틀어놓은 방에서 뜨거운 차를 마시는 걸 좋아한다고 한다.

"하지만 뭐, 자신의 말이나 경험을 형태로 남기고자 하는 건 인간의 원시적인 욕구일지도 모르겠군. 그렇다면 꼴사납게 느껴지더라도 젊은 시절에 그런 연습을 해보는 편이 좋겠지."

"……옳으신 말씀입니다."

어쩐지 진지하게 아케치 씨가 고개를 끄덕였다. 그 반응을 보고 나는 언젠가 아케치 씨가 쓴 소설에 대해 자세하게 물어보기로 결심했다.

그때 복도에서 인기척이 났다.

자물쇠를 푸는 소리가 나고 문이 열렸다.

"어…… 실례했습니다."

안으로 들어온 야나기 교수는 우리 세 명을 보고 반사적으로 고개를 숙였지만, 방금 자기 열쇠로 문을 연 게 떠올랐는지 당황한 표정으로 다시 복도로 나갔다.

나는 목소리를 높여 말했다.

"야나기 교수님, 틀리지 않았습니다. 여기는 교수님 연구실이에요."

"아니, 하지만."

그렇게 중얼거린 야나기 교수는 다음 순간, 눈을 부릅뜨고 창백한 얼굴로 몸을 바들바들 떨었다. 방 안쪽에 떡하니 자리 잡은 우타가와 교수는 그 모습을 덤덤하게 바라보았고, 한편 아케치 씨는 심술궂은 웃음을 지으며 말했다.

"놀라실 것 없죠. 교수님도 지난번에 그러셨잖아요."

우리는 야나기 교수가 점심을 먹으러 나간 사이에 미리 사정을 설명해둔 우타가와 교수의 협력을 얻어 옆방에서 책과 짐을 적당히 옮겨 우타가와 교수의 난잡한 연구실로 위장했다.

"미안해, 야나기 교수. 주전자 좀 빌렸어."

우타가와 교수는 물고기 이름이 프린트된, 애용하는 찻

잔을 쳐들고 장난스럽게 말했다.

"어느 연구실이나 비품은 똑같으니까 방이 어질러져 있는지 아닌지로 인상이 완전히 달라지죠. 문은 일반적인 실린더 자물쇠라 저희라도 쉽사리 열 수 있었습니다."

아케치 씨는 문을 여는 데 사용한 자신의 자물쇠 따기 도구를 의기양양하게 흔들었다.

"대, 대체 무슨 생각이지? 이번에는 너희들이 도둑질로 소동을 일으킬 작정이야? 우타가와 교수님까지 함께……"

야나기 교수는 항의했지만, 내가 호주머니에서 어떤 물건을 꺼내자 건전지가 다 된 것처럼 입을 다물었다.

"저희는 어떤 사람에게 고양이를 찾아달라는 의뢰를 받았어요. 그 고양이는 밖에서 물어 온 물건을 툇마루 아래에 모아두는 버릇이 있는데요. 그중에 이게 있었습니다."

그건 작은 USB였다. 뭐가 들어 있는지 확인해보니 종교학 기말시험문제였다. 저장된 다른 파일을 보더라도 주인은 야나기 교수가 틀림없었다.

"아아, 그건 도둑맞은 내 USB야. 분명 범인이 데이터를 훔쳐낸 후에 버린 거겠지."

그 말을 듣고 확신했다. 이번에야말로 우리가 진상에 다다랐다는 걸.

"그건 이상한데요. 그 고양이는 도난 사건이 발생한 목요일 이전, 수요일 무렵에 다쳐서 동물병원에 입원했어요. 어떻게 USB를 주웠을까요?"

아케치 씨가 내 말을 이어받았다.

"교수님은 술을 아주 좋아한다고 들었습니다. 분명 화요일 무렵에 잔뜩 취해서 시험문제가 든 USB를 잃어버린 것 아닐까요? USB를 잃어버린 걸 알고 교수님은 초조했겠죠. 외부에 유출되면 책임을 물을 테고, 최근 학교 사정에 비추어보면 엄벌이 내려질 가능성도 있어요. 기껏해야 기말시험 한 과목 때문에 그렇게까지 난리가 날지는 의문입니다만, 술을 먹고 실수했다면 누가 봤을지도 모를 일이니까요. 분명 가만히 있을 수 없었겠죠. 당장 파출소에도 가봤지만, 하루이틀 시간이 흘러도 찾았다는 소식이 없자 교수님은 어떤 계획을 세웠습니다. USB를 도둑맞은 걸로 위장해 용의자를 꾸며내고, 책임 소재를 그쪽으로 돌리는 거죠. 그러면 학교측에서 일을 크게 만들기 싫어서 주의를 주는 정도로 끝내리라고 생각했을 거예요. 당연히 시험문제를 새로 만들어서 사태를 원만하게 수습하려는 자세를 보여줘야겠죠."

즉, 종교학 시험문제를 도둑맞은 것 자체가 거짓말이었

다. 그렇게 생각하면 지금까지의 추리는 원점으로 돌아간다.

"모든 계획을 세운 건 야나기 교수님, 당신입니다. 그렇다면 사건 당일 구모리와 데라마쓰를 연구실로 데려온 것도 뭔가 꿍꿍이가 있어서였겠죠. 두 사람은 용의자이자 증인이기도 했습니다. 이 연구실 바꿔치기 트릭의."

야나기 교수는 일단 종교학 강의 수강자 중에서 대리출석을 해본 적 있고 연구 모임에 들지 않아서 연구동에 드나들 기회가 없는 2학년 학생을 선택했다. 겉모습이 눈에 확 띄는 구모리와 강의 시간에 상습적으로 조는 데라마쓰. 각각 다른 이유로 기억에 남는 두 사람이었다.

"구모리와 데라마쓰가 연구실에 들어갔을 때 트릭은 이미 사용됐죠. 두 사람이 야나기 교수님 연구실인 줄 알고 들어간 방은 사실 명판을 바꿔친 옆쪽 빈방이었어요. 교수님은 남의 눈에 띄지 않을 시간대에 자물쇠를 따고 옆방에 숨어들어 자기 연구실과 똑같아 보이도록 위장한 겁니다."

다행히도 유리한 조건이 갖추어져 있었다. 연구동은 길쭉한 복도에 똑같이 생긴 문이 늘어서 있고, 야나기 교수의 연구실은 복도 중간쯤이다. 누구의 연구실인지 판별할 단서는 문에 붙은 플라스틱 명판밖에 없다.

테이블과 책상, 서가 등 학교 지급품은 어느 방이나 전부 똑같고, 이 계절에는 햇빛을 막기 위해 남쪽 창문에 블라인드를 쳐놓는다. 바깥 풍경의 차이로 다른 방이라는 걸 들킬 염려는 없다.

"이 방향제 냄새도 바꿔치기했다는 사실을 감추기 위한 장치겠죠. 방에 밴 방 주인의 냄새는 다른 사람들이 민감하게 알아차리는데다 다른 방에 옮기기도 쉽지 않아요. 그래서 방향제 냄새로 얼버무린 거죠. 그리고 하나 더, 연구실에 책이 적었던 것도 바꿔치기 때문입니다."

아케치 씨는 빈틈이 많아서 휑해 보이는 서가에 시선을 주며 말했다.

"두 방을 똑같이 만들기 위해 이 방에 있는 서가의 책 절반을 옆방으로 옮긴 거예요."

평소 방을 깔끔히 정리해놓고 생활한 게 아니라 원래의 절반만 있었던 것이다. 연구 모임에 참여하는 종교학 전공자도 아닌 한, 책 제목을 분명히 기억하기는 힘들다. 게다가 두번째로 들어갔을 때는 누가 뒤진 것처럼 책이 여기저기 어지러이 널려 있었다. 들킬 리는 없으리라.

이야기를 듣고 있던 우타가와 교수가 고개를 갸웃했다.

"금고는 어떻게 한 걸까. 야나기 교수도 옆방 금고의 비밀번호까지는 몰랐을 거야. 하지만 학생들 눈앞에서 USB를 넣었잖나."

"예전에 추리한 대로 똑같은 금고를 사서 바꿔놨겠죠. 사전에 모델명을 조사하려고 이 방의 금고를 움직였으니까 바닥에 그 흔적이 남은 겁니다."

요컨대 구모리와 데라마쓰가 위장된 옆방으로 안내받았을 때, 이 연구실은 이미 어질러지고 금고도 빈 상태였다.

"두 사람이 반성문을 쓰기 시작하자 교수님은 전화를 받고 방에서 나갔습니다. 그 전화만큼은 지인에게 걸어달라고 부탁했겠죠. 방을 나설 때 문에 붙은 명판을 떼서 진짜 자기 연구실의 문에 되돌려 놓습니다. 학생들이 반성문을 다 쓰고 나오더라도 명판에 신경을 쓰지는 않을 테니까요."

이 계획에서 중요한 점은 두 학생 중 한 명이 혼자 방에 남는 상황을 만드는 것이다. 둘이 동시에 방을 나서면 알리바이가 성립되므로, 시험문제를 훔치기가 불가능해진다.

"여기에도 구모리 씨와 데라마쓰 씨를 선택한 이유가 있어요. 교수님은 지금까지 제출한 과제를 참고해서 성실한 구모리 씨는 과제를 열심히 하고, 상습적으로 조는데다 낙관주의자인 데라마쓰 씨는 과제를 대충 한다는 걸 알고 계셨던 거죠. 이 조합이라면 데라마쓰 씨가 반성문을 적당히 쓰고 재빨리 방을 나서서 구모리 씨가 혼자 남으리라는 게 예상돼요. 그후에는 먼저 나온 데라마쓰 씨를 붙잡아서 잡담이라도 나누며 자신의 알리바이를 확보하고, 구모리 씨가 나온 직후에 방이 난장판이 됐다며 소동을 일으켜 구모리 씨에게 혐의를 씌우면 됩니다."

"참 너무하군."

우타가와 교수가 불쑥 말했다.

그때는 뭔가 핑계를 대서 데라마쓰와 함께 절도 현장의 첫번째 발견자가 될 속셈이었는지도 모른다. 그것이 야나기 교수의 원래 계획이었을 것이다.

"하지만 계획과는 상황이 많이 달라진 것 같군."

우타가와 교수의 말에 나는 고개를 끄덕였다.

"네. 계획상으로는 한동안 방에 혼자 남아 있었어야 할 구모리 씨가 화장실에 가려고 금방 자리를 떴어요. 화장실에서 돌아온 구모리 씨는 문에 붙은 명판을 보고 난장판 상태인 진짜 연구실에 들어갔고, 도둑이 들었다며 소란을 떨었죠. 그래서 화장실에 다녀온 고작 삼 분 사이에 도둑이 든 상황이 발생한 거예요."

"더 나아가 데라마쓰의 증언도 예상외였을 테고요."

아케치 씨가 보충 설명했다.

"데라마쓰는 위장된 방의 테이블에 스마트폰을 두고 갔어요. 당연히 진짜 연구실에는 스마트폰이 없습니다. 그래서 범인이 스마트폰을 가져갔다는 결론이 났고, 구모리 범인설에 의문이 생겼죠. 이치에 맞게 생각하면 할수록 마치 범인이 없는 사건처럼 전개된 거예요."

만약 구모리가 가방을 놓아둔 채 화장실에 갔다면, 짐이 전부 없어지는 부자연스러운 상황이 발생했을 테니 방을 바꿔치기했다는 사실을 좀더 빨리 알아차렸을지도 모른다.

그렇지만 작은 단서는 남아 있었다. 데라마쓰가 방에서 나갈 때 에어컨 설정 온도를 올렸다고 했는데 구모리는 "화장실에서 돌아왔을 때도 방이 춥더라고요"라고 했다.

반성문도 옆방에 그대로 남겨졌으므로 야나기 교수는 그걸 제대로 읽을 수 없었다.

아케치 씨는 자랑스러운 미소를 지으며 말했다.

"야나기 교수님, 교수님도 애가 탔던 것 아닙니까? 저희가 교수님 앞에서 구모리의 혐의를 부정했으니까요. 그래서 신코의 홈스로 알려진 제가 다른 진상에 다다를 걸 기대하며 연구실을 조사하도록 허락한 거예요."

"아니, 그건 그냥 마침 말이 나왔으니 그런 거겠죠."

나는 일단 그렇게 못 박았다.

잠자코 추리를 듣던 야나기 교수는 얼굴이 창백한 수준을 넘어 흙빛으로 변했고, 이마에는 진땀이 흥건했다.

"증거, 증거가 어디 있나? 지금 너희가 한 말은 상상에 불과해. 그 USB도 범인이 버린 걸 최근에 다른 개나 고양이가 물고 갔을지도 모르잖아. 게다가……"

"작작 좀 해라, 이 얼간아!"

우타가와 교수가 찻잔을 책상에 세게 내려놓으며 일갈해서 야나기 교수뿐만 아니라 우리도 어깨를 움찔했다.

"내가 왜 이 학생들에게 협력했다고 생각하나? 옆방은 이미 다 확인했어. 반성문과 데라마쓰의 스마트폰은 회수한 모양이지만, 이 방 서가에서 절반쯤 옮긴 책이 그대로 남아 있더군."

"그, 그건."

방금까지만 해도 마음씨 좋은 할아버지 같던 우타가와 교수가 사람이 싹 변한 것처럼 매서운 눈으로 노려보았다. 게다가 미묘하게 도쿄 토박이 같은 말투였다.

"일이 무사히 마무리될 때까지 그대로 놔둘 작정이었겠지? 만약 이 학생들이 연구실을 다시 찾아오기라도 하면 갑자기 책이 두 배로 늘어난 걸 수상쩍게 여길 테니까. 이것 말고 다른 증거 없이는 인정하지 않겠다면, 좋아. 학교랑 한판 붙을 각오하고 경찰을 부르겠어. 자네도 어엿한 어른이라면 잘못한 일에는 마땅히 책임을 져야 하지 않겠나. 안 그래, 이 자식아!"

그 성난 모습에 압도당했는지 야나기 교수는 그 자리에 힘없이 주저앉았다.

"하무라, 내 말이 맞았지! 이 사건에는 추리의 디딤돌이 없다고 내가 전에 그랬잖아. 생각했던 대로 범인인 야나기 교수조차 예상치 못했던 전개가 벌어졌기에 그렇게 이상한 사건이 성립된 거야! 필요한 정보만 갖추어지면, 보다시피 풀지 못할 수수께끼는 없어."

이번에야말로 진짜 진상을 해명한 후 뒤풀이를 겸해 중화요리점에 왔다. 아케치 씨는 내내 기분이 좋았다.

사건을 공식적으로 발표하면 오히려 구모리와 데라마쓰에게 민폐가 될지도 모르니까 이번 일은 우리 가슴속에만 담아두기로 했다.

그러나 정신적으로 고통을 겪은데다 시험 칠 기회도 잃은 구모리에게는 아까 전화로 진상을 알려주었다. 뒤처리는 그쪽 판단에 맡기겠다고 하자 구모리는 안도한 목소리로 감사를 표한 후 야나기 교수를 어떻게 제재할지 정했다.

"그 망할 교수한테 반성문을 백 장 쓰라고 해야겠어요."

이번 일의 타협점으로서는 타당한 수준인가.

탐정은 이미 벌어진 사건을 해결하는 역할인 이상, 무슨 일이든 원래 형태에서 플러스로 바뀌는 법은 없을지도 모르겠다. 그래도 우리가 사건에 관여함으로써, 조금이라도 나은 방향으로 다음 한 걸음을 내딛는 사람이 생긴다면 이 활동에서도 의미를 찾아낼 수 있으리라.

"어쨌든 무사히 미스애의 실적에 종교학 시험문제 도난 사건이 추가된 건가요?"

나는 해결했다는 걸 나타내기 위해 수첩에 적은 사건 이름에 동그라미를 쳤다. 아케치 씨와 만난 지 넉 달도 지나지 않았는데 페이지가 꽤 많이 채워졌다.

그런데 아케치 씨가 수긍하지 못하는 표정을 지었다.

"도난이 아니잖아. 결과적으로 야나기 교수의 자작극이었으니까."

"그럼 뭔가요?"

"유출이지. 시험문제 유출 사건."

"그거야말로 누군가에게 새어나갔던가요?"

"사토나카 교수의 고양이한테."

……아, 가우스. 글씨는 읽을 줄 모르지만 시험문제를

손에 넣었으니 유출됐다고 할 수 있을지도 모르겠다.

"듣고 보니 이번 사건을 해결로 이끈 일등 공신은 가우스네요. 그 고양이가 USB를 물어 오지 않았다면 사건 자체가 위장이란 걸 알아내지 못했을 거예요."

"하지만 하무라에게 이야기를 듣고 방 바꿔치기 트릭을 알아차린 건 나야."

우쭐대는 표정을 보고 나는 한숨을 쉬었다.

"'불가능한 것을 모두 제거하고 남아 있는 것은 아무리 믿기지 않더라도 진실이다'는 홈스의 말을 인용해서 전혀 상관없는 배달원에게 죄를 뒤집어씌울 뻔했잖아요. 진실과 동떨어진 가능성을 탐정 스스로 만들어내면 어쩌자는 거예요?"

홈스의 말도 그렇고 '보이지 않는 사람'도 그렇고, 아무리 봐도 미스터리를 사랑하는 이 사람의 마음 때문에 추리가 더 복잡해진 것 같았다. 하지만 아케치 씨는 주눅드는 기색 없이 가슴을 폈다.

"이번 사건의 수확은 그거야. 가설이 증명 가능한지 불가능한지는 갖추어진 정보에 따라 달라진다. 그리고 창작물이 아니라 현실에서 살아가는 우리는 충분한 정보가 갖추어졌는지 판단할 수 없다. 도난 사건인지 도난 사건을 위장한 건지에 따라 필요한 정보가 달라진 것처럼 말이지. 즉, 이번에 우리는 코넌 도일의 주장을 뒤집은 셈이야!"

"그렇게 되는 건가요?"

내심 고개를 갸웃했지만, 이렇게 실패를 성장의 밑거름으로 삼다니 참으로 아케치 씨답다고 생각을 바꿨다.

이 경험은 앞으로도 분명 도움이 되리라. 탐정 흉내 또는 소설 집필에라도.

만약 아케치 씨가 나중에 다시 집필에 도전한다면 오늘의 경험을 살려 명탐정에게 이런 대사를 주지 않을까.

'아니지, 아니지, 이 친구야. 남은 것이 꼭 진실이라는 보장은 없어.'

'이번에는 고양이의 도움을 받아보지 않겠나?'

편지 살포 하이츠 사건

明智恭介の奔走

현관 앞에 작은 나비가 죽어 있었다.

그러고 보니 지금은 삼월 하순. 봄이니까 나비도 있겠거니 싶은 한편으로, 죽은 곤충을 보자 오늘 아침에 있었던 우울한 일들이 머리를 스쳤다.

스마트폰을 충전하는 걸 깜박해서 알람이 울리지 않았고 그 바람에 십오 분 늦게 일어나 여유가 없었던 것. 서둘러 커피를 끓이려다 가루 커피가 든 캔을 뒤집어엎은 것. 치약이 똑 떨어져서 칫솔질하고 나서도 입안이 찝찝했던 것.

싫은 일은 연속해서 일어나는 법이다.

"안 되지, 안 돼."

일부러 목소리를 내서 기분을 전환했다. 만사는 생각하기 나름이다. 별것 아닌 행동에 주의해서 하루를 보내라고 하늘이 충고했다고 해석하면 된다.

나는 밟지 않도록 주의하며 발끝으로 죽은 나비를 배수구에 밀어넣은 후, 넥타이 매듭을 한 번 더 매만지고 엘리베이터에 올랐다.

기분전환은 좋은 결과를 낳았다. 역까지 걸어가는 길에 전철 운행 정보를 확인해보니, 통근 전철이 지연됐기에 다른 노선으로 변경했다. 전철 안에서는 옆에 선 덩치 큰 남자에게 구두를 밟힐 뻔했지만 간발의 차로 피했고, 개찰구에서는 앞선 젊은이가 IC카드를 꺼내느라 애먹는 걸 알아차리고 옆 개찰기로 통과했다.

사무소가 있는 빌딩이 보일 무렵에는 집에서 맛본 우울한 기분이 거의 사라졌다.

5층짜리 잡거빌딩의 계단 입구에 있는 스테인리스 우편함을 들여다보았다. 우편함에는 이런 명판이 끼워져 있다.

3F 다누마 탐정 사무소

내가 소장으로 있는 직장이다.

다른 직원이 출근할 때 꺼내갔는지 우편함은 텅 빈 상태였다. 순조롭다, 순조로워.

계단을 올라 "좋은 아침" 하고 인사하며 문을 열자 책상 앞에 앉아 있던 직원 세 명이 일제히 내 쪽을 보았다.

얼굴이 하나같이 어두웠다.

죽은 나비를 보았을 때 나도 이런 표정 아니었을까. 그때 손님용 소파에 앉아 있던 이노세 다케시가 몸을 비틀거리며 일어서서 힘차게 고개를 숙였다.

"소장님, 죄송합니다!"

걷어붙인 왼쪽 바짓자락 아래로 붕대가 감긴 고정 장치가 보였다.

역 계단에서 발을 헛디뎌 떨어질 뻔한 노인을 받아내다가 발목을 삐었다고 한다.

"병원에서 소장님께 전화했다는데, 모르셨어요?"

유일한 여직원 하나미야 미사토가 물었다.

스마트폰 충전을 깜박한 게 이런 형태로 영향을 주는구나 싶어서 나는 이마에 손을 댔다.

"이노세, 일어난 일은 어쩔 수 없지. 당분간 내근을 맡길게. 아라키타 씨, 산재 신청 잘 부탁해. 문제는……"

"당면한 안건을 어떻게 하느냐네요."

눈매가 날카로운 형사 출신 중견 직원 미네 다이고가 고민스럽다는 듯이 팔짱을 꼈다.

새로운 의뢰가 들어왔으므로 오늘부터 이노세와 내가 한 팀으로 조사하러 나갈 예정이었다.

"하나미야 씨나 저를 그쪽으로 돌릴까요?"

"그쪽 불륜 조사는 두 명이 진행하는 게 나아. 한 명이냐 두 명이냐에 따라서 여차할 때 대응할 여력이 완전히 다르니까."

그러자 아라키타가 미간을 찌푸렸다.

"하지만 소장님의 안건에는 골치 아픈 제한이 딸려 있잖습니까. 아무리 그래도 혼자서는……"

그의 말대로 젊어서 체력이 필요한 업무도 해낼 수 있는 이노세의 이탈은 너무나 뼈아팠다.

이노세는 미안한지 학창시절에 유도로 단련한 커다란 몸을, 착시인가 싶을 만큼 잔뜩 움츠렸다.

이렇게 된 이상 다소의 희생은 감수할 수밖에 없다.

그렇게 결심했을 때 뒤쪽의 문이 열렸다.

"안녕하세요. 어, 무슨 일 있었나요?"

봄 분위기가 물씬 풍기는 분홍색 셔츠 위에 재킷을 걸친 젊은이가 들어왔다. 작년까지는 고등학생이었어서 그런지 무테안경을 쓴 얼굴에는 아직 소년미가 남아 있었다.

어쩐지 엄숙한 분위기를 감지했는지 문가에 멈춰 선 그에게 나는 지시했다.

"출근하자마자 미안하지만, 이번 의뢰에서 맡길 업무를 변경해야겠어. 오후에 나랑 같이 조사하러 나갈 거야. 조수 같은 거지. 알겠나, 아케치."

무슨 상황인지 전혀 모를 텐데도 아케치는 눈을 반짝이며 "네!" 하고 기세 좋게 대답했다.

아케치 교스케. 신코 대학교 이학부 1학년.

삼월 상순, 결원이 한 명 생겼다는 아주 흔한 이유에서 그를 아르바이트생으로 채용했다.

다누마 탐정 사무소는 원래 내 숙부인 다누마 간지가 차린 업체로, 늘 직원을 대여섯 명만 두고 단출하게 운영했다. 십 년쯤 전 숙부가 일하다 다쳐서 폐업도 고려했지만, 당시 대학교를 졸업한 후 아르바이트로 생활하던 내가 만류했고 몇 년간 실습을 거쳐 사무소를 물려받았다.

그후로 조금씩 직원이 바뀌다가, 사무직 아라키타를 제외하면 제일 고참이었던 직원이 본가의 배 과수원을 잇기 위해 지난달에 퇴직했다.

우리같이 작은 탐정 사무소가 즉시 현장에 투입할 수 있는 인재를 찾기란 쉽지 않다.

그래서 하다못해 조사원이 조사 업무에 집중할 수 있도록, 다 함께 분담하던 사무 업무를 아라키타와 함께 맡을 사람을 파견 회사로부터 소개받으려 했다. 그즈음 아케치가 명함을 들고 찾아와 사무소 문을 두드렸다. 대우는 따지지 않겠으니 고용해달라길래 이유를 묻자, 수수께끼를 풀기에는 탐정업이 유리하다는 대답이 돌아왔다. 무슨 소리인지 잘 모르겠다.

기초적인 사무 작업과 고객 응대, 전화 대응 등 우리가 가르쳐준 내용을 아케치는 아주 요령 있게 흡수해서 실천했다. 그래도 솔직히 나는 당분간 그를 조사 업무에 투입할 마음이 없었다.

아무래도 그가 탐정이라는 말에서 떠올리는 건 창작물에 등장하는 부류인 듯했기에.

조사 첫날

오후 1시가 지났을 무렵, 이번 조사 현장인 '하이츠 도쿠로'로 가기 위해 아케치와 함께 차에 올라탔다. 아케치는 사무소에서 준비한 흰 셔츠와 양복으로 갈아입었다.

운전하면서 의뢰 내용을 자세히 설명했다.

"의뢰인은 '하이츠 도쿠로'의 관리인이자 건물주인 기미세 씨야. 맨션 세입자에게 수상한 편지가 왔으니 범인을 찾아내 달라는군."

"수상한 편지라고요? 어떤 내용인가요?"

"스토커가 호의를 전하는 내용이야. 그것뿐이라면 흔한 일이지만, 희한하게도 3월 11일부터 고작 일주일 사이에 세입자 세 명이 같은 피해를 호소했어."

"오오, 그야말로 미스터리 소설에서 볼 수 있을 법한 전개네요!"

조수석에 앉은 아케치의 목소리에서 들뜬 낌새가 전해졌다. 나는 말을 잘못 선택했나 싶어 반성하며 못을 박았다.

"놀러가는 게 아니야. 의뢰인과 세입자들 앞에서 그런 태도를 보이면 안 돼."

"물론이죠."

아케치는 진지한 표정으로 고개를 끄덕였지만 악의가 없는 만큼 어디까지 믿어야 할지 의심스러웠다.

채용하고 이 주간 함께 일하면서 알았는데, 아케치는 추리소설을 아주 좋아하는 소위 미스터리 마니아다. 직업상 우리 직원들도 다소는 미스터리를 즐기지만, 그와 대등하게 토론할 수 있는 사람은 없었다. 게다가 그가 다니는 신코 대학교에는 미스터리 연구회가 있는데도 활동 방향성이 불일치해서 탈퇴했다니까 아주 완고한 팬인 듯했다.

"내 가방 속 클리어 파일에 맡아둔 편지를 봉투와 함께 넣어놨으니까 훑어봐."

편지 세 통은 각각 다른 세입자가 받았는데, 자세한 정보는 듣지 못했다. 편지지와 봉투가 똑같으니 동일인이 보냈다고 봐도 무방하리라. 글씨체가 드러나지 않도록 일부러 형태를 뭉개서 썼다.

아케치는 편지 세 통의 내용을 소리내어 또박또박 읽었다.

"'일하느라 고생 많았어. 이틀 전보다 피곤해 보이는데 괜찮아? 직장에 싫은 사람이라도 있는 건가? 어디에 있든 꼭 지켜볼게.'"

"'요전에 슈퍼에서 장 보는 모습을 우연히 보고 나도 모르게 사진을 찍었어. 보물이 또 늘었네. 평생 소중히 간직할게.'"

"'담배를 좋아하는지 담배 피우는 모습이 자주 보이네. 부럽다, 부러워. 담배가 되고 싶어. 담배가 돼서 당신의 입에서 폐 속으로……'"

"그만."

나는 무심코 말을 막았다. 편지 내용도 그렇거니와 아케치가 묘하게 감정 실린 목소리로 읽어서 속이 거북했다.

아케치는 새하얀 봉투 속을 들여다보더니, 빛에 비춰보기도 했다.

"주소도 이름도 안 적혀 있군요. 세입자들은 이걸 어떻게 받았나요?"

"우편함에 들어 있었다니까 범인이 직접 넣었겠지."

"편지를 받은 사람은 세 명뿐인가요?"

"그것도 이제부터 확인해야 해."

이 말에는 아케치도 의아해하는 표정을 지었다.

"아까부터 모르는 점이 많은 것 같은데…… 의뢰인은 맨션 관리인이잖아요. 그런데 피해자의 숫자도 파악하지 못한 건가요?"

나는 떨떠름한 기분으로 고개를 끄덕였다.

"기미세 씨는 수입식품 판매회사에서 일하면서 부업으로 부동산 투자를 하는 사람이야. 이렇게 말하면 좀 그렇지만, 그에게 '하이츠 도쿠로'는 투자를 위한 도구일 뿐이라 공들여 관리할 열정은 없는 것 같아."

"게다가 본업이 있으니 사태 해결에 들일 시간도 없겠네요. 하지만 안 좋은 소문이 퍼지거나 사건으로 발전하면 부동산 가격에 영향이 가겠죠. 그래서 어쩔 수 없이 우리 사무소에 의뢰했다, 그런 건가요?"

얼마 전 사무소를 찾아온 기미세는 이십대 후반의 젊은 남성으로, 귀찮은 일에 휘말렸다며 불만을 줄줄 늘어놓았다.

"친분 있는 사람의 소개라 거절할 수가 없었어. 일단 경찰과도 상담해봤다는데, 협박장이나 신체적 위험이 느껴지는 편지가 아니면 경찰에서도 손쓸 방도가 없다고 했다는 군. 이 부분은 담당한 경찰관에 따라 대응이 갈릴 것 같긴 한데……"

아케치는 진지한 표정으로 귀기울여 들었다.

이어서 이번 의뢰가 골치 아픈 두번째 이유를 밝혔다.

"기미세 씨는 되도록 저렴한 요금으로 사태를 수습하길 원해. 우리가 이번 일에 들일 수 있는 자원은 아주 한정되는 셈이지."

주변 풍경이 거리에서 강가 도로로, 그리고 작은 길을 꺾자 한적한 주택가로 변했다.

아케치의 말이 조금 빨라졌다.

"스토킹 안건은 대부분 짚이는 점이 있는 인간관계를 조사하거나, 피해자의 주변에 잠복하는 식으로 대응하죠. 이번처럼 피해자가 여러 명이면 수고가 몇 배로 늘어나지 않나요?"

나는 말없이 고개를 끄덕였다.

공원의 나무들 너머로 '하이츠 도쿠로'의 진회색 지붕이 보였다. 근처 코인 주차장으로 향하며 마음을 다잡듯 아케치에게 말했다.

"기미세 씨가 제시한 조사비용은 선금 이십만 엔과 성공 보수 십만 엔이야. 일이 잘 풀려도 시세보다 낮은 셈이지만, 그렇다고 거절하면 스토킹 피해가 악화될 우려도 있어. 우리에게 최선이자 가장 효율적인 행동 방침을 찾아야 해."

"네!"

또 기세 좋게 대답하는 바람에 "그러니 쓸데없는 행동은 하지 마" 하고 당부할 타이밍을 놓쳤다.

'하이츠 도쿠로'는 진회색과 연회색을 기조로 한 타일을 붙여, 화사하지는 않지만 세련된 분위기가 감도는 3층짜리 건물 세 동이었다.

덧붙여 '하이츠'란 원래 높은 곳을 의미하는 영어 단어에서 온 명칭으로, 일본에서는 2층짜리 집합주택을 가리키는 경우가 많지만 명확한 규정이 있는 건 아니다. '하이츠 도쿠로'는 맨션으로 취급되는 건축물인 듯했다.

길에서 보면 철망 울타리를 사이에 두고 주차 공간이 있고, 그 안쪽에 건물이 위치한다.

공동현관에 도어록은 없고, 동마다 계단이 달려 있다.

기미세에게 받은 자료에 따르면 계단을 끼고 좌우에 한 세대씩, 3층짜리 건물이니까 한 동에 여섯 세대, 총 열여덟 세대가 살고 있는 셈이다.

방 구조는 일인 가구를 위한 복층형 1LDK. 방세는 칠만 엔. 그중 열여섯 세대에 세입자가 있다. 기미세 본인은 차로 십 분쯤 떨어진 다른 맨션에 산다.

세입자의 세세한 정보도 제공해줬으면 했지만, 개인정보를 잘못 다뤘다가 나중에 말썽이 날까봐 두려운지 기미세는 방 호수와 성명 일람표밖에 제공해주지 않았다.

정말이지 조사를 시작하기도 전부터 앞길이 막막했다.

"일단 피해자가 정확히 몇 명이나 되는지 파악하자."

"가방은 제가 들고 갈게요."

아케치가 가방을 들고 재빨리 차에서 내렸다.

아르바이트생이라고 해서 잔심부름꾼같이 취급하는 건 좋아하지 않지만, 아케치는 어쩐지 즐거워 보였다. 아까

"조수 같은 거지" 하고 말한 체면이 있어 나는 "부탁해" 하고 뒤따라갔다.

조사하기에 앞서, 최근 장난으로 추정되는 편지가 배달돼 탐정 사무소 사람이 탐문차 방문할 예정이라고 기미세를 통해 하이츠 세입자들에게 설명은 해두었다.

둘이서 왼쪽 동으로 향했다. 계단 앞쪽 벽에 은색 우편함이 있었다.

우편함 명판을 보니 건물은 왼쪽부터 A, B, C라고 알파벳이 매겨져 있는 듯했다. 1층은 A101과 A102, 2층은 A201과 A202…… 하는 식이다. 세입자 이름은 적혀 있지 않았다.

우편함 뚜껑에는 손잡이를 좌우로 돌리는 다이얼 자물쇠가 달려 있었다. 시험 삼아 뚜껑을 당겨보자 아무 저항도 없이 열리는 우편함이 여러 개였다. 아케치가 이맛살을 찌푸리며 말했다.

"조심성이 없군요."

"매일 열어보는 거니까 무리도 아니지."

말썽에 휘말린 적 없는 사람의 보안 의식은 기껏해야 이 정도다.

일단 계단 왼쪽 A101호실의 초인종을 눌렀다. 스피커에서 "네" 하고 목소리가 들렸다. 순조로운 출발이다.

나는 서류로 이름을 확인하고 입을 열었다.

"실례합니다. 엔도 씨 되십니까? 저는 관리인 기미세 씨의 의뢰를 받고 조사를 나온 다누마라고 합니다."

말을 마친 후 외시경에 대고 고개를 살짝 숙였다.

기미세가 제대로 연락한 모양이다. "아, 네"라고 대답하는 소리가 들리자마자 현관문이 열리고 이십대로 보이는 여자가 나왔다. 나는 부자연스럽게 느껴지지 않도록 엔도를 머리부터 발끝까지 슬쩍 훑어보았다.

어깨까지 내려오는 오렌지빛 도는 금발에, 분홍색 긴소매 니트와 스포츠 브랜드의 스웨트 팬츠라는 독특한 조합의 실내복 차림이었다. 화려하고 꼼꼼하게 화장한 걸로 보아 사람들 앞에 나서는 직종이고, 곧 출근하려는 게 아닐까 싶었다.

엔도는 이쪽이 내민 명함을 보고 미소를 지었다.

"탐정님은 처음 보네요."

그 반응에 나는 속으로 가볍게 주먹을 쥐었다.

탐문 조사는 상대방의 경계심과 귀찮음이라는 난관을 넘어야 한다. 엔도는 초면인 사람과도 편하게 이야기를 나누는 성격인 듯해서 다행이었다.

"기미세 씨에게 말씀 들으셨을 텐데, 우편함에 들어 있던 수상한 편지에 대해 조사하는 중입니다. 엔도 씨는 수상한 편지를 받은 적 있으십니까?"

"있어요." 엔도는 즉시 답했다.

옆에서 메모하던 아케치가 '해냈군요'라는 듯이 고개를 홱 돌려 이쪽을 보았다.

설레발치지 마, 설레발치지 마.

"기미세 씨에게는 알리셨습니까?"

"아니요. 동료 중에 스토킹을 당한 사람이 있지만, 저한테는 그런 짓을 할 만한 고객이 없고, 편지도 딱 한 번밖에 안 와서 그냥 넘어갔어요."

그 말대로 엔도는 무서워하는 태도가 아니었다.

"편지는 아직 가지고 계십니까."

"어, 잠깐만요."

엔도는 문을 오른발로 누른 채 다리를 크게 벌리고 실내를 향해 손을 뻗었다. 보다 못해 내가 문을 손으로 잡아주자 "헤헤" 하고 웃으며 안으로 들어가 현관 앞 바닥에 놓여 있던 종이봉투를 집었다. 속에 든 전단지와 개봉한 봉투, 일회용 마스크가 보였다. 현관 앞에 쓰레기를 모아두는 듯했다.

종이봉투를 부스럭부스럭 뒤진 끝에 하얀 봉투가 나왔다. 아케치가 내 가방에서 봉투를 꺼냈다. 완전히 똑같아 보였다.

"편지를 확인해도 될까요?"

"그러세요."

어제는 달이 정말 예뻐서 나도 모르게 계속 당신 곁에 있게 해달라고 빌었어. 수없이 빌었지. 영원토록 함께하자. 나는 달. 영원히 당신 주변에서 지켜볼 거야.

일부러 뭉갠 듯한 글씨체는 내가 맡아둔 편지와 똑같았다.

보낸 사람이 누군지는 짐작 가지 않는다고 했지만, 첫 시도에서 편지를 받은 세입자를 새로 찾아내다니 운이 좋다.

"편지를 받은 날짜와 요일, 시간대는 기억하십니까?"

엔도는 턱에 손을 대고 생각에 잠겼다.

"일주일은 넘은 것 같네요. 요일은 기억 안 나지만 평일이었을 거예요. 출근할 때 발견했으니까, 오후 5시 반 정도였으려나. 일하러 나가는데 기분 잡친다고 생각했던 게 기억나네요."

"시간대를 좀더 한정할 수는 없을까요?"

엔도는 고개를 저었다.

"밤 1시쯤에 들어올 때도 우편함을 확인하는데 전날 밤에는 없었을 거예요. 하지만 아침에 왔는지 낮에 왔는지는 모르겠네요."

아케치가 옆에서 대화 내용을 메모했다.

이야기가 끝나자 우리는 편지를 받아서 엔도의 집을 떠났다.

"느닷없이 수확을 올렸네요."

아케치가 목소리를 낮춰서 물었다.

"엔도 씨는 밤에 일을 하러 나가는 것 같군요. 스낵바일까요?"

"굳이 따지자면 캬바쿠라● 겠지."

"어떻게 아시죠?"

그의 나이로 보건대 아직 이런 지식은 없을 듯했다.

"귀가 시간으로. 카운터 너머로 접객하는 스낵바나 일반 바는 음식점 취급이라 기본적으로 자정 이후에도 영업할 수 있어. 한편 종업원이나 접객원이 손님 자리에 앉는 클럽이나 캬바쿠라 또는 라운지 같은 업소는 '접대가 있는 것'

● 캬바레와 클럽(クラブ, 쿠라부)을 합친 말.

으로 간주해서 풍속영업허가를 받아야 하지. 그리고 그런 가게는 자정까지만 영업이 가능해. 엔도 씨는 편지를 받은 요일은 기억하지 못했지만, 밤 1시쯤에 들어왔다고 대답했어. 그보다 더 늦어질 때는 없는 듯하고."

"아아, 엔도 씨 직장이 풍속영업허가를 받았다면 반드시 자정에 영업이 끝날 테니까요. 논리적인 추리네요."

아케치가 칭찬하듯 나를 보았다.

"마침 일이 일찍 끝나는 날에 편지를 받았을 가능성도 있지만, 그렇다면 요일이나 날짜를 떠올리려고 했겠지…… 야, 그건 같은 곳에 메모하지 마!"

아케치는 스낵바와 캬바쿠라의 차이를 열심히 받아 적고 있었다.

이런 식으로 함께 탐문 조사를 하면 시간이 걸리므로 아케치에게 반대편 C동을 맡기기로 했다.

"방금 시범을 보여준 것처럼 할 수 있겠어?"

"물론이죠!"

……힘차게 고개를 끄덕이는데 왜 불안한 걸까.

생각은 그만, 아케치에게 맡기는 수밖에 없다. 나중에 B동에서 만나기로 하고 C동으로 향하는 아케치의 뒷모습을 바라보았다.

A동의 여섯 집을 밑에서부터 차례로 방문한 결과, 엔도의 집을 포함해 세입자와 만날 수 있었던 집은 총 세 집이었다. 한편 A301호실은 안쪽에서 외시경으로 내다보는 기척이 느껴졌다. 집에 없는 척하더라도 나중에 다시 오면 그만이다.

그중에서 수상한 편지를 받은 사람을 한 명 더 찾아냈다. A202호실의 미야자키라는 42세 여성으로, 보육교사라고 했다.

미야자키는 이번 일을 관리인에게 알렸다고 한다.

하지만 그 사실이 우리에게 전달되지 않은 걸 알고 동그란 안경을 쓴 온화한 얼굴에 불만스러운 표정을 지었다.

"그 관리인, 어쩐지 시큰둥하게 반응하더니만."

"어느 편지죠?"

내가 맡은 세 통 중에서 미야자키에게 온 편지를 골라 달라고 했다.

담배를 좋아하는지 담배 피우는 모습이 자주 보이네. 부럽다, 부러워. 담배가 되고 싶어. 담배가 돼서 당신의 입에서 폐 속으로 들어가, 피에 섞여 온몸을 돌며 당신과 하나가 되는 거지. 그게 내 소원이야.

"아마도 저한테 보낸 게 아닐 거예요."

미야자키의 입에서 의외의 말이 나왔다.

"왜 그렇게 생각하시죠?"

"저, 담배를 안 피우거든요. 분명 편지를 잘못 넣은 거겠죠."

이건 중요한 정보다 싶어 메모장에 크게 적었다.

편지가 온 걸 언제 알아차렸는지 물어보았다.

"12일 수요일요."

바로 대답이 나왔다.

"그날 일을 쉬는 날이었는데 낮에 호출당해서 똑똑히 기억나요. 출근한 동료가 급한 볼일이 생겨서 집에 가봐야 한댔어요. 전화를 받고 오후 1시 지나서 집을 나설 때는 우편함에 아무것도 없었는데, 저녁 6시에 들어왔을 때는 편지가 있었죠."

아주 친절하고 똑 부러지는 설명이었다. 기억도 선명해서 다행이었다.

A동 탐문 조사를 마치고 계단을 내려왔을 때였다.

"뭐 하자는 거야!"

갑자기 성난 목소리가 들렸다. 이웃한 B동의 위층에서였다. 말썽이 생긴 걸까. 나는 아케치의 모습을 찾으며 B동 계단을 뛰어올랐다.

3층에 도착하자 반쯤 열린 B302호실 문 앞에 아케치가 서 있었다. 예감이 적중했다. 세입자의 기분을 상하게 하면 앞으로 조사에 차질이 생길지도 모른다.

"소장님……"

이쪽을 돌아본 아케치를 밀어내고 현관에서 고개를 내민 세입자에게 머리를 숙였다.

"실례합니다! 다누마 탐정 사무소 소장, 다누마입니다. 저희 조사원이 뭔가 실례를 저질렀을까요?"

상대는 서른 전후로 보이는 여성. 깔끔하게 다듬은 눈썹을 갈고리발톱처럼 치켜세우고 나를 노려보았다.

"뭔가가 아니에요! 이 사람, 그 편지를 받은 책임이 마치 나한테 있다는 듯이 사생활을 마구잡이로 파고들잖아요! 무슨 태도가 이래요?"

여성의 매서운 말투에 나는 그저 사과의 말을 거듭하는 수밖에 없었다. 옆에서 아케치가 슬쩍 내민 메모장에 시선을 주었다.

성명: 아카에 다마키, 32세

직업: 음식점 근무

지난주 월요일(17일), 편지. 집에 들어오면서 발견. 평일?

아직 알리지 않았음.

스토커로 짐작 가는 사람: 지난 몇 년간 남친 없음. 직장 내 갈등 불명확. 이웃과 갈등 불명확. 과거 교우관계에 문제……

나도 모르게 하늘을 올려다보며 탄식할 뻔했다.

초면인, 그것도 분명 연하인 남자에게 왜 그런 걸 밝혀야 한단 말인가. 기분이 상한 것도 무리는 아니다.

아카에를 자극하지 않도록 조심하며 나는 어떻게든 대화를 이어나가려 했다.

"이미 설명을 들으셨을지도 모르지만, 저희는 관리인에게 조사를 의뢰받고 피해 사실을 확인하고 있습니다. 아카에 씨가 받으신 편지는……"

"벌써 버렸어요, 기분 더러우니까!"

어이쿠야.

"애당초, 탐정이라고요? 당신들 같은 사람들이 이런 장난질을 하는 사람을 체포할 수 있어요? 그건 경찰 소관이잖아요."

그때 아케치가 또 이야기에 끼어들었다.

"아니요, 지금 같은 상황에서는 경찰도 움직이지……"

"입 다물고 물러나 있어!"

나는 허둥지둥 아케치를 아카에의 시야 밖으로 밀어냈다. 펄펄 화를 내는 아카에를 달래서 편지 내용을 들었다.

언제 봐도 멋진 집이네. 당신 뒷모습을 바라보며 여기까지 따라오는 게 내게는 제일 행복한 시간이야.

"어쨌거나 범인을 빨리 붙잡아줘요."

냉랭한 목소리와 함께 문이 닫혔다. 계단을 내려가 B동을 나서자 아케치가 침울한 표정으로 고개를 숙였다.

"일을 맡겨주시자마자 말썽을 일으켜서 죄송합니다."

"C동에서도 아까처럼 조사한 거야?"

"아니요. 집이 대부분 비었던데다 집에 있는 사람도 편지를 받은 적 없다고 해서 질문 자체를 못 했어요. B동도 위에서부터 순서대로 탐문에 나섰는데……"

편지를 받았다는 세입자와 만나서 너무 들떴다고 한다.

"탐정은 가끔 남이 싫어할 만한 짓을 하지만, 그렇다고 미움받으면 정보를 얻을 수 없어. 앞으로는 조심해."

"네. 너무 부주의했습니다."

아케치가 의기소침하게 어깨를 축 늘어뜨린 모습은 처음으로 보았다. 나는 속으로 반성했다.

조심이고 나발이고 그는 조사원 연수조차 받지 않은 백퍼센트 아마추어다.

대뜸 현장에 데리고 나왔으니 주의해야 했던 건 나다.

이것이 우리같이 영세한 탐정 사무소의 약점이기도 하다. 직원들 모두 중도 채용, 그것도 전직 경찰관이나 전직 자위대원, 전직 기자가 대부분이라 경험 없는 신입을 교육하는 노하우가 없다.

그때 A동에서 계단을 내려오는 발소리가 들렸다. 곧 한 남자가 공동현관에 모습을 나타냈다.

놀랄 만큼 키가 컸다. 190센티미터 가까이 되리라.

기장이 긴 니트 카디건을 입고, 흰색과 검은색 얼룩무늬가 들어간 야구모자를 썼다.

아마도 아직 이십대, A동을 탐문 조사할 때는 만나지 못한 사람이다. 집에 없는 척한 걸까, 내가 B동에 있는 사이에 귀가한 걸까. 지금 외출하려는 걸 보니 아마 전자이리라.

다시 방문할 수고를 덜었다.

"안녕하세요."

인사하자 남자는 담뱃갑에서 담배를 꺼내려다 손을 멈췄다. 아무래도 담배를 피우러 밖에 나온 듯했다.

"무슨 일이시죠?"

"외출하시는데 죄송합니다. 다누마 탐정 사무소에서 나왔습니다."

"아, 네."

"관리인의 의뢰로 세입자분들께 수상한 편지가 온 일을 조사하는 중입니다. 실례지만 이름을 알려주실 수 있으실까요?"

"……야마다입니다. A301호실의."

역시 아까 초인종에 반응하지 않았던 집이다. 좀 찔렸는지 그는 대답을 망설였다.

"수상한 편지가 우편함에 들어 있었던 적 없습니까?"

"음, 없는데요."

"뭔지 몰라서 내용물을 확인하지 않은 봉투도요?"

"네."

야마다는 짤막하게 대답하며 오른손으로 야구모자에서 튀어나온 뒷머리를 만지작거렸다. 침착함을 잃었다는 것이 훤히 다 보였다.

아무래도 수상쩍었지만 지금은 괜히 경계심을 자극하지 않는 편이 낫다.

"감사합니다. 또 여쭤볼 게 있을지도 모르니까 그때는 잘 부탁드립니다."

야마다는 목을 움츠리듯이 고개를 끄덕인 후 담배는 피우지 않고 계단을 올라갔다.

야마다의 태도를 보고 아케치도 물었다.

"뭔가 숨기고 있는 걸까요?"

그가 사랑하는 미스터리와 달리, 현실에서는 탐정이라는 이유만으로 사람들에게서 미심쩍어하는 시선을 받기도 한다.

그후 둘이 함께 B동의 나머지 집을 방문했다. B201호실 세입자도 내가 맡아둔 편지 중 한 통을 받은 사람이었다. 기노시타라는 삼십대 후반 남성으로, 13일 목요일이나 14일 금요일 퇴근하고 돌아온 오후 6시경에 발견했다고 한다. 아침에는 없었다고도 증언했다. 기노시타가 받은 편지는 슈퍼에서 모습을 봤다는 내용이었다.

이것으로 관리인에게 맡은 편지 세 통 중 두 통은 A202호실의 미야자키, B201호실의 기노시타가 받은 것이라는 사실이 밝혀졌고, A101호실의 엔도와 B302호실의 아카에에게도 편지가 왔다는 걸 알았다.

네 명의 증언을 정리하면 편지는 12일 수요일부터 17일 월요일, 그리고 오후 1시부터 오후 6시 사이에 투함된 셈이다. 특히 모두가 평일에 편지를 받았다는 데서 규칙성이 느껴졌다.

건물 밖으로 나와서 시계를 확인했다. 곧 오후 5시였다. 앞으로 어떻게 해야 할지 고민되는 지점이다.

"조금 있으면 귀가하는 세입자도 있을 테니 탐문 조사를 계속해야겠지만……"

"무슨 문제라도 있나요?"

"올 때 말했다시피 이번 의뢰는 보수를 미리 정해놨으니까 그 범위 내에서 조사해야 해. 지금까지 모은 자료를 정리해서 계획을 세운 후에 다시 오는 편이 나을지도 모르지."

"그럼 아르바이트비는 안 주셔도 되니까 저는 조사를 계속할게요."

열의를 보여줘서 고맙지만 소장이든 아르바이트생이든 누군가에게 부담을 강요하는 방식은 결국 경영에 문제를 초래한다.

"오늘은 이만 철수하자. 탐문은 내일 이후에도 할 수 있고, 몇 가지 생각해보고 싶은 것도 있어."

발로 정보를 버는 것도 중요하지만, 지금은 머리를 사용해 고생을 줄이고 시간을 벌어야 한다.

*

"야, 그게 뭔 소리야."

흡연구역에서 최대한 목소리를 죽여 통화 상대에게 으름장을 놓았다.

"뭣 때문에 내가 돈을 절반 부담하는 건데? 일하는데 속 터지는 이야기나 늘어놓고 말이야. 너, 혹시 쓸데없는 소리를 한 건 아니겠지?"

스마트폰에서 "안 했어. 걱정하지 마" 하고 풀 죽은 목소리가 들렸다.

진절머리가 나서 혀를 차며 전화를 끊었다.

난폭한 발걸음으로 사무실에 돌아가자 옆자리의 요시오카가 이쪽을 보았다.

"담배?"

"아니야."

자리에 앉아 리모델링한 건물의 급탕기 교체와 관련한 메일에 대응했다.

그사이에도 머릿속에서 아까 나눴던 대화가 소용돌이쳐서 몇 번이나 문장을 잘못 썼다.

제기랄.

"야마다, 어쩐지 저기압이네."

자판을 두드리는 소리가 평소보다 컸는지 지점장이 머뭇머뭇 물었다. 나쁜 사람은 아니지만 늘 이런 식으로 직원의 안색을 살피는 것이 오늘은 더더욱 거슬렸다.

"최근에 제가 사는 곳의 분위기가 또 뒤숭숭해져서요."

"뒤숭숭하다니? 무슨 소리야?"

"하이츠 세입자들에게 이상한 편지가 오는 것 같습니다."

"혹시 전에 말했던 스토커? 이사한 지 얼마 안 됐잖아."

그렇다. 심기일전해서 일부러 '하이츠 도쿠로'로 옮겼는데, 가는 곳곳마다 왜 이런 일이 생기는 걸까.

스토커는 정말로 역겹다. 하고 싶은 말이 있으면 당당하게 하면 될 텐데, 주변에서 슬금슬금 훔쳐보기나 하다니. 차라리 대놓고 괴롭히는 편이 백배 낫다.

한편 편지를 살포한다는 목적 모를 행동 때문에, 지난번에 스토킹을 당했을 때와는 또다른 으스스함이 느껴지기도 했다.

"이상한 편지라. 야마다네 집에도 왔어?"

"글쎄요? 별생각 없이 버렸는지도 모르죠."

건성으로 대답하자 지점장은 "아…… 그래" 하고 실소했다.

"유유상종이라는 말도 있으니 야마다에게 이상한 인간이 꼬이는 것도 희한한 일은 아니지만."

요시오카가 놀리길래 말없이 의자를 걷어찼다.

지점장이 달래듯이 끼어들었다.

"전에 경찰과도 상담했었지만 소용없었다고 했던가?"

"그 자식들은 아무 도움도 안 돼요. 하지만 이번에는 관리인이 탐정을 고용한 것 같던데요. 그것도 도움이 될지는 모르겠지만."

"아아, 탐정……"

지점장은 얼빠진 표정으로 고개를 기울였다.

잡담하는 사이에 오후 5시가 돼서 정시 출근한 직원들은 재빨리 자리에서 일어났다.

이쪽은 앞으로 두 시간은 더 있어야 하는데.

"그럼 먼저 갈게, 둘 다 수고."

지점장의 기분좋은 목소리가 신경을 건드렸다.

수고는 개뿔. 아아, 젠장 담배 피우고 싶어 죽겠네.

조사 이틀째

아케치를 포함해 사무소 직원들이 각자 자리에 앉자 어제 조사한 결과를 공유했다.

특히 수상한 편지를 받은 세입자와 편지를 우편함에 넣은 걸로 추정되는 시간대를.

평일 오후 1시부터 오후 6시 사이에 주목해야 한다는 판단에 다들 동의했다.

테이블에 늘어놓은 편지 네 통을 보고 조사원 하나미야가 신기해했다.

"이 세입자들도 편지를 받은 건 한 번뿐이고, 더 받은 사람은 없는 거죠? 스토커가 보내는 것치고는 이해가 잘 안 되네요."

"그 밖에도 이상한 점이 있어."

나는 A202호실의 보육교사 미야자키에게 온 편지를 가리켰다.

"이 편지에는 담배에 관한 내용이 담겼는데, 미야자키 씨는 담배를 안 피운대. 범인이 다른 세입자에게 쓴 편지를 실수로 A202호실 우편함에 넣은 걸까."

"단순히 괴롭히거나 장난을 칠 목적이라 내용은 적당히

적은 것 아닐까요?"

다리를 뻗은 이노세가 의견을 제시했다. 하지만 하나미야는 수긍하지 못하는 듯했다.

"이 맨션 세입자들에게만 무차별적으로 그런 짓을?"

"겁을 줘서 살던 곳에서 나가도록 하려는 건지도 몰라요. 기미세 씨에게는 큰 손실이겠죠. 범인은 기미세 씨와 갈등을 빚은 사람일 거예요."

이노세의 가설이 백 퍼센트 틀렸다고는 할 수 없겠지만, 너무 간접적이고 번거로운 방법이다. 맨션 경영자를 괴롭히고 싶다면 훨씬 좋은 방법이 있을 테고, 매번 다른 세입자에게 편지를 한 통만 보내는 것도 어중간하다.

나는 편지 속 글귀에 다시 주목했다.

"아카에 씨가 받은 편지에는 '뒷모습을 바라보며 여기까지 따라왔다'는 대목이 있었다니까 세입자가 쓴 건 아니라고 볼 수 있겠군. 보쿠•라는 말도 있었으니 남자의 소행인가? 다른 편지에는 '이틀 전보다'라는 대목이 있었으니, 이 편지들은 다른 날에 같은 인물 앞으로 쓴 것으로 추정돼. 네 사람이 편지를 받은 날짜도 적당히 흩어져 있어."

• 일본에서 주로 남성이 사용하는 일인칭 대명사.

"그런데 왜 각각 다른 세입자의 우편함에 넣은 걸까요?"

"모르겠어."

하나미야의 의문에 나는 깨끗이 백기를 들었다.

"제 의견을 말씀드려도 될까요?"

아케치가 손을 들었다.

"미스터리에도 편지가 등장하는 작품이 꽤 많습니다. 밴 다인의 『비숍 살인 사건』과 노무라 고도의 『백지의 공포』 또는 서간문 형식으로 쓴 이노우에 히사시의 『열두 명의 편지』 등 편지의 역할도 다채롭죠. 이번 안건은 '나무를 숨기려면 숲에 숨겨라.' 즉, 이 편지들은 세입자들의 시선을 돌리기 위한 미끼고, 범인의 목적은 다른 데 있지 않을까요?"

"예를 들면?" 흥미가 동한 듯 하나미야가 이야기를 재촉했다.

"편지에 암호가 숨겨져 있어서 받은 세입자에게만 메시지가 전해진다든가. 적대 세력의 눈을 속이기 위해 무관한 세입자에게도 일부러 편지를 보내는 거죠."

"……적대 세력이라니, 그게 뭔데?"

커피를 마시며 대화를 듣던 미네가 답답함을 감추지 않고 반론했다.

"이야기의 논점에서 벗어나면 안 돼. 편지를 보낸 이유는 상상력을 발휘하면 얼마든지 만들어낼 수 있어."

"얼마든지는 아니겠죠. 범인은 삼월 중순 이 주 동안 받는 사람이 중복되지 않도록 조정하면서 편지를 보냈어요. 범인 나름의 규칙에 따라 행동했다고 봐야 하지 않을까요?"

"여기 홈스 놀이하러 온 거야? 너처럼 소설이나 드라마처럼 행동하는 녀석은 형사 시절에도 못 봤어. 현실을 직시해."

아케치는 미네의 기세에 눌리면서도 일말의 가능성을 찾듯이 말했다.

"……하지만 보통 사람은 이해할 수 없는 생각을 바탕으로 죄를 저지르는 사람도 가끔 있잖아요. 그래서 픽션보다 기이한 사건이 벌어지기도 하는 거고요."

"그런 걸 코에 걸면 코걸이 귀에 걸면 귀걸이라고 하는 거야."

미네의 목소리가 더 커지는 걸 보다 못해 나는 "그만, 그만" 하고 끼어들었다.

"편지를 보낸 목적은 불확실하지만 그걸 밝혀내기 위해서만 시간을 쏟을 수는 없어. 아케치의 말도 일리는 있지만 지금 우리는 탐문과 잠복같이 아주 수수하고 흔한 조사에 힘을 쏟아야 해."

"……죄송합니다."

아케치는 더이상 논의를 방해하지 않겠다고 표명하듯 깍듯하게 고개를 숙였다.

하나미야가 분위기를 누그러뜨리려는 듯이 말했다.

"이런 일은 결국 범인의 동기를 들어도 이해가 안 되기도 해. 본인은 피해를 준다는 자각이 없고, 오히려 친절한 마음에 벌인 일이라든가."

어쨌든 앞으로 어떻게 조사할지 방침을 세워야 한다. 둘이서 맡는다면 쓸 수 있는 시간은 기껏해야 스무 시간. 이미 어제 네 시간쯤 탐문 조사를 했으니 이제 열여섯 시간밖에 없다.

마지막 편지는 17일에 왔지만, 그후에 왔는데 발견하지 못한 편지가 있을지도 모른다. 그리고 평일에 편지가 온다는 걸 고려하면 26일 수요일인 오늘도 새로운 편지가 왔을 가능성은 크다.

그래서 오늘부터 사흘간, 오후 1시부터 오후 6시까지 다섯 시간 동안 우편함을 감시하면서 다른 세입자에게 탐문 조사를 실시하기로 했다.

회의가 끝나자 이노세가 살짝 다가와서 물었다.

"감시만 한다면 제가 동행하는 편이 나을까요? 아케치에게는 사무소를 보라고 하고."

왼쪽 발목을 삐었으니 최악의 경우에도 운전은 가능하다. 잠복해서 감시하는 데는 센스가 필요하니 아르바이트생인 아케치보다 든든하리라. 하지만.

"아니, 잘 가르치면서 해볼게."

나는 그렇게 대답했다. 아케치가 탐정업에 품은 인식은 아직도 실제와 크게 동떨어져 있다. 그건 빨리 교정해야 한다. 한편으로 미지의 정보에 대한 호기심, 그리고 온갖 상상력을 발휘하는 힘은 보존하면서 실무 경험을 쌓게 해야 하지 않을까.

그런 생각이었다.

그날 오후 우리는 어제처럼 하이츠 도쿠로에서 삼십 미터쯤 떨어진 코인 주차장에 차를 세워두고, 거기서 보이는 맨션 세 동의 우편함을 감시했다.

하이츠에도 주차장은 있지만 우편함에서 너무 가까워 범인에게 들킬 우려가 있다. 그래서 우리는 사전에 카메라 줌렌즈를 활용하면 우편함 투입구가 보이는 위치를 찾아냈다.

"뭘 넣는지는 확인하지 못하더라도 집배원 외에 다른 사람이 우편함에 다가가면 사진을 찍어. 특히 한 집의 우편함에만 접근하는 자는 놓치지 말도록."

"알겠습니다."

아케치는 우편함이 있는 방향에 시선을 고정한 채 대답했다.

만약 수상한 인물이 나타나면 촬영에 그치지 않고 미행할 필요가 있다. 그럴 때는 도보 미행과는 별개로 차량의 기동력을 확보해두는 게 공식이다. 그 공식에 따르자면 내가 차에 남고 아케치에게 미행을 맡겨야겠지만, 아케치는 미행해본 경험이 없다. 그렇다고 회사 차량의 보험 대상에 포함되지 않아 운전을 맡길 수 없는 아케치를 차에 남겨둬봐야 아무런 의미가 없고…… 생각만 해도 머리가 지끈지끈했다.

이날은 오후 3시경에 집배원이 나타났고, 그로부터 약 삼십 분 후 사복 차림을 한 누군가가 모든 우편함에 뭔가를 넣었다. 목표물일 가능성은 낮았지만 혹시나 몰라 아케치를 보내 확인했다.

"근처에 오픈한 덮밥집 전단지였어요."

하이츠 세입자가 드나드는 모습도 몇 번 눈에 들어왔다. 처음 보는 얼굴이 몇몇 있어서 탐문 조사한 결과, 그중 한 명인 C202호실에 사는 삼십대 남성 스나가로부터 수상한 편지를 받았다는 정보를 얻었다. 그는 이미 기미세에게 알렸다고 한다.

"스마트폰으로 사진을 찍어놨어요. 여자친구한테 보여줬더니 엄청 걱정하더군요."

그렇게 말하길래 사진을 보여달라고 했다.

일하느라 고생 많았어. 이틀 전보다 피곤해 보이는데 괜찮아? 직장에 싫은 사람이라도 있는 건가? 어디에 있든 꼭 지켜볼게.

분명 우리가 받아본 편지 중 하나와 동일한 내용이었다.

사진이 저장된 날짜로 편지가 11일 화요일에 왔다는 걸 알았지만, 시각은 기억나지 않는다고 했다.

이리하여 맡아둔 편지 세 통을 받은 사람은 전부 판명됐고, 하이츠 세입자도 한 명만 제외하고 모두 확인했다. C201호실 우편함에는 우편물이 쌓여 있는 걸로 봐서 한동안 집을 비운 듯했다. 조사 기간 중에 만날 수 있으면 좋으련만.

한편 골치 아픈 일도 생겼다.

"소장님."

긴장한 아케치의 목소리에 시선을 돌리자 흰색 차가 하이츠 앞 갓길에 멈추더니, 운전석에서 위아래 검은색 스웨트 셔츠와 팬츠 차림의 청년이 내렸다. 그는 자동차 트렁크에서 작은 상자를 꺼내 하이츠로 향했다.

일단 B동 계단을 올라갔지만, 바로 상자를 끌어안은 채 내려오더니 우편함 앞에 멈춰 섰다.

"저건……"

"아마 인터넷 쇼핑몰 택배 기사일 거야."

대형 택배회사의 배달원은 딱 보면 알 수 있는 유니폼 차림이라 바로 구분이 된다.

하지만 인터넷 쇼핑몰이 업무를 위탁한 택배 기사는 정해진 복장이 없어서 겉모습만으로는 일반인과 구분이 되지 않는다. 택배 기사인 척하고 수상한 편지를 넣는 방법 정도는 누구나 떠올릴 수 있으리라.

아케치가 차 안에서 카메라로 연속 촬영한 후 뷰파인더에서 눈을 뗐다.

"카메라로 봤는데 하얀 봉투를 넣지는 않았어요…… 어

떻게 할까요?"

내가 취할 수 있는 몇 가지 행동을 재빨리 검토하는 사이 남자가 차에 올라탔다. 어차피 완벽한 선택은 불가능하다고 스스로를 납득시켰다.

"진짜 택배 기사라면 계속 배달을 다니겠지. 나는 차로 뒤쫓을 테니까 아케치는 내려서 계속 감시해. 만약을 위해 번호판도 찍어놔."

아케치를 내려주고 코인 주차장을 나서는 것과 동시에 남자의 차도 출발했다.

남자의 차는 주택가를 벗어나지 않고 더 안쪽으로 나아갔다. 가끔 속도를 몹시 낮추길래 미행을 눈치챘나 싶었지만, 지도로 현재 위치를 확인하는 듯했다.

차는 모퉁이를 두어 번 돈 후 벽이 파란색인 단독주택 앞에 멈췄다. 느릿느릿 추월해서 백미러로 동태를 살피자, 남자가 소포를 들고 단독주택 초인종을 누르는 모습이 보였다.

역시 저 사람은 아닌가.

그때 윗옷 호주머니에서 스마트폰이 울렸다.

차를 세우고 확인하자 아케치의 이름이 화면에 떠 있었다. 불길한 예감이 들었다.

"무슨 일이야?"

"수상한 사람이 나타났어요. 지금 쫓고 있습니다!"

절박한 목소리였다.

'환장하겠네' 하고 소리치고 싶은 충동을 억누르며 스마트폰을 핸즈프리 모드로 바꾸고 조수석에 내팽개친 후 차를 출발시켰다.

"지금 어디야?"

"그게, 강으로 향하는 길인데, 으앗."

목소리가 멀어졌다.

"이봐, 괜찮아? 야."

계속 부르면서 서둘러 하이츠로 돌아갔다. 잠시 후 목소리가 들렸다.

"상대가 신호를 무시하고 도로를 건너서 놓쳤어요."

탐정의 습성상 죽어도 따라잡으라고 말하고 싶었지만, 정말로 죽었다간 우스갯거리도 못 된다. 수상한 사람이 어느 방향으로 향했는지 잘 기억해두라고 지시하고 전화를 끊었다.

하이츠에 도착하자 아케치가 건물 앞에 우두커니 서 있기에, 일단 차를 하이츠 전용 주차장에 세웠다.

"재킷 후드를 덮어써서 얼굴은 잘 안 보였지만 틀림없

이 남자일 거예요. 처음에는 빠른 걸음으로 큰길 쪽에서 와서……"

아케치가 그 남자의 행동을 재연해 주차장에서 곧장 A동 공동현관으로 다가갔다.

"이 우편함 앞에 잠시 서 있었어요. 사진은 찍었지만, 뒤쫓을지 계속 감시할지 망설이는 사이에 코인 주차장에서 지켜보고 있다는 걸 알아챘는지 달아나더라고요."

주차장까지는 거리가 꽤 된다. 아케치가 부주의했다기보다 찔리는 구석이 있는 남자가 주변을 경계했기 때문에 들킨 것 아닐까.

카메라 뒤쪽 화면으로 사진을 확인했지만, 역시 후드 때문에 생김새는 확실히 보이지 않았다. 전체적인 인상으로 몸집이 작은 남자라는 걸 알 수 있는 정도였다.

남자는 A301호실의 우편함에 뭔가를 했다.

어제 찾아갔을 때 없는 척했던 키 큰 남자 야마다가 사는 곳이다. 담배를 피우러 나왔을 때는 수상한 편지를 받은 적 없다고 했지만, 뭔가 숨기는 게 있는 듯했다.

"야마다 씨 아니었어?"

"체격이 전혀 다른걸요. 그리고……"

아치케가 A동 3층을 올려다보았다.

"아까 창문을 확인했는데 불이 켜져 있어요. 야마다 씨는 집에 있는 것 같아요."

제법 재치가 있다.

아케치를 밑에 남겨두고 계단을 오르자 A301호실 문 너머로 청소기 소리가 들렸다. 초인종을 누르자 청소기 소리가 멈추고 잠시 침묵이 흘렀다. 또 없는 척할지 고민하는 걸까.

하지만 결국 야마다는 문을 열었다. 나를 보고 역시나, 라는 표정을 지었다. 만약 그가 수상한 남자라면 아케치를 떼어내고 먼저 집으로 돌아온 셈이다. 그건 아무래도 현실미가 없을 듯했다.

"뭡니까?"

"갑자기 찾아와서 죄송합니다. 실은 사정이 있어서 우편함을 확인하고 싶은데요."

"곧 아르바이트하러 나가봐야 하는데요."

"오늘 용건은 정말로 그것뿐입니다. 부탁드립니다."

나는 정중히 고개를 숙였다.

"……1층에 내려갔다 바로 돌아와도 되는 거죠?"

야마다는 확인하듯 말하고 집에서 나왔다.

결국 우편함에서 수상한 편지는 발견되지 않았다. 수상

한 남자는 다른 목적으로 나타난 걸까, 아니면 우리가 조사한다는 걸 알아차리고 편지를 넣지 않고 도망친 걸까.

"1층까지 내려오시게 해서 죄송합니다. 그리고 협조해주셔서 감사합니다. 덧붙여 이 남자를 보신 적 있으십니까?"

아까 찍은 사진을 보여주었지만 야마다는 "이것만 봐서는 잘 모르겠는데요"라는 반응이었다.

"……스토커, 찾아낸 겁니까?"

"아직은 뭐라고 단정하기가 힘든 상황입니다."

야마다는 생각하듯 시선을 떨어뜨리더니 "그렇군요" 하고 중얼거린 다음 계단을 올라갔다.

그 뒷모습을 바라보며 한 가지 의문이 떠올랐다. 아케치가 내 속마음을 대변해주었다.

"야마다 씨는 어째서 스토커라고 생각한 걸까요? 저희는 '세입자분들께 수상한 편지가 왔다'고만 말했는데."

물론 그 정보에서 스토커를 연상할 수도 있으리라. 하지만 여러 세입자가 편지를 받았다는 이야기를 들으면, 보통은 무차별적인 괴롭힘이나 장난질을 연상하지 않을까.

그렇지만 야마다 본인은 피해를 당하지 않았고, 이번에도 편지는 들어 있지 않았다. 현재 시점에서 그를 의심할 근거는 부족하다.

우리는 코인 주차장으로 돌아가 다시 차 안에서 감시를 시작했지만, 철수 시간인 오후 6시까지 세입자 말고 다른 사람은 나타나지 않았다.

"만약 아까 아케치가 본 남자가 편지를 보내는 사람이라면, 경계심이 커져서 앞으로는 나타나지 않을지도 모르겠군."

오늘로 조사 기간의 절반이 지나간다고 생각하자 초조한 나머지 그만 비관적인 말이 나왔다. 마치 아케치를 탓하는 것만 같았다.

"뭐, 의뢰인의 희망은 수상한 편지 탓에 부동산 가치가 하락하는 걸 막는 거였으니, 이건 이것대로 목적을 달성했다고 할 수도 있겠지만 말이야. 성공보수는 받지 못하겠지."

나는 실언한 걸 무마하려고 농담하듯 말했다. 하지만 아케치는 웃음기 하나 없이 대답했다.

"그럼 그 남자가 뭣 때문에 편지를 보냈는지 모르는 채로 일이 끝나는 거잖아요."

아케치에게 이건 달성해야 할 업무라기보다 풀어내야 할 수수께끼다. 그의 흔들리지 않는 마음가짐을 접하자 나는 새삼 호기심이 동했다.

"왜 그렇게까지 수수께끼가 풀고 싶은 거야? 머리를 쓰고 싶은 거면 퍼즐이나 퀴즈가 얼마든지 있잖아."

아케치는 '하이츠 도쿠로'에 시선을 고정한 채 할말을 찾는 듯했다.

"퍼즐이나 퀴즈는 도전적이에요. 해답을 자각한 상태로 이쪽이 풀 마음을 먹고 다가오기를 느긋하게 기다리죠. 하지만 수수께끼는, 특히 일상생활 속에서 맞닥뜨리는 수수께끼는 이쪽에 호소하는 것 같은 기분이 들어요."

"호소한다고? 어떻게?"

"……'가르쳐다오. 내 정체를.'"

아케치가 중얼거렸다.

마치 우리를 애먹이는 편지 그 자체가 던지는 말처럼 느껴졌다.

"수수께끼에는 우연히 태어난 것과 누군가 의도적으로 만들어낸 것이 있어요. 그중에는 누군가 영원히 감춰두고 싶은 수수께끼도 있겠죠. 하지만 수수께끼가 제 앞에 나타났을 때, 꼭 그렇게 호소하는 것만 같더라고요. 인간의 의도와는 상관없이 수수께끼는 발견돼서 풀리고 싶어해요. 저는 그 목소리를 듣지 않은 셈 치고 넘어갈 수가 없어요."

아케치는 아주 진지한 표정으로 그렇게 말했다.

"즉, 그런 건가. 등산가가 위험을 무릅쓰고 산을 오르는 이유를 물어보면 나오는 대답이랑 비슷한 건가."

워낙 진부한 비유라 민망했지만 아케치는 고개를 끄덕였다.

그렇다면 내가 어떻게 설득해도 소용없다.

아케치는 수수께끼를 정말 사랑한다. 수수께끼 풀어내는 데 도움이 되는 기술을 우리에게 배우고 나면, 다른 높은 산을 찾아 여행을 떠나리라.

*

급한 수리 의뢰에 대응하고 사무실로 돌아오자 형광등을 반만 켜둔 실내에서 옆자리 요시오카가 서류를 작성하고 있었다. 어제 가스기기를 수리할 때 문제가 생겨서 시말서를 쓰고 있는 듯했다.

"고생 많았어."

"응."

자리에 앉아 스마트폰으로 장문의 문자메시지를 확인하고 있으니, 퇴근하지 않는 게 의아했는지 요시오카가 모니터에서 고개를 들었다.

"어, 오늘도 오후조?"

'또?' 하고 얼굴에 쓰여 있었다. 보통 오후조는 많아도 일주일에 두 번. 연달아 걸리는 경우는 거의 없다.

"응. 지금은 늦게까지 일하는 게 편해서."

"그러고 보니 지점장도 근무표 짜기가 편하다고 좋아했지. 지금 사는 곳은 여기서 가까워?"

"거리는 전이랑 별 차이 없어. 차로는 삼십 분이면 왕복 가능. 방향은 정반대."

"흐음. 그러고 보니 유급휴가 사용률이 낮다고 본사에서 한마디한 것 같던데. 좀 쉬어. 지점장도 내일 연차 쓴대."

"아아, 그래."

그렇다면 이쪽도 내일 쉬어볼까 싶어서 근무표를 확인하는데 요시오카가 화제를 바꾸었다.

"그건 어떻게 됐어? 스토커가 출몰했다고 했잖아."

"며칠 되지도 않았는걸. 탐정은 아직 성과를 올리지 못했나봐."

정말이지 불쾌한 일이다.

다만 마음에 걸리는 점도 있었다. 지난번과 똑같은 스토커의 짓이라면 왜 우리 집에는 편지가 오지 않는 걸까. 다른 세입자에게 보낸 걸 보면, 아직 집 호수를 들키지 않은 걸까.

"거주하는 건물만 들통날 수도 있을까?"

요시오카는 잠시 생각하다 고개를 저었다.

"우편물이나 신분증명서에는 집 호수까지 적혀 있잖아. 직원 명부도 마찬가지고. 아니면 필요한 물품을 배송받을 수 없지. 별것 아닌 설문지라면 대충 생략해서 적을 수도 있겠지만."

공교롭게도 이사한 후로는 그런 설문지에 주소를 적은 기억이 없다.

더구나 스토커가 마음만 먹으면 귀가하는 시간에 맞춰 창문을 보고 어느 집에 불이 켜지는지 알아낼 수 있을 것이다.

"젠장."

"담배라도 피우고 와."

이야기를 상대해주기 귀찮아졌는지 요시오카가 무신경하게 말했다.

"전에 말했잖아. 금연중."

"진짜로? 분위기 타서 같이 시작한 사람들은 전부 포기했어."

연약한 놈들. 하지만 이제 와서 포기해서 '그럴 줄 알았지' 하고 비웃음을 사는 것도 성질난다.

정말이지, 이사를 계기로 금연을 시작했는데 또 이사할지도 모른다니, 생각만 해도 속이 부글부글 끓었다.

스토커의 정체가 밝혀지면 주먹맛을 보여줄 테다.

조사 사흘째

오늘과 내일로 조사는 끝난다.

어제 일어난 일을 보고하면서 조사 기간을 연장해주지 않겠느냐고, 그날 밤에 의뢰인 기미세에게 의사를 타진해보았지만 거절당했다.

나는 하이츠를 감시하러 갈 때까지 사무소에서 정보를 정리하기로 했다. 나 말고는 사무원 아라키타와 발목을 삔 이노세가 사무소에 있었다.

"새로운 편지는 오지 않고, 세입자들도 누가 편지를 보내는지 짚이는 구석이 없다. 누가 대체 뭣 때문에 그런 걸까."

"소장님, 마치 아케치처럼 말씀하시네요."

이노세의 지적에 나는 허둥지둥 대꾸했다.

"이 사진만 보고는 누군지 알아낼 수 없으니 어쩌겠어. 남은 조사 기간은 오늘과 내일뿐이니 수상한 자가 한 번 더 나타날 가능성에 기대를 걸 수도 없는 노릇이야."

그렇다면 편지를 받은 세입자를 바탕으로 수상한 자의 정체에 접근하는 수밖에 없다.

현재까지 편지를 받은 것으로 밝혀진 사람은 다섯 명.

A101호실 엔도 히마리, 3월 17일(월) 이전
A202호실 미야자키 메이코, 3월 12일(수)
B201호실 기노시타 에이지, 3월 13일(목) 또는 14일(금)
B302호실 아카에 다마키, 3월 17일(월)
C202호실 스나가 도모미치, 3월 11일(화)

연락이 되지 않는 C201호실 세입자가 한 명 남아 있지만, 그걸 더해도 기껏해야 여섯 명이다.

나이도 직업도 천차만별인 세입자들. 집 호수와 집 위치에도 이렇다 할 공통점은 없는 듯했다. 그런데 정말로 그들에게 접점은 없는 걸까.

"피해자들의 보이지 않는 관계성을 뜻하는 말을 뭐라고 하더라."

"미싱링크요?"

"그거다. 금방 쑥 나왔네. 웬일이야?"

이노세가 두툼한 가슴팍을 의기양양하게 젖혔다.

"저도 긴다이치는 봤거든요."

"엇."

"만화 쪽입니다만."●

아아, 그쪽. 나도 물론 전권을 다 보았다.

세입자의 사생활에 공통점이 없다면, 공통점이라 할 만한 건 처음부터 눈앞에 있던 '하이츠 도쿠로'뿐이다.

"편지는 왜 이번 달 들어 갑자기 오기 시작했을까. 혹시 스토커가 정말로 편지를 보내고 싶은 목표물은 최근에 이사 온 인물인데, 집 호수를 몰라서 편지를 여러 집 우편함에 넣었을 가능성은 없을까."

일반 회사에서는 점심을 먹을 시간대라 관리인 기미세에게 전화를 걸었다. 세입자가 입주한 시기를 알고 싶다고 하자 처음에는 망설였지만, 그 정도라면 알려줘도 문제없겠다고 판단했는지 바로 데이터를 보냈다.

오늘은 3월 27일. 스나가에게 편지가 온 11일보다 좀 더 범위를 넓혀서 삼월에 입주한 세입자를 찾아보자 세 명이 나왔다.

● 만화 『소년탐정 김전일』의 주인공 김전일의 원래 이름은 '긴다이치 하지메'다.

A101호실 엔도 히마리

B302호실 아카에 다마키

C201호실 가이 요헤이

A101호실의 엔도는 조사 첫날에 아케치와 함께 만난, 야간업소에서 일하는 듯한 여성이다.

B302호실의 아카에는 첫날에 아케치가 무신경한 질문을 던져서 화났던 여성.

C201호실의 가이는 유일하게 아직 만나지 못한 세입자다.

아케치가 목격한 수상한 남자는 사진으로도 남자로 판명됐다. 확률로 따지면 여자인 엔도나 아카에를 노렸을 가능성이 높지 않을까.

"하지만 소장님."

상담 신청 메일을 확인하던 고참 직원 아라키타가 컴퓨터에서 고개를 들고 말했다.

"이사온 시기와 거주하는 맨션까지 아는데, 목표물의 집 호수만 모를 수가 있을까요? 스토커라면 적어도 목표물이 어느 동에 사는지는 알 텐데요."

아라키타는 웬만하면 조사 업무에 참견하지 않지만, 가

끔 이렇게 날카로운 조언을 주고는 한다. 확실히 뒤를 밟은 적 있다면 편지는 같은 동의 우편함에 집중될 것이다.

"하지만 스토커의 행동은 이해가 되지 않는……"

반론을 도중에 멈췄다. 어제 아케치가 한 말 아닌가.

스토커의 행동 원리나 동기는 객관적으로 볼 때 이치에 맞지 않는 경우가 많다. 하지만 그것이 자신의 목적에 있어 비효율적인 방법을 택한다는 뜻은 아니다. 왜곡된 목적을 달성하기 위해 최선으로 여겨지는 행동에 나설 것이다.

한 명을 제외하고 세입자 모두를 만나봤지만, 17일 이후에 온 편지는 없었다. 왜 그날 이후 편지를 받은 세입자는 없을까. 17일 시점에는 아직 우리에게 의뢰가 들어오지 않았으니, 조사를 경계한 것도 아니다. 그게 아니라면 편지를 우편함에 넣을 수 없게 된 이유가 있는 걸까?

"아케치, 출근이 늦네요."

끙끙 고민하던 탓에 이노세가 언급하고 나서야 아차 싶었다. 시계를 보니 평소라면 이미 출근한 아케치와 함께 차를 타고 하이츠로 향했을 시간이 지나 있었다.

한창 조사하는 중인데 성실한 아케치가 지각할 리 없다. 오히려.

부리나케 스마트폰을 확인해보니 삼십 분쯤 전에 왔지만

알아채지 못한 문자메시지가 한 통 있었다.

소장님, 수고 많으십니다. 오늘은 201호실 세입자가 돌아오지 않았는지 먼저 확인하고 싶으니, 현장에서 뵙는 게 어떨까요? 부탁드리겠습니다.

"아케치는 이미 현장에 갔나봐."
"그 녀석, 오토바이 같은 거 없잖아요. 역에서 버스를 타고 갔나. 나중에 교통비가 얼마나 나왔는지 물어봐야겠네."
나는 불길한 예감에 사로잡혀 아라키타의 냉정한 말을 듣는 둥 마는 둥 했다.
아케치는 '수수께끼가 호소한다'라고 했다. 그리고 어제는 내가 잠복 장소를 떠난 틈에 수수께끼의 근원이라 해야 할 수상한 남자와 마주쳤다. 눈을 떼서는 안 된다.
나는 "바로 갈 테니까 무리는 하지 마" 하고 답신을 보낸 다음 사무소를 나서서 차에 올라탔다. 하지만 하필이면 길이 막혔고, 큰 도로 앞에서는 긴 신호에 걸렸다.
스마트폰을 보자 아까 전 보낸 답신에 '읽음' 표시가 없었다. 얼른 근처 편의점 주차장에 차를 대고 전화를 걸었지만 발신음만 계속 울렸다.

뭐야, 어떻게 된 거야.

안절부절못하고 있는데 드디어 전화가 연결됐다.

"여보세요."

그 목소리를 듣고 나는 어리둥절해졌다. 여자 목소리였다. 제대로 걸었는지 확인하기 위해 무심코 화면을 보았다.

"저기, 아케치 전화 아닌가요?"

이쪽의 당황한 낌새가 전해졌는지 상대도 침착하지 못한 목소리로 말했다.

"저는 여기…… '하이츠 도쿠로'에 사는 사람인데요. 어, 그쪽은 혹시 탐정이신가요?"

"그렇습니다. 다누마라고 합니다. 이 전화 주인은요?"

그때 구급차 사이렌 소리가 작게 들렸다. 반사적으로 스마트폰을 귀에서 떼니 소리는 사라졌다.

틀림없다. 구급차는 전화 저편의 '하이츠 도쿠로'로 다가오고 있다.

"이 스마트폰 주인이 C동 공동현관에 쓰러져 있었어요. 정신을 잃었고 머리에서 피도 나더라고요. 지금 구급차가 왔어요."

하이츠에 도착했을 때는 아케치를 실은 듯한 구급차가

출발하려는 참이었다. 차창 너머로 구급대원에게 물어보자 아케치는 의식을 되찾고 부르는 소리에 반응했지만, 머리를 다쳤으므로 근처 시민병원으로 이송해 검사해볼 예정이라고 했다. 그리고 아케치를 돌보며 119에 신고한 사람은 건물 앞에 서 있는 두 여자라고 알려주었다.

나도 구급차를 쫓아가고 싶었지만 두 사람에게 사정도 들어보고 싶었다. 서둘러 사무소에 연락해 이노세를 병원에 보냈다.

다른 세입자들도 구급차 사이렌 소리를 듣고 밖으로 나왔지만, 사태가 마무리되자 하나둘씩 돌아갔다. 현장에는 아케치가 쓰러지면서 깨졌는지 무테안경의 가련한 잔해가 남아 있었다. 나는 안경을 주워서 손수건으로 감쌌다.

아케치를 돌봐줬다는 두 여자 중 한 명은 B302호실의 아카에였다. 일단 감사를 표한 후 자초지종을 물어보려 했지만, 아카에는 새파랗게 질린 얼굴을 신경질적으로 일그러뜨렸다.

"말해두겠는데 난 아무것도 몰라요. 장 보고 왔더니 이쪽 분이 쓰러진 남자를 돌보고 있었어요. 처음에는 전혀 몰라봤다가 우리 집을 찾아왔던 사람이라는 걸 알아차렸을 때 스마트폰이 울려서 받아보니 그쪽이었어요."

그러면서 곁에 있던 여자를 보았다. 아카에보다 머리 하나 하고도 반쯤은 키가 커서 나도 올려다봐야 할 지경이었다. 화장기는 없지만 이목구비가 아주 단정한 얼굴이라 나는 약간 압도당하는 기분으로 물어보았다.

"아케치는 왜 다쳤습니까?"

"저도 집에서 나왔을 때 쓰러져 있는 걸 발견해서 잘 몰라요. 머리에 상처가 났으니까 무슨 이유로 실신해서 머리를 찧은 것 아니겠느냐고 구급대원들이 그러던데요."

사람이 넘어질 때는 반사적으로 손을 내밀어 몸을 보호한다. 아케치에게는 그런 흔적이 없었으니, 서 있다가 갑자기 정신을 잃는 사태가 발생했다고 추정한 듯하다.

"그 사람, 수상한 사람에 대해 조사하고 다녔으니까 습격당한 거 아니에요? 빨리 붙잡지 않으니까 이렇게 된 거라고요."

아카에는 소름 끼친다는 듯이 두 팔을 문지른 후 "그럼 이만 가볼게요" 하고 아케치가 쓰러져 있던 곳을 힐끗 보고서는 재빨리 걸음을 옮겼다.

키 큰 여자도 A동 계단으로 향하길래 나는 얼른 불러 세웠다.

"그런데 당신은 누구십니까? 아까 '집에서 나왔다'라고

하셨는데, A동 세입자는 전부 만나봤거든요. 하지만 그쪽 얼굴은 본 적이 없어요."

여자는 희미하게 앓는 소리를 내더니 체념한 듯 어깨를 늘어뜨렸다. 이 질문이 나올 걸 예상했던 모양이다.

"야마다입니다. A301호실에 사는 야마다 하루토의 누나, 야마다 나기사요."

병원으로 달려간 이노세의 보고에 따르면 검사 결과 아케치의 머리에는 이상이 없다고 한다. 다만 뇌진탕의 영향으로 기억에 혼동이 생겨서 부상당한 전후의 일을 기억하지 못한다는 모양이다. 당분간 입원해서 용태를 관찰하기로 했다.

마지막으로 이노세는 이렇게 덧붙였다.

"의사 선생님 말씀으로는 막대 형태의 물건에 얻어맞아서 머리를 다친 것 아니겠느냐고 하시더군요. 만약을 위해 경찰에도 신고했습니다."

"아케치의 부모님께는 연락했나?"

"어머니는 안 계시고 아버지만 계신다는데, 아버지도 지금은 영국에 살고 계셔서 당장은 못 오신다는군요."

그랬구나. 우리는 아케치에 대해 모르는 것이 너무 많다.

통화를 마친 후 나는 두 사람에게 몸을 돌렸다.

"아케치는 머리를 다쳤지만 생명에는 지장이 없다고 합니다. 나기사 씨 덕분입니다. 감사합니다."

"아니요. 저야 구급차를 불렀을 뿐인데요."

야마다 나기사는 겸연쩍은 듯한 표정으로 꿇어앉아 있던 다리를 풀었다. 지금까지 퉁명스러운 태도로 우리를 대했던 동생 하루토도 어쩐지 어깨를 조금 움츠리고 있는 것처럼 보였다.

A301호실의 거실. 담뱃갑만 덩그러니 놓인 작은 테이블을 사이에 두고 나는 야마다 남매와 마주앉았다.

"두 분은 같이 사시는 건가요?"

"원래는 동생 혼자 살았는데, 제가 지난달 초에 이사왔어요."

복층형 1LDK는 둘이 살기에 넓다고 할 수는 없겠지만, 남매라면 그럭저럭 생활할 수 있으리라.

다만 누나가 이사왔기 때문인지, 집이 전체적으로 어수선하고 물건이 많았다. 하루토의 물건일 스탠드 옷걸이와 수납장은 나무 질감이 느껴지는 디자인으로 통일감을 주었지만, 벽에 달린 후크에는 여성복이 걸린 옷걸이가 두세 겹으로 포개어져 있었고, 창가에는 열지 않은 골판지상자 세

개가 방치돼 있었다.

"조사하러 왔을 때는 나기사 씨를 뵙지 못했는데요."

"집이 좁으니 같이 있는 시간은 짧은 편이 낫잖아요? 집에 있는 시간이 엇갈리도록 근무표를 조정했어요. 저는 가스기기 전문업체에서 일하는데, 점심 전에 출근해서 오후 8시쯤 돌아올 때가 많아요. 이 녀석은 밤에 노래방에서 일하고요."

나기사는 밖에서 이야기를 나누었을 때보다 편한 투로 말했다. 어쩐지 나른해 보이는 분위기와도 잘 어울렸다. 이것이 나기사의 본모습이리라.

그녀는 고객의 신청이 들어오면 출장을 나가서 고장난 가스기기를 수리하거나 가스를 연결하는 일을 한다고 했다.

"그렇더라도 하루토 씨가 누나에 대해 말씀해주셨으면 좋았을 텐데요."

"탐정님." 하루토는 누나와 대조적으로 딱딱한 어조로 말했다. "부탁이니 관리인한테는 이 일을 말씀하지 말아주세요."

그 말을 듣자 이해가 갔다.

'하이츠 도쿠로'는 일인 가구 전용 임대 맨션이다. 둘이 함께 산다는 사실이 들통나면 쫓겨날 것이다.

즉, 하루토는 누나와 같이 산다는 사실을 들키지 않기 위해 집에 없는 척했고, 퉁명스러운 태도를 보인 것이다.

"물론 기미세 씨에게는 보고하지 않겠습니다. 다만 한 가지 여쭤봐도 되겠습니까? 그렇게까지 해서 같이 지내시는 이유가 뭔가요? 여기는 입지조건이 그렇게 좋은 편도 아니고, 집세가 저렴한 곳이라면 얼마든지 찾을 수 있을 것 같은데요."

두 사람은 얼굴을 마주보았다. 잠시 후 나기사가 입을 열었다.

"전에 살던 맨션에서 스토킹을 당했거든요. 어떤 놈인지는 모르지만 퇴근길에 뒤따라오는 기척이 느껴지거나, 우편함에 들어 있는 전단지가 부자연스럽게 접혀 있어서 누가 우편함을 뒤지는 게 아닐까 싶던 적이 여러 번이었어요."

놀랐다. 설마 여기서 스토커가 화제로 나올 줄이야.

하루토가 푸념하듯 말했다.

"누나는 친한 사람 앞에서는 이런 식이지만, 밖에서는 싹싹하니 인상이 좋거든요. 그래서 옛날에도 남자가 착각해서 말썽이 난 적이 있었어요. 이번에는 위험하게 느껴진다길래 당분간 여기서 지내기로 한 겁니다."

"시끄러워. 집세도 절반 내주는데 뭐가 불만이야? 너야말로 쓴 그릇을 싱크대에 그냥 놔두질 않나, 쓰레기를 쌓아 놓질 않나, 우편함도 확인 안 하잖아. 누나 덕분에 사람답게 산다고 고마워해도 모자랄 판에, 이 자식이."

나기사의 말투가 점점 험악해지는 한편, 하루토는 입을 꾹 다문 채 뒤쪽 침대에 놓여 있던 얼룩무늬 야구모자를 만지작거렸다. 이것이 이 남매의 역학관계인 듯했다.

아무튼 사건의 양상이 많이 정리됐다.

나기사는 스토커에게서 벗어나기 위해 지난달 초에 동생 집으로 몰래 이사왔다. 그로부터 한 달 후, 하이츠 세입자에게 수상한 편지가 오기 시작했다.

하루토는 우리와 만난 후, 직장에 있는 누나에게 조사 상황을 알렸다고 한다.

"두 분은 나기사 씨를 노린 스토커가 편지를 보냈다고 생각했지만, 그 사실을 이야기하면 주거 규약을 어기고 같이 살고 있다는 사실이 들통나죠. 그래서 잠자코 일이 어떻게 흘러가는지 지켜보신 거예요. 그리고 조사가 진행되자 저희를 방해꾼으로 여긴 스토커가 혼자 하이츠를 방문한 아케치를 습격한 거로군요."

"아니요, 그게 좀 달라요."

나기사가 내 추리를 막았다.

"전에 살았던 맨션에서는 스토커가 저를 몰래 따라오고 우편함을 건드렸을 뿐 편지는 보내지 않았어요. 이번에도 저희한테는 편지가 안 왔거든요. 그래서 같은 스토커의 소행인지 아닌지 확신이 안 서더라고요."

마음에 걸리는 정보였다. 나기사가 예전에 살던 집에서 도망쳐서 스토커의 심경에 변화가 생긴 걸까.

"탐정님, 여쭤보고 싶은 게 있는데요."

하루토가 끼어들었다.

"세입자에게 온 편지는 어떤 내용입니까? 만약 누나를 노린 녀석의 소행이라면 이사했다는 사실을 언급했을 거예요. 어디 사는지 알아냈다고 자랑하든가, 도망쳐도 소용없다고 협박하든가."

확실히 나기사가 이사한 게 계기라면 편지에 그런 내용이 있을 법하다.

하지만 내가 파악한 바로는 그렇게 해석할 만한 편지는 한 통도 없었다.

게다가 사무소에서 아라키타가 지적했듯 스토커라는 작자가 나기사가 어느 동에 사는지조차 모른다는 건 이상하다.

편지를 보낸 사람은 나기사의 스토커라고 할 수 없다. 그렇다면 아케치가 어제 본 수상한 남자는 누구일까.

……잠깐만?

나는 두 사람에게 양해를 구하고 아직 병원에 있을 이노세에게 얼른 전화를 걸어 설명도 생략하고 물었다.

"아케치는 어떤 옷을 입었어?"

"어떤 옷이냐니, 병원의 검사복 차림으로 자고 있는데요."

"그게 아니라. 내가 도착했을 때는 아케치가 구급차에 실린 뒤라 무슨 옷을 입었는지 못 봤거든. 거기에는 벗어둔 옷이 있잖아."

일단 전화를 끊고 기다리자 잠시 후 이노세에게 연락이 왔다. 이노세는 약간 당혹스러워하는 목소리로 말했다.

"저희는 평소 못 보던 옷인데요. 빨간 후드티와 MA-1 블루종, 단추 달린 셔츠도 있으니 상당히 두껍게 입었네요. 바지도 헐렁헐렁하니 밑자락이 펑퍼짐한 카고팬츠고요. 그러고 보니 평소랑 달리 앞머리를 올린 것 같던데요."

이노세에게 감사를 표한 후 전화를 끊었다.

방금 들은 이야기를 덧붙여 생각하면 사건의 구도가 확 달라진다.

아케치는 맡은 일에 늘 최선을 다했다.

"아케치는 스토커의 눈에 거슬려서 습격당한 게 아닌 듯합니다."

두 사람이 의아해하는 표정을 지었다. 남매답게 많이 닮았다.

"그걸 어떻게 아시죠?" 하루토가 물었다.

"실은 아케치가 어제 하루토 씨를 뵙기 전에 수상한 남자를 추격했습니다. 습격한 게 그 남자라면 아케치를 눈엣가시처럼 느꼈을 테니 그럴 만도 합니다. 다만 그 사람은 오늘 아케치를 보고 어제 봤던 사람인 줄 몰랐을 가능성이 있습니다. 아케치는 어제 양복 차림이었지만, 오늘은 빨간 후드티에 블루종, 카고팬츠 차림이라 인상이 완전히 달라졌으니까요."

"복장이 다르다고 해서 그 정도로 몰라볼까요?"

하루토의 의문에 대한 답은 준비해두었다.

"오히려 아케치는 다른 사람으로 인식되고자 의도적으로 그렇게 입었다고 추정됩니다. 어제 남자의 눈에 띈 탓에, 저희는 그자가 다시는 현장에 나타나지 않으면 어쩌나 걱정했죠. 아케치는 궁여지책으로 복장과 헤어스타일을 대담하게 바꾸고 오늘 조사에 임한 겁니다."

아까 아카에도 '처음에는 전혀 몰랐다'라고 하지 않았는가. 그저께 찾아와서 무례하게 군 양복 차림 청년이 쓰러져 있었다면 알아채지 못했을 리 없다.

"탐정님 말이 맞다고 치고. 그렇다면 걔는 왜 습격당한 건데요?"

"다른 사람으로 착각한 거죠."

"다른 사람으로 착각?"

나기사의 예쁜 얼굴이 의아함으로 일그러졌다.

"아케치는 오늘 C201호실에 사는 '가이'라는 남성분을 찾아갈 예정이었습니다. 만약 탐문 조사할 때 현관 안쪽까지 들어갔다가 밖으로 나온 모습을 누군가가 봤다면 가이 씨라고 착각했어도 이상할 것 없죠."

"잠깐만요. 그렇다면 가이라는 사람은 스토커에게 습격당할 이유가 있었다는 말인데요."

"맞습니다."

나는 강한 확신을 품고 고개를 끄덕였다.

"오늘 저희 사무소에서 가이 씨의 이름이 나왔어요. 수상한 편지 소동이 일어나기 직전에 이 건물로 이사온 세입자가 있는지 추렸거든요."

A101호실 엔도 히마리
B302호실 아카에 다마키
C201호실 가이 요헤이

거주하는 동도 층수도 다른 세 사람.

이 가운데 가이만 충족하는 조건은.

"범인은 삼월에 이사온 세입자 가운데 남자만 표적으로 삼아 습격한 겁니다."

조사 마지막 날

다음 날, 잠깐은 면회할 수 있다길래 나는 아케치가 입원한 병원으로 향했다.

"죄송해요. 어제 일은 거의 기억이 안 나네요."

"괜찮아. 가이 씨를 찾아가서 너랑 무슨 이야기를 했는지 들었으니까."

가이는 삼월 초에 하이츠로 이사왔지만, 그로부터 며칠 후 해외로 출장을 가서 어제까지 집을 비웠다고 한다. 여권을 확인했으니 틀림없다. 덧붙여 출장 기간에 가이에게도 수상한 편지가 왔는데, 우편함에 쌓여 있던 다른 우편물의 소인으로 판단컨대 일련의 편지 가운데 가장 최근인 18일 경에 보내진 것으로 추정됐다.

나는 아케치가 습격당한 후 야마다 남매에게 얻은 정보를 간추려 설명했다.

귀를 기울이는 아케치는 차분해 보였고, 기억에 혼란이 생긴 것 같지도 않았다. 그 사실을 확인하고 나는 가슴을 쓸어내렸다.

"범인은 저를 가이 씨로 착각해서 습격했고, 가이 씨는 삼월 초에 이사온 사람들 가운데 유일한 남자라서 범인의 표적이 됐다? 이사온 사람을 어떻게 알아냈는지도 궁금하지만, 범인이 편지를 살포한 이유와도 관계가 있다고 한다면…… 설마?"

미스터리로 가득한 아케치의 두뇌는 아무래도 장식품이 아니었던 모양이다. 방금 얻은 정보만으로 해답에 다다른 듯했다.

"편지는 저를 습격한 남자가 아니라 전혀 다른 사람이 우편함에 넣은 건가요? 나기사 씨의 스토커는 우편물을 뒤지는 와중에 그걸 발견하고 나기사 씨를 지키기 위해 회수했다?"

"응. 그렇게 생각하면 여러 가지 이상한 점도 설명이 될 것 같지 않아?"

스토커는 나기사가 이사하기 전에도 우편물을 뒤졌다. 그리고 '하이츠 도쿠로'에서도 같은 짓을 하다가 수상한 편지를 발견한 것이다.

문제는 이때 스토커가 어떤 사고방식으로 행동했느냐다.

"스토커는 자기가 나기사 씨에게 피해를 준다는 생각을 털끝만큼도 하지 않았어. 오히려 자기가 나기사 씨를 몰래 수호하는 기사라도 된 것처럼 생각했겠지. 실제로 수상한 편지는 몇 번이나 야마다네 우편함에 들어 있었고, 스토커는 그걸 바지런히 회수했던 거야."

스토킹 피해 사례를 살펴보면 '자신은 미움받지 않는다' '자신의 호의는 분명 전달된다'고 근거 없는 자신감을 품는 스토커가 꽤 많다는 걸 알 수 있다.

"제가 수상한 남자를 목격했을 때도 편지를 넣은 게 아니라 우편함을 뒤진 거로군요. 수상한 편지가 오면 나기사 씨가 무서워할 테니까요."

"이번처럼 협박이나 신체적 위험이 느껴지는 문구가 포함되지 않은 편지에는 경찰이 대응하지 않는다는 걸 알고 있었는지도 모르지. 내용으로 보건대 편지는 빈번하게 보낸 것 같아. 스토커도 편지를 한 번 발견한 것 정도로는 살포할 생각을 하진 않았겠지. 하지만 몇 번이나 회수하면서 편지가 계속 온다는 걸 깨달았어. 그래서 이렇게 생각했겠지.

'경찰이 나서려면 피해가 좀더 커져야 해.'

'손에 넣은 편지를 다른 세입자에게 살포하면 피해자를 늘릴 수 있어.'

자신의 죄를 자각하지 못하는 수준을 넘어서 경찰을 움직이기 위해 그렇게까지 한다니 어처구니가 없지만, 이 계획은 절반쯤 잘 풀렸어. 편지를 받은 세입자들이 관리인에게 호소했으니까. 하지만 조사하러 온 건 경찰이 아니라 우리 탐정들이었지."

피해자가 늘어났는데도 경찰이 상대해주지 않는 것도, 관리인 기미세가 부동산의 평판을 몹시 신경쓰는 사람이었다는 것도 스토커에게는 예상 밖이었으리라.

"그런데 우리가 조사에 나선 걸 전후해서 스토커측에도 변화가 있었어. 나기사 씨에게 더는 편지가 오지 않은 거지. 18일에 가이 씨에게 온 편지를 마지막으로 더는 편지를 받은 사람이 없는 것도 스토커가 새로운 편지를 회수하지 못했다는 증거야. 그럼 왜 편지가 오지 않았을까?"

"저희는 25일부터 조사를 시작했으니까 그 때문은 아니겠죠. 그외에 편지를 보낸 사람에게 불상사라고 할 만한 일이 생겼다면······"

아케치가 눈을 크게 떴다.

"편지를 보낸 사람은 이 하이츠 세입자고, 스토커가 살포한 편지가 우연히 본인 손에 들어간 건가!"

나는 고개를 끄덕였다.

"나기사 씨의 우편함에 넣은 편지가 어째선지 다른 봉투에 담겨서 자기 우편함으로 돌아왔어. 편지를 보내던 사람은 으스스한 기분에 편지를 우편함에 넣는 걸 멈췄지. 하지만 오히려 그래서 스토커는 추측한 거야. 편지를 보낸 사람은 지금까지 자신이 편지를 살포한 세입자 중 한 명 아니겠느냐고."

그러나 나기사에게 온 편지를 전부 회수했다는 자신감이 없었으므로, 스토커는 편지가 멈췄다는 확신을 얻지 못했다. 스토커가 18일에 가이의 우편함에 편지를 옮긴 것을 마지막으로, 일주일 이상 세입자에게 새로운 편지가 오지 않았다.

스토커는 포기하지 않고 나기사의 우편함을 계속 확인하다가 26일에 아케치에게 목격당했다. 그래서 초조한 마음을 이기지 못하고 행동에 나선 것이리라.

하이츠 세입자가 편지를 보냈을 가능성이 커지자 선택지는 확 줄어들었다. 거기서 스토커는 편지를 보낸 사람을 어떻게 추려냈을까.

어제 야마다 남매에게 했던 이야기를 아케치에게 다시

꺼냈다.

"편지 소동이 일어나기 직전에 하이츠에 이사온 세입자가 세 명 있어. 우리는 편지를 받는 사람의 공통점이라고 생각했지만, 스토커에게는 정반대의 의미로 다가온 거지."

"그 세 명이야말로 야마다 남매의 집 우편함에 편지를 넣은 사람일 가능성이 높다는 거군요."

A101호실의 엔도 히마리, B302호실의 아카에 다마키, C201호실의 가이 요헤이.

스토커가 편지를 살포한 집의 세입자이자 삼월에 이사온 인물.

세 사람은 이 두 가지 조건을 충족시킨다.

"그후에는 단순하게 나기사 씨에게 호의를 품는다면 남자일 거라고 생각해서 가이 씨를 점찍은 거겠지. 한편 우리는 조사 도중에 편지를 보내는 사람이 아니라 우편함을 확인하러 온 스토커를 목격하고 뒤쫓은 거고."

"스토커는 가이 씨를 습격해서 어쩔 작정이었을까요?"

"본인에게 물어봐야 알겠지만, 만약 죽일 작정이었다면 너도 어제 그 정도 다친 걸로 끝나지 않았겠지."

"스토커는 그렇게까지 해서 경찰을 개입시켜, 편지를 보내는 사람에게서 나기사 씨를 지키고 싶었던 걸까요?"

왜곡된 정의감에서 생겨나서인지 행동 원리가 기이한데, 그걸 지탱한 집념도 굉장하다.

"하지만 그 스토커도 큰 착각을 저질렀어. 편지의 진짜 수령인은 나기사 씨가 아니라 동생 하루토 씨였던 거야."

"아아, 젠장. 그렇게 된 건가!"

아케치는 아쉽다는 듯 침대 위에서 팔짱을 낀 채 그 해답에 다다를 방법이 없었는지 생각하는 듯했지만, 나기사와 이야기 한번 해보지 않았으니 어려울 것이다.

나는 뜸들이지 않고 아까 간추려 전달했던 정보 중에는 없었던 사실을 알려주었다.

"우리, 첫날에 하루토 씨가 담배를 피우러 건물 밖에 나온 모습을 봤잖아. 나기사 씨가 두 달째 금연중이라 집에서는 못 피우게 한대. 집안 테이블에도 담배는 있는데 재떨이는 없었어."

"……그렇군요. 담배를 피우는 모습을 봤다는 내용의 편지가 있었죠. 금연중인 나기사 씨일 리 없어요. ……스토커는 나기사 씨가 하루토 씨와 같이 산다는 사실을 알까요?"

"우편함에 하루토 씨 앞으로 온 우편물도 있었을 테니 알겠지. 하지만 나기사 씨에게 품은 마음이 너무 강한 나머지, 나기사 씨 앞으로 온 편지라고 믿은 건지도 몰라……"

거기까지 이야기했을 때 간호사가 와서 면회 시간이 끝났다고 알렸다.

"아참, 깜박할 뻔했네. 어제 입었던 블루종을 확인해도 될까?"

아케치는 어리둥절한 표정으로 침대 옆 수납장의 제일 큰 서랍을 가리켰다.

"가이 씨가 너한테 편지를 줬다고 했거든."

호주머니를 뒤지자 눈에 익은 하얀 봉투가 나왔다.

오늘도 일하느라 고생 많았어. 판다, 정말 귀엽네. 같은 걸 찾아보니 중국 제품인 것 같길래 인터넷 옥션에서 낙찰받았어. 이걸로 커플룩 완성이야.

아케치와 함께 읽어보고 편지를 맡았다. 이것으로 편지는 총 여섯 통이 됐다.

"소장님, 편지 살포에 관련된 인물이 두 명이라는 건 알았어요. 하지만 누구인지는 아직 밝혀내지 못했잖아요."

"그건 이제 됐어. 야마다 남매에게도 주의해달라고 강하게 말해뒀고, 네가 상해를 당해서 경찰도 나섰지. 스토커가 의도한 대로 되는 것 같아서 마음에는 안 들지만."

편지를 보낸 사람은 삼월에 이사온 세 명 중 누군가다. 그중 C201호실의 가이는 해외 출장으로 집을 비웠으므로 편지를 우편함에 넣을 수 없었다. 남은 두 여자 중 한 명이 편지를 보냈다는 견해는 흔들리지 않는다. 대상이 좁혀진 만큼 기미세도 대처하기 쉬우리라.

의뢰를 받았을 당시의 종잡을 수 없었던 상황에 비하면 충분한 성과를 거두었다고 할 수 있다.

그래도 아케치는 시계를 보더니 물고 늘어졌다.

"오늘이 조사 마지막 날이잖아요. 6시가 되기까지…… 두 시간 남았어요. 지금 돌아가면 가이 씨 말고 다른 두 사람에게 한 번 더 이야기를 들을 수 있을지도 몰라요. 마지막까지 포기하지 말고……"

"아니, 조사 기간은 이미 끝났어. 그래서 내가 여기 온 거야."

아케치가 얼떨떨한 표정으로 바라보았다.

"네가 다친 건 산재 신청을 하기로 했어. 어제 네가 활동한 거랑 그후에 이노세 등등이 뒤치다꺼리해준 것도 근무 시간으로 판단한다면 계약한 만큼 일했다고 간주해야겠지. 이래 보여도 난 경영자니까."

"……죄송합니다. 처음부터 끝까지 폐만 끼쳤네요. 이래서는 조수 실격이군요."

고개를 숙인 아케치의 표정에서 회한과 자책이 역력히 전달됐다. 그가 잘못했다고는 여기지 않는다. 하지만 그 행동이 결과적으로 조사 시간을 잡아먹었다고 안타까워하는 심정은 이해하고도 남는다.

나머지는 복귀한 뒤에 이야기하자고 말한 후 병실을 나서려다 깜박하고 하지 않은 말이 떠올랐다.

"넌 사고를 쳤다고 생각할지도 모르지만, 만약 네가 가이 씨를 찾아가지 않았다면 그가 다쳤을지도 몰라. 그런 활약을 하는 것도 탐정 조수다운 모습 아닐까?"

아케치는 아무 대답도 하지 않았지만, 꾹 다문 입매가 살짝 풀어진 것처럼 보였다.

사무소로 돌아가자 다른 일을 맡았던 미네 다이고와 하나미야 미사토도 돌아와서 직원이 모두 모였다.

나는 '하이츠 도쿠로' 사건의 조사 결과를 공유한 후 보고서를 정리하면 이번 안건을 마무리짓겠다고 알렸다.

"혹시 모르니 아케치는 일주일쯤 쉬게 하자. 복귀하기까지는 시간 날 때 서로 도우면서……"

"이대로는 못 넘어갑니다, 소장님!"

미네가 말허리를 끊고 목소리를 높였다. 이노세와 하나미야는 놀라서 눈이 동그래지지는 않고, '역시나' 하는 냉정한 시선으로 미네를 바라보았다.

"후배가 다쳤으니 의뢰인의 사정과는 관계없이 원수를 갚아야 하지 않겠습니까!"

"우리가 무슨 조폭이야?"

미네는 후배에게 엄하지만 남들보다 한층 정이 깊다. 그 절반만이라도 좋으니 평소에도 배려심을 품고 대하면 좋을 텐데.

"탐정업은 비즈니스야. 그런 일도 의뢰비 안에서 처리해야 하는 걸로 받아들이고 넘어가야지."

"하지만 소장님."

하나미야가 끼어들었다.

"이번에 스토커를 추적할 수 있었던 것도, 가이 씨가 습격당하지 않은 것도, 야마다 나기사 씨와 만날 수 있었던 것도 아케치 덕분이잖아요. 선배인 우리가 이대로 손을 떼는 것도 한심하지 않겠어요?"

"이미 경찰이 움직이고 있으니 우리가 나설 차례는······"

"그런데 그건 뭔가요?"

이노세가 분위기를 읽지 못하고 책상에 놓인 하얀 봉투를 가리키며 말했다.

아케치가 가이에게 받은, 여섯번째에 해당하는 편지다.

나는 그걸 한 번 더 읽은 후 세 명에게 제안했다.

"이번에는 미스터리의 방식으로 해볼까?"

*

"그럼 결국 왜 편지를 살포했는지는 모르는 거로군."

업무가 끝날 시간이 다가왔고, 더는 문의 전화도 오지 않아서 사무실에는 느슨한 분위기가 감돌았다. 오늘도 정시 퇴근하는 지점장은 몇 분 안에 정상을 가리킬 시계 분침을 힐끗힐끗 바라보며 잡담에 응했다.

"맞아요. 탐정이 여러모로 조사한 것 같지만, 성과는 딱히 없었던 모양이에요. 게다가 얼마 전에는 구급차가 출동하질 않나, 경찰이 찾아오질 않나, 정신없었다니까요."

"경찰? 무슨 일 있었어?"

지점장이 시계에서 시선을 돌려 흥미진진한 표정으로 쳐다보았다.

"건물 앞에서 남자가 쓰러졌거든요. 해외 출장에서 삼

주 만에 돌아온 사람인가 보더라고요. 경찰이 사건인지 아닌지 조사하러 왔는데, 결국 사건이었던 것 같아요. 어쩐지 이상한 일만 일어나서 집에 가려니 마음이 무겁네요."

"……마음고생이 심하겠어. 혹시 힘든 일 있으면 언제든지 말해."

"감사합니다. 아, 시간 됐네요."

"정말이네. 그럼 먼저 갈게."

이미 퇴근 준비를 마친 지점장은 가방을 들고 출퇴근카드를 찍었다. 그리고 뒤를 지나가다가 걸음을 멈췄다.

"오늘 쓰고 온 그 모자, 특이하네."

"그렇죠? 요즘 유행하는 거예요. 유행과는 상관없이 디자인도 괜찮고요."

보란 듯이 모자를 쓰자 지점장은 멍한 표정을 지었다. 갑자기 전원이 꺼진 로봇 같았다.

"왜 그러세요?"

"……아니. 나이를 먹으니 유행에 둔감해지는구나 싶어서. 그럼 이만."

EXTRA TIME

하이츠 도쿠로 B302호실의 초인종이 울리자 그녀는 허둥지둥 식탁 의자에서 일어나 인터폰으로 향했다.

"네?"

"아카에 씨, 늦은 시간에 죄송합니다. 탐정 사무소에서 나왔습니다."

다른 세입자에게 들리지 않도록 배려하듯 잔뜩 낮춘 남자 목소리였다.

손목시계를 확인했다. 오후 9시. 아무리 그래도 남의 집을 찾아오기에는 늦은 시간이다.

이 건물 인터폰에는 카메라가 없어서 상대방 얼굴은 보이지 않는다.

"조사는 이미 끝났다고 들었는데요?"

"보고서를 작성하면서 다시 한번 확인하고 싶은 사항이 있어서요. 금방 끝나는데 부탁 좀 드려도 될까요?"

불쾌함이 전해지도록 답했지만 상대는 물러날 마음이 없는 듯했다. 그럼 그렇지, 싶은 기분으로 현관으로 향했다.

외시경으로 밖을 내다봤더니 문 앞에 선 양복 차림 남자는 그녀가 처음 보는 사람이었다.

"아카에 씨?"

미심쩍어하는 듯한 목소리.

"지금 열게요."

안전 걸쇠와 자물쇠를 풀고 문을 열었다.

그 순간 남자가 문틈으로 손을 쑥 넣어 문고리를 쥔 그녀의 오른쪽 손목을 붙잡았다.

문이 억지로 열리고 남자가 살기등등한 표정으로 밀고 들어왔다.

"네가 나기……"

"이야압!"

우렁찬 기합 소리와 함께 남자가 허공에 떴다. 양복 차림 남자는 현관턱에 등을 세게 찧은 것처럼 보였다. 분명 아플 것이다.

"확보!" 하나미야가 남자의 관절을 꺾었다.

"가라, 이노세!" 미네가 후배를 부추겼다.

"이 자식, 맛 좀 봐라!" 발목을 뺀 이노세는 소리만 질렀다.

좁은 현관은 순식간에 세상에서 가장 인구밀도가 높은 공간으로 변했다.

덧붙여 조사원 중에서 홍일점인 하나미야는 동안에 어울리지 않게 자위대 출신의 실력 있는 무술 유단자다.

느닷없이 제압당해 저항하는 것도 잊어버린 채 드러누운 남자에게, 나는 몇 발짝 떨어진 복도에서 말을 걸었다.

"생각보다 일찍 납셨군, 스토커. 경찰이 나기사 씨에게서 손을 뗐다는 이야기를 듣고 얼른 끝장을 보러 왔나?"

남자, 야마다 나기사가 일하는 가스기기 전문업체의 지점장은 아직 상황을 제대로 이해하지 못했는지 눈빛이 공허했다.

"여기에 아카에 다마키는 없어. 사정을 설명하고 며칠간 다른 곳으로 보냈지. 얌전히 협력해주더군. 그 사람에게도 켕기는 구석이 있거든."

야마다 하루토에게 편지를 보낸 사람은 B302호실의 아카에 다마키였다.

그렇다고 확정할 수 있었던 단서는 가이에게서 입수한 편지였다.

"나기사 씨가 직장에 별난 야구모자를 쓰고 왔지? 원래 동생인 하루토 씨 거지만, 나기사 씨에게 쓰고 출근해달라고 했어. 디자인이 특이해서 전후좌우에서 보면 그냥 흰색과 검은색 얼룩무늬지만, 위에서 보면 판다라는 걸 알 수 있지."

하루토가 담배를 피우러 밖에 나왔을 때 나와 아케치는 그 사실을 알아차리지 못했다.

하루토가 190센티미터에 가까운 장신이기 때문이다.

"그게 판다라는 걸 알아차리려면 하루토 씨 머리보다 높은 위치에서 내려다봐야 해. 덧붙여 내용상 편지를 보낸 사람은 아르바이트를 마치고 돌아오는 하루토 씨를 봤지. 따라서 편지를 보낸 사람은 2층이나 3층에 사는 세입자로 판단돼. 엔도 히마리가 사는 A101호실은 1층이니까 제외. 남은 건 B302호실에 사는 아카에 다마키야."

당초 우리가 외부인의 소행이라고 의심한 건 아카에가 '뒷모습을 바라보며 따라온다'라는 내용의 편지를 받았다고 증언했기 때문이다. 더 나아가 '보쿠'라는 표현이 있었다는 말에 남자의 소행이라고도 판단했다. 그건 의심을 피하고자 아카에가 순간적으로 지어낸 내용이었다. 그래서 아카에는 빨리 범인을 붙잡으라고 재촉하면서도 편지 실물은 버렸다고 주장하는 수밖에 없었다.

우리가 추궁하자 아카에는 태도를 싹 바꿔 그 자리에 주저앉아 울면서 사과했다. 지난달까지 다른 직장에 다녔던 아카에는 인간관계로 고민하던 끝에 직장을 옮기고 이사했다. 그 직후 하이츠 앞에서 슈퍼 비닐봉지가 찢어져 장 본 물건들이 흩어졌는데, 지나가던 야마다 하루토가 줍는 걸 도와줬다. 아카에는 그 모습에 홀딱 반했다고 한다.

만약을 위해 친분 있는 경찰관에게 부탁해 알아봤지만, 아카에는 지금까지 비슷한 말썽을 일으킨 기록이 없었다. 아카에가 이번에 저지른 짓은 어디까지나 하루토에게 편지를 보낸 것뿐이었으므로, 하루토와 기미세에게 양해를 구하고 이번 체포극에 협력하는 걸 조건으로 더는 문제삼지 않기로 약속했다.

"야구모자를 보고 우리와 같은 결론에 다다르려면 판다에 대해서 적힌 편지가 있다는 걸 알고 있어야 해. 그걸 알 수 있었던 사람은 가이 씨와 우리, 편지를 쓴 아카에 씨, 그리고 편지를 회수한 스토커밖에 없지. 이렇게 아카에 씨를 습격하러 온 당신이야말로 나기사 씨를 속썩인 스토커였던 거야."

그 말을 들은 남자는 깜짝 놀란 표정으로 드디어 입을 열었다.

"왜 나기, 아니 야마다는 나를……"

"나기사 씨는 스토커의 정체가 당신인 줄 몰랐어. 하지만 이번 일로 스토커가 분명 독자적인 정보 소스를 가지고 있으리라는 걸 알았지."

나기사가 이사한 곳을 알아낸 것. 같이 사는 남자에게 질투하는 낌새가 없다, 즉 그가 남편이 아니라 동생임을 알 만큼 나기사의 사정을 잘 아는 자라는 것. 우편함을 뒤지는 행위를 몇 번이나 되풀이하면서도 나기사와 마주치지 않을 만큼 나기사의 근무시간을 잘 안다는 것.

"그리고 하이츠 세입자의 성별과 누가 언제 이사했는지 알고 있었다는 것. 우리는 관리인에게 물어봐서 알았지만, 보통은 모르겠지. 다만 가스 연결 작업을 시행하는 전문업체라면 알 수 있어."

입주할 때 반드시 필요한 절차이기 때문이다.

그 외에 부동산업자 등도 해당하겠지만 그들은 나기사가 하이츠로 이사했다는 사실을 알 방도가 없다. 나기사는 입주 절차를 밟지 않고 동생의 집에 얹혀살고 있으니까.

이러한 조건에 들어맞는 사람은 직원 명부를 열람할 수 있고, 나기사 본인에게 생활이 어떤지 들을 수 있는 직장 동료뿐이다.

"그래도 당신이 야마다네 우편함에 들어 있는 편지를 전부 회수할 수 있었던 건 우연의 도움 덕분이야. 아카에 씨에게 물어보니 3월 5일부터 월, 수, 금에 편지를 보냈다는

군. 당신이 어느 정도 빈도로 우편함을 뒤졌는지는 모르지만, 몇 번 뒤지다보니 우편함에 편지가 들어 있는 건 늘 평일이라는 걸 서서히 깨달았지?"

하루토가 평소 우편함을 확인하지 않는다는 것과 나기사가 우편함을 확인하는 타이밍을 읽기 힘든 주말에 편지가 오지 않는 것도 이 스토커에게는 호재였다.

편지를 다른 봉투에 넣어서 세입자에게 살포한 것이 11일부터 18일까지였던 이유도 알아냈다. 그 이전은 스토커가 편지를 회수해 모아둔 시기고, 17일에 아카에에게 편지가 되돌아온 후에는 아카에가 우편함에 편지 넣기를 그만뒀기 때문이다.

이번 수수께끼는 야마다 남매 각자에게 일방적으로 호의를 품은 사람이 있었고, 그들의 집념이 맞부딪친 결과 아이러니하게도 남매 말고 다른 세입자가 피해를 보면서 생겨난 것이었다.

"여기까지 알아냈어도 당신을 스토커로 확정할 증거는 없었어. 그래서 이번에는 범인을 속여넘기는 미스터리적인 수법을 빌리기로 한 거야."

하나미야에게 제압당한 남자가 비는 것처럼 바닥에 머리를 조아렸다. 잠시 후 그의 입에서 새어 나온 것은 변명도 애원도 아니라 일방적으로 사랑했던 사람의 이름을 부르는 오열 섞인 목소리였다.

이번 작전은 친분 있는 경찰관에게 미리 상담했으므로, 바로 경찰에 남자의 신병을 넘겼다.

미스터리에서 흔히 그러듯 탐정이 형사사건에 깊이 관여하는 일은 없지만, 알고 지내는 경찰관 중에는 우리가 업무상 부득이하게 택하는 수단을 눈감아주는 사람도 있다.

"위험했어."

"도박에서 이겼군요."

다음 날 아침, 병원으로 향하는 차 안에서 저마다 안도감 어린 말을 내뱉었다. 아케치에게는 아직 아무 말도 하지 않았다. "이왕이면 직접 가서 알려주죠"라고 미네가 제안했기 때문이다.

나기사의 직장 상사가 함정에 무사히 걸려든 것도 그렇지만, 가장 중요한 것은 작전에 걸린 시간이었다.

"이번에야말로 임무를 완수, 따라서 추가 성공보수 획득, 그 결과 적자 회피!"

내가 주먹을 쳐들자 "예이!" 하고 하나미야가 환성을 질렀다. 위험한 다리를 건너 미스터리의 방식으로 범인을 찾아낸다는 내 개인적인 바람과 사업 목표 양쪽을 달성했다. 이상만으로는 밥을 먹고 살 수 없는 법이다.

"아케치는 어떤 표정을 지을까요? 자기를 혼내놓고 선배들이 무모한 짓을 하면 어쩌냐고 화내려나."

하나미야는 어쩐지 기대하는 눈치였다.

"실력이 있으니까 무모한 짓도 벌일 수 있는 거지. 그 녀석은 아직 멀었어. 고양이 찾기부터 시작해서 착실히 실력을 쌓아야 한다고."

미네는 벌써부터 엄격한 선배의 얼굴로 돌아갔다.

"추월당하지 않도록 열심히 해야겠네요."

이노세가 태평하게 웃었다.

확실히 아케치는 아직 미숙해서 단독으로 일을 맡기기는 위험하다. 그래도 실패조차 사건 해결에 일조하는 걸 보면, 아케치에게는 자기가 사랑하는 탐정이 될 만한 소양이 있는지도 모르겠다.

그런 생각을 하는 동안에 차가 병원에 도착했다.

넷이 함께 복도를 걸어 병실 문을 연 순간.

"소장님, 여러분!"

인사할 틈도 없이 아케치가 침대 위에서 눈을 반짝이며, 휘갈겨 쓴 글씨로 가득한 메모지를 들이밀었다.

"아직 포기하기는 일러요. 가이 씨의 편지를 되새겨보다가 스토커를 붙잡을 방법이 번쩍 떠올랐어요. 미스터리의 수법을 사용하는 겁니다!"

한순간의 침묵 후, 하나미야는 웃음을 터뜨렸고 미네는 한숨을 쉬었다. 이노세는 "굉장한걸" 하고 감탄한 듯 중얼거렸다.

어이없음과 당혹스러움과 기쁨이 뒤섞인 감정이 솟아올랐다. 무엇보다 먼저 전해야겠다 싶은 말이 내 입에서 튀어나왔다.

"선배로서 한마디할게. 탐정을 목표로 하는 건 좋은데, 너야말로 조수가 필요하겠어."

옮긴이 **김은모**
대구에서 태어나 경북대학교 행정학과를 졸업했다. 일본어를 공부하던 도중 일본 미스터리의 깊은 바다에 빠져 전문번역가의 길에 들어섰다. 아직 국내에 소개되지 않은 다양한 작가의 작품을 소개하고자 노력하고 있다. 옮긴 책으로 이마무라 마사히로의 『시인장의 살인』과 『마안갑의 살인』, 『흉인저의 살인』, 아오사키 유고의 『노킹 온 록트 도어』, 후지사키 쇼의 『신의 숨겨진 얼굴』, 『살의 대담』, 유키 하루오의 『방주』와 『십계』, 고바야시 야스미의 『앨리스 죽이기』를 비롯한 '죽이기' 시리즈, 우타노 쇼고의 '밀실살인게임' 시리즈, 미쓰다 신조의 '작가' 시리즈 등이 있다.

탐정 아케치는 사건을 찾아 달린다

초판 인쇄 2025년 10월 21일
초판 발행 2025년 11월 7일

지은이 이마무라 마사히로
옮긴이 김은모

책임편집 김유진 | **편집** 한나래 박을진
표지디자인 최윤미 | **본문디자인** 이원경
저작권 박지영 형소진 주은수 오서영 조경은
마케팅 정민호 서지화 한민아 이민경 왕지경 정유진 정경주 김혜원 김예진 이서진
브랜딩 함유지 박민재 이송이 박다솔 조다현 김하연 이준희
제작 강신은 김동욱 이순호 | **제작처** 한영문화사

펴낸곳 (주)문학동네 | **펴낸이** 김소영
출판등록 1993년 10월 22일 제2003-000045호

주소 10881 경기도 파주시 회동길 210
대표전화 031-955-8888 | **팩스** 031-955-8855 | **전자우편** elixir@munhak.com
인스타그램 @elixir_mystery | **X(트위터)** @elixir_mystery

ISBN 979-11-416-0250-5 03830

엘릭시르는 출판그룹 문학동네의 장르문학 브랜드입니다.

잘못된 책은 구입하신 서점에서 교환해드립니다.
기타 교환 문의 031) 955-2661, 3580

www.munhak.com